LES VOISINS

ŒUVRES DE DANIELLE STEEL
AUX PRESSES DE LA CITÉ

Album de famille
La Fin de l'été
Il était une fois l'amour
Au nom du cœur
Secrets
Une autre vie
La Maison des jours heureux
La Ronde des souvenirs
Traversées
Les Promesses de la passion
La Vagabonde
Loving
La Belle Vie
Kaléidoscope
Star
Cher Daddy
Souvenirs du Vietnam
Coups de cœur
Un si grand amour
Joyaux
Naissances
Le Cadeau
Accident
Plein Ciel
L'Anneau de Cassandra
Cinq Jours à Paris
Palomino
La Foudre
Malveillance
Souvenirs d'amour
Honneur et Courage
Le Ranch
Renaissance
Le Fantôme
Un rayon de lumière
Un monde de rêve
Le Klone et Moi
Un si long chemin
Une saison de passion
Double Reflet
Douce-Amère
Maintenant et pour toujours
Forces irrésistibles
Le Mariage
Mamie Dan
Voyage
Le Baiser
Rue de l'Espoir
L'Aigle solitaire
Le Cottage
Courage
Vœux secrets
Coucher de soleil à Saint-Tropez
Rendez-vous
À bon port
L'Ange gardien
Rançon
Les Échos du passé
Seconde Chance
Impossible
Éternels Célibataires
La Clé du bonheur
Miracle
Princesse
Sœurs et amies
Le Bal
Villa numéro 2
Une grâce infinie
Paris retrouvé
Irrésistible
Une femme libre
Au jour le jour
Offrir l'espoir
Affaire de cœur
Les Lueurs du Sud
Une grande fille
Liens familiaux
Colocataires

(Suite en fin d'ouvrage)

Danielle Steel

LES VOISINS

Traduit de l'anglais (États-Unis)
par Alice Fombois

Les Presses de la Cité

L'édition originale de cet ouvrage a paru en 2021 sous le titre *Neighbours* chez Delacorte Press, Random House, Penguin Random House Company, New York.

Les Presses de la Cité, un département Place des Éditeurs
92, avenue de France   75013 Paris

ISBN : 978-2-258-20278-8
Dépôt légal : mars 2023

À mes merveilleux enfants tant chéris,
Beatrix, Trevor, Todd, Nick,
Sam, Victoria, Vanessa,
Maxx et Zara,

Pour lesquels je formule tous les vœux,
Que l'amour de gens bien vous entoure
et vous paye de retour,
Que la sagesse éclaire vos choix,
Le courage vous accompagne dans les défis de la vie,
Le bonheur, et la chance aussi,
Soyez tous à jamais bénis.

Je vous aime de tout mon cœur,
Maman/D S

1

Il faisait chaud dans l'imposante bâtisse de pierre, y compris au sous-sol où Debbie Speck s'affairait à ranger les courses que son mari, Jack, venait de rapporter. Ce dernier était en nage. Âgé de 44 ans, quelque peu en surpoids, le cheveu rare et brun, l'homme empestait l'after-shave, censé masquer les relents de whisky bon marché qu'il buvait le soir. Au moindre effort physique, il transpirait l'alcool par tous les pores. Debbie, qui avait elle aussi un bon tour de taille, buvait volontiers un ou deux verres avec lui. Elle ne disait jamais non à un gin tonic ou à de la vodka, qu'elle gardait dans le congélateur de l'appartement où leur patronne ne s'aventurait jamais, afin de respecter leur intimité. Et cela leur convenait très bien.

Cela faisait quinze ans qu'ils œuvraient en tant que gestionnaires de biens et employés de maison pour Meredith White, une célèbre actrice désormais à la retraite et recluse. Quand elle les avait embauchés, elle enchaînait les films et son époux, l'acteur et producteur Scott Price, faisait de même. Il leur arrivait parfois de ne pas se croiser pendant des mois du fait de leurs tournages respectifs.

Pour Debbie et Jack, travailler dans une maison aussi immense et luxueuse était déjà inespéré. Mais travailler pour des patrons souvent absents, qui leur vouaient une confiance aveugle, c'était une véritable aubaine ! À leurs débuts, Jack et Debbie avaient à peine 29 ans mais connaissaient les avantages secrets de ce type d'emploi, à savoir qu'il n'y avait qu'à tendre la main et se servir. En effet, les magasins et les entreprises avec lesquels ils faisaient affaire pour satisfaire les désirs de leurs employeurs leur versaient de généreux pots-de-vin ou leur fournissaient gratuitement des services qu'ils refacturaient ensuite à leurs patrons. Les professionnels de ce genre étaient légion, comme le savaient bien Jack et Debbie qui avaient ainsi établi, dans les mois suivant leur arrivée, tout un réseau de relations. Ils n'avaient aucun scrupule à escroquer leurs employeurs. À vrai dire, ils les choisissaient même en fonction du profit qu'ils pouvaient en tirer.

Travailler pour Meredith White cochait toutes les cases : il s'agissait d'une actrice de cinéma très bien payée, le salaire proposé était généreux, et on leur avait alloué un appartement qui, en plus d'être joliment meublé, disposait d'une entrée indépendante. Ils habitaient ainsi dans l'une des plus grandes maisons de San Francisco située à Pacific Heights, le quartier résidentiel le plus coté de la ville. Meredith et Scott y avaient emménagé à la naissance de leur fils Justin. Leur fille Kendall venait d'avoir 12 ans et ils ne voulaient pas élever un autre enfant à Los Angeles. À leurs yeux, San Francisco était une ville à taille humaine, plus saine, avec d'excellentes écoles et une météo clémente toute l'année. Enfin, la maison et son terrain offraient tout l'espace et l'intimité recherchés derrière l'immense haie plantée dès leur arrivée. C'était Meredith elle-même qui leur avait confié ces détails.

Lorsque Jack et Debbie avaient pris leur poste, Kendall vivait déjà à New York depuis sept ans. Elle y avait fait ses études puis s'était mariée et avait eu une fille, Julia. Elle ne revenait à San Francisco que pour les fêtes de Noël. En Californie, Justin bénéficiait quant à lui d'une éducation royale, avec des professeurs particuliers et un chauffeur privé pour le conduire à l'école quand ses deux parents étaient absents. La configuration était donc idéale pour un couple comme Jack et Debbie.

Au fil des années, ils avaient pleinement tiré parti de tous les avantages de leur situation. Avec les pots-de-vin, ils avaient amassé un beau pactole. À cela s'ajoutaient quelques trésors subtilisés au sein de la maison, telles deux toiles de peintres français reconnus. Elles avaient une grande valeur et Debbie en était tombée amoureuse, si bien qu'elle avait décidé de les « relocaliser » dans leurs quartiers. Meredith n'avait jamais remarqué leur disparition. Pas plus qu'elle ne vérifiait le compte en banque dédié aux dépenses de la maison, que Debbie avait proposé de gérer à sa place afin de la décharger de cette corvée. Depuis des années, l'employée détournait ainsi de petites sommes qui atterrissaient sur son compte personnel. Les montants étaient si modestes que le comptable de Meredith n'y voyait que du feu. Jack et Debbie savaient s'y prendre.

Ils étaient toujours aux petits soins pour leurs employeurs. Ainsi, lorsque la vie de Meredith avait volé en éclats quatorze ans plus tôt, ils avaient fait preuve de beaucoup de compassion et de gentillesse. La maîtresse de maison avait vu son monde de rêve se déliter et disparaître en quelques mois, ce qui l'avait rendue distraite et encore moins attentive à ses comptes.

Tout avait commencé par la révélation d'un adultère. Scott, alors âgé de 55 ans, avait entamé une liaison avec une actrice italienne qui avait la moitié de son âge. Le célèbre couple semblait pourtant solide – d'une stabilité inhabituelle dans ce milieu. D'après ce que Jack et Debbie avaient pu constater, les deux stars paraissaient très attachées l'une à l'autre ainsi qu'à leurs enfants. Leur vie avait été bouleversée après le départ de Scott pour un tournage à Bangkok. À peine revenu, il avait quitté Meredith pour emménager avec Silvana Rossi, à New York.

Profondément blessée par cette trahison, Meredith avait néanmoins fait bonne figure pour ses enfants. Au grand étonnement de Jack et Debbie, elle ne dénigrait jamais Scott devant Justin. Mais Debbie l'avait plus d'une fois surprise à pleurer seule dans sa chambre – dans ces cas-là, la gouvernante la réconfortait d'une accolade chaleureuse.

C'est à cette époque que, humiliée par les articles qui paraissaient dans la presse people, leur patronne avait renoncé à toute vie sociale. Ne sortant plus que rarement, elle avait reporté toute son attention sur son fils. C'est elle qui l'emmenait désormais à l'école et au sport, elle passait du temps avec lui et dînait chaque soir en sa compagnie. Une fois, Debbie l'avait même entendue refuser un film parce qu'elle voulait rester à la maison avec son fils jusqu'à ce que le scandale retombe.

Justin avait été très affecté par toute cette affaire. Il s'en ouvrait à Jack et quand il se rendait à New York pour voir son père, il en revenait à chaque fois en disant qu'il détestait sa future belle-mère. À l'occasion d'une de ses confidences, il l'avait même traitée de « pute de bas étage », ce que Jack avait aussitôt rapporté à Debbie. D'après l'adolescent, sa sœur non plus n'aimait pas l'Italienne, mais le couple d'employés n'aurait su le confirmer, connaissant peu la jeune femme.

Meredith ne parlait jamais de Silvana. C'était une femme digne, discrète et respectueuse, quels que soient ses sentiments à l'égard de la starlette. Elle avait mis sa carrière entre parenthèses pour se consacrer à son fils. Et Debbie ne pouvait s'empêcher de l'admirer pour cela.

Avec Jack, ils n'avaient pas d'enfants. Ils s'étaient rencontrés à San Diego, lors d'une cure de désintoxication imposée par la justice. Jack avait alors à son actif plusieurs arrestations pour des délits mineurs – principalement la fraude à la carte bancaire, afin de financer sa consommation de drogue. Quant à Debbie, elle avait été condamnée pour de menus larcins : vol à l'étalage et possession de marijuana. Ils avaient à l'époque 22 ans et avaient passé six mois en désintoxication. Là-bas, ils avaient échafaudé le plan de travailler ensemble, un plan qui s'était transformé en amour, sinon en une mise en commun de leurs ambitions au service de leurs intérêts. C'est ainsi qu'ils s'étaient mariés, car on décrochait de meilleurs emplois dans le domaine de la gestion de biens en tant que couple. C'est Jack qui avait suggéré de travailler à demeure chez des nantis : cela pouvait rapporter gros et offrir l'occasion rare de monter ensuite des projets de plus grande envergure. Quand Debbie s'était récriée – il n'était pas question pour elle d'être bonne à tout faire, de récurer les toilettes ou de porter un uniforme ! –, il lui avait expliqué qu'en tant que gestionnaires, il leur incomberait seulement de gérer le personnel de ces belles propriétés. Ils pourraient faire ce qui leur chanterait et embaucher d'autres personnes pour nettoyer les sanitaires, la maison, jardiner… et ils se construiraient ainsi une vie agréable sans trop d'efforts. Ils pourraient même empocher quelques biens de valeur en l'absence de leurs employeurs, et accuser quelqu'un d'autre. Mais aussi voler du liquide tout en se faisant rondement payer pour vivre chez des riches. Il lui en avait dressé un tel tableau qu'elle avait été convaincue, et dès leur sortie, ils avaient mis leur plan à exécution en se présentant dans une célèbre agence de placement de Los Angeles avec de fausses références rédigées par Jack lui-même. Ces références provenaient prétendument d'un couple mort sans héritiers, et personne ne pouvait donc rien corroborer ni infirmer. L'agence ne s'était pas montrée tatillonne et les propriétaires n'avaient pas demandé à consulter leur casier judiciaire.

Leur premier poste s'était soldé par un renvoi pour incompétence. Mais ils avaient appris en chemin et avaient enchaîné à Palm Springs, chez un couple âgé qui était vraiment mort cette fois. Ils étaient si vieux qu'ils faisaient à peine attention aux faits et gestes de leur personnel et leurs enfants étaient juste ravis d'avoir des gens serviables et responsables pour veiller sur leurs parents. Ils avaient même laissé un petit legs à l'intention de Jack et Debbie, ainsi que d'authentiques références qui leur avaient permis de se faire embaucher à San Francisco auprès de Scott et Meredith. Ces derniers étaient passés par une agence en qui ils avaient toute confiance. Pour Jack et Debbie, à l'époque, il n'y avait pas d'urgence à retravailler puisqu'ils vivaient sur l'argent volé au vieux couple. Mais ce poste était trop alléchant. C'était l'opportunité de leur vie ! Et désormais, ils savaient ce qu'on attendait d'eux. Ainsi que le degré d'obséquiosité nécessaire pour s'attirer les bonnes grâces de l'employeur.

Au début, Scott ne les appréciait pas vraiment. Il avait même dit à Meredith les trouver faux. Mais cela n'avait guère eu d'importance puisque à peine un an plus tard, il partait en tournage à Bangkok pour ne plus jamais revenir. Meredith, en revanche, s'était montrée bien plus naïve que lui.

Voilà quinze ans qu'elle dépendait entièrement d'eux pour faire bouclier avec le monde extérieur tout en veillant à ses besoins, qui étaient minimes. Ce n'était pas quelqu'un d'exigeant : elle passait le plus clair de son temps à lire dans un petit bureau attenant à sa chambre, ou bien dans le jardin. Elle ne recevait plus. Les événements du monde défilaient sous ses yeux. Elle s'en était volontairement retirée, préférant vivre une existence plus tranquille que celle qu'elle avait connue en tant que star. Sauf que le monde, lui, ne l'avait pas oubliée. Sa célébrité restait immense, et sa réclusion l'auréolait désormais d'une légende.

Peu de temps après la séparation du couple, leur fils Justin avait retrouvé Scott et Silvana dans le Maine pour y passer le mois d'août. Kendall et son mari devaient les y rejoindre avec leur fille Julia. Kendall non plus n'aimait pas Silvana mais elle adorait son petit frère et, tout en s'attristant du divorce, comme elle était plus proche de son père que de sa mère, elle se réjouissait de le savoir maintenant à New York où elle-même menait une vie très agréable aux côtés de son mari, un banquier d'affaires.

La maison de vacances dans le Maine possédait un hors-bord que Scott avait hâte d'essayer. Il y avait aussi un petit voilier que Justin allait certainement adorer, car l'adolescent avait fait, deux étés de suite, un stage de voile dans l'État de Washington. À 14 ans, il était déjà un marin plutôt expérimenté. Meredith avait cependant prévenu Scott : elle ne voulait pas que Justin navigue seul sur les eaux capricieuses du Maine. Scott lui avait assuré qu'il accompagnerait systématiquement leur fils, tout en rappelant que ce dernier connaissait son affaire mieux que personne et qu'il adorait ce sport – ne disait-il pas tout le temps qu'il s'achèterait un jour un voilier pour faire le tour du monde ?

La séparation de ses parents était douloureuse à vivre pour Justin et son père lui manquait. Aussi se faisait-il une joie de passer ce mois d'août avec son père et sa sœur, qu'il idolâtrait. Et ce même malgré la présence de Silvana, qu'il trouvait idiote. Elle était toujours collée à Scott, s'enroulait autour de lui comme un serpent. C'était embarrassant. Justin faisait de son mieux pour l'ignorer. Et comme elle ne parlait pas bien l'anglais, il avait une excuse toute trouvée pour ne pas lui adresser la parole.

Dix jours après leur arrivée dans le Maine, au lendemain d'une fête bien arrosée chez de nouveaux amis qu'il s'était faits avec Silvana, Scott s'était réveillé avec une gueule de bois carabinée. Répugnant à sortir de son lit avec cette migraine, il avait laissé Justin prendre le voilier, qui n'était après tout guère plus qu'un canot. Son fils avait promis de rester en vue du rivage et d'être là pour le déjeuner.

Une heure plus tard, le vent se levait et une tempête menaçait. Justin s'était retrouvé dans sa petite embarcation au milieu de hautes vagues qui, avec les courants, l'éloignaient sans cesse de la côte. Quand Scott s'était levé à midi et qu'il avait remarqué la mer déchaînée ainsi que l'absence de son fils, il avait appelé sur-le-champ les garde-côtes. Puis il était descendu, la boule au ventre, à l'embarcadère. Avec ce temps, impossible de sortir le hors-bord pour aller chercher Justin.

Les secours avaient découvert le voilier retourné. Aucun signe de Justin. Meredith, le cœur battant, attendait des nouvelles depuis San Francisco. Son cauchemar se réalisait. Scott l'avait d'abord appelée pour la prévenir de la disparition de l'adolescent. Puis c'est en larmes qu'il lui avait annoncé la découverte du corps, qui s'était échoué sur la plage d'un des îlots voisins deux jours plus tard. Kendall était elle aussi dans tous ses états quand elle avait parlé à sa mère. Père et fille avaient ensuite pris l'avion pour accompagner le corps de Justin à San Francisco, où Meredith avait organisé les funérailles. Kendall ressentait une profonde compassion pour son père, dont la culpabilité la meurtrissait. D'après elle, sa mère était plus à même d'encaisser.

Quatorze ans plus tard, cette période demeurait un souvenir flou qui continuait de tous les hanter. Meredith avait à peine adressé la parole à Scott depuis. En outre, Kendall s'était rapprochée de lui et si, pendant les années qui avaient suivi la mort de Justin, elle avait consciencieusement continué à rendre visite à sa mère une ou deux fois par an, elle la blâmait pour sa dureté envers son père. La culpabilité l'avait en effet presque détruit. Il avait plongé dans un cercle vicieux de drogues et d'alcool qui avait duré un ou deux ans, mais grâce au soutien de Silvana et de Kendall, il avait repris pied.

Meredith lui faisait porter l'entière responsabilité du décès de leur fils, ce que Kendall trouvait cruel. C'était un accident ! La mort de Justin découlait d'une négligence idiote et du fait que leur père n'avait pas tenu sa promesse, mais ce dernier ne l'avait pas assassiné. Peu après les événements, sa mère avait demandé le divorce.

Aussitôt après, Scott avait épousé Silvana – il avait plus que jamais besoin d'elle. Deux ans après la mort de son fils, enfin redevenu sobre, il avait repris le fil de sa carrière. Désormais, à 69 ans, il produisait et réalisait plus qu'il ne jouait et il rencontrait un succès dépassant celui qu'il avait connu en tant qu'acteur.

La carrière balbutiante de Silvana avait suivi la courbe inverse : elle était tombée dans l'oubli avant même que Scott ne reprenne le travail. À 41 ans, l'ancienne actrice menait l'existence d'une épouse de star au firmament et s'en montrait satisfaite. Elle s'était affadie, sa beauté s'était envolée et elle avait pris du poids. Ce n'était plus qu'une femme difficile à vivre et une actrice sans talent. L'image même de la déchéance. Le genre de personnes qui, renversantes dans leur jeunesse, devenaient banales l'âge venu, malgré les renforts de la chirurgie esthétique. Cela dit, leur mariage tenait encore. Elle adorait être la « femme de » et ils vivaient toujours à New York, où Scott pouvait passer du temps avec sa fille et sa petite-fille. Si Meredith doutait de la fidélité de son ex-mari envers Silvana, ce n'était plus son problème. Kendall étant adulte, Scott et elle n'avaient plus aucune raison de se parler : ils ne s'étaient pas revus depuis l'enterrement de Justin – un souvenir atroce pour tous les deux. Scott ne se pardonnait pas la mort de son fils et il n'avait pas eu d'enfants avec Silvana. Celle-ci n'en voulait d'ailleurs pas et se contentait parfaitement d'être sa femme-enfant. Elle jouait le rôle de la petite poupée, mais sans plus en avoir l'allure.

Toujours est-il que Kendall n'avait jamais pardonné à sa mère sa fermeté envers son père, ce qui expliquait ses rares visites à San Francisco. Elle y allait d'autant moins volontiers que retrouver la maison où Justin et elle avaient grandi la déprimait : la chambre de son frère ressemblait à un mausolée et sa mère, retirée du monde, vivait comme un fantôme. En plus, les deux employés, Jack et Debbie, lui donnaient la chair de poule : ils se comportaient comme si la maison leur appartenait, ce que sa mère ne semblait pas remarquer.

Du fait que Kendall avait pris ses distances, Meredith traitait Debbie presque comme sa fille – la gouvernante n'avait après tout que quatre ans de plus que Kendall. Elles vivaient sous le même toit et se voyaient tous les jours alors qu'avec sa fille, le contact se réduisait au strict minimum, au grand regret de Meredith.

La phénoménale carrière de Meredith s'était arrêtée brutalement à la mort de Justin. Pendant de très nombreux mois, elle était restée cloîtrée chez elle, incapable de sortir de son deuil. Il lui avait fallu au moins trois ans avant de commencer à se retrouver. Elle ne pardonnait pas à Scott d'avoir failli à sa promesse. Justin était parti seul et il s'était à l'évidence aventuré trop loin de la côte, si bien que lorsque la tempête avait brutalement éclaté, les vagues énormes avaient fait chavirer le voilier. Il s'était noyé au large. Elle en avait cauchemardé pendant des années jusqu'à ce que, progressivement, douloureusement, elle fasse la paix avec cette tragédie.

Entre-temps, le cinéma avait perdu tout intérêt pour elle. Poursuivre sa carrière après la mort de son fils aurait été un simulacre. Grâce à de sages investissements réalisés du temps de son mariage, elle n'avait pas besoin de travailler, et elle se contentait de peu. De fil en aiguille, elle s'était isolée. Il pouvait se passer plusieurs jours sans qu'elle parle à personne, excepté quelques mots à Jack et à Debbie, qui gardaient avec efficacité le monde extérieur à distance, selon son souhait. Ils faisaient écran entre elle et cette vie publique qu'elle refusait désormais.

En somme, durant les cinq années qui suivirent le décès de Justin, Meredith fit peu attention à ce qui l'entourait, pas même à ses employés. Elle ne remarqua pas que quelques tableaux avaient disparu du salon – elle y allait si rarement. Lorsque Debbie l'informa qu'une femme de chambre avait volé plusieurs manteaux de fourrure, elle ne manifesta rien et la laissa renvoyer la bonne. Elle ne comptait de toute façon plus porter quoi que ce soit de glamour. Maintenant, elle vivait en jean et enfilait une vieille parka pour s'asseoir dans le jardin quand il faisait froid. Elle ne portait plus que des baskets ou des bottes de jardinier. Lorsqu'elle partait pour de longues promenades, personne ne la reconnaissait. Pourtant, les gens des environs savaient qui habitait la maison, et aussi qu'elle n'en sortait quasiment plus suite à ce qu'elle avait traversé – l'une de ces tragédies qui surviennent dans la vie et dont certains ne se remettent pas. Apparemment, Meredith White faisait partie de ceux-là.

Sa carrière s'était brutalement arrêtée quand elle avait 49 ans, et sa vie aussi : elle avait coupé tout lien avec ses amis et n'avait d'autre famille que Kendall, laquelle résidait à 3 000 kilomètres de là avec son mari et sa fille et l'avait exclue de son univers au profit de Scott. Entre la trahison de son mari, la mort de leur fils et l'abandon de sa fille, c'étaient autant de coups du sort difficiles à encaisser qui la poussèrent vers une solitude profonde.

Quatorze ans après la mort de Justin, à 63 ans, Meredith vivait paisiblement et s'en trouvait bien. Son agent était mort avant qu'elle lui ait reparlé. Elle avait décliné toutes ses propositions de rendez-vous : retravailler ou redevenir la star qu'elle avait été ne l'intéressait vraiment pas.

La mort de Justin ne la tourmentait plus. Elle avait appris à vivre avec et à l'accepter, portée par la conviction qu'elle le reverrait un jour. Les voyages n'étaient plus à son programme et elle se trouvait heureuse de vivre à San Francisco, dans la maison où son fils avait passé sa courte existence. Sa chambre, au dernier étage, demeurait intouchée. Elle y montait rarement, sauf pour regarder une photographie ou un objet lui ayant appartenu. Savoir que cette pièce était là et ressemblait toujours à celle qu'il avait occupée lui suffisait. En fait, rien dans la maison n'avait changé en quatorze ans. Cela lui donnait l'illusion que le temps s'était figé. Mais les années n'en défilaient pas moins.

Derrière la haie que Jack et Debbie avaient décidé de laisser pousser, fidèles à leur rôle de gardiens du temple – et à leurs intérêts –, Meredith avait surmonté les années de dépression morbide et menait désormais une vie sereine. Elle était contente de marcher dans son jardin ou de prendre la voiture jusqu'à la plage, les jours de grand vent, afin de savourer l'air frais et les rafales sur son visage. Elle n'avait aucun désir de compagnie et ne souhaitait pas revoir les amis qu'elle avait perdus de vue – leurs vies étaient trop différentes de la sienne.

En revanche, elle avait vu certains des derniers films réalisés par Scott et avait été surprise de leur qualité – et soulagée aussi qu'il ne joue pas dedans, car elle n'avait aucune envie de revoir son visage. Toutes les photos de lui avaient disparu de la maison depuis longtemps. On ne pouvait en dire autant de celles de Justin : il y en avait partout, le montrant à tous les âges, ainsi que de Kendall, mais en moins grand nombre.

Debbie parlait toujours de Justin à Meredith avec vénération, et faisait tout pour se rendre indispensable à son confort. Elle connaissait tout d'elle : ses goûts, ses mets préférés, quand et comment il fallait les lui servir, comment faire son lit, le genre de livres qu'elle aimait... Rien ne lui échappait, et elle la comblait. C'est elle aussi qui l'avait initiée à certaines séries télévisées, qu'elles regardaient ensemble. Debbie était en quelque sorte devenue un filtre pour Meredith. Elle prenait en charge tout ce dont Meredith ne voulait pas s'occuper tandis que Jack veillait à sa sécurité – du moins, c'est ce que Meredith croyait en toute sincérité. Le monde extérieur lui paraissait désormais si dangereux et singulier... Insidieusement, elle en était arrivée à dépendre totalement d'eux : ils lui facilitaient tant la vie ! Elle leur en était reconnaissante. Eux ne l'avaient pas abandonnée comme Scott ou Kendall. Ils avaient même posé un épais grillage au portail afin que personne ne puisse jeter un œil dans la propriété et troubler sa tranquillité. Pour le voisinage, elle était une sorte de légende : la célèbre actrice dont le fils était mort et qui vivait cachée.

« Ils s'imaginent sans doute que je suis devenue une sorte de sorcière maintenant », disait parfois Meredith en riant. La vérité, c'est qu'à 63 ans, elle conservait les immenses yeux bleus qui avaient ravi le cœur de millions de fans, les cheveux blonds comme les blés et ce visage délicat, élégant, que personne n'oubliait. Toujours très belle et attirante, pleine d'énergie et en bonne santé, elle ne faisait pas son âge et consacrait des heures entières au jardinage ou à la lecture.

Ce jour-là, elle avait passé toute la matinée au jardin à tailler les rosiers malgré la chaleur, appréciant le moment. Elle portait encore son immense chapeau de paille mou quand elle entra dans la cuisine pour se désaltérer. Debbie était en train de lui préparer sa salade préférée. Meredith avait une silhouette de jeune fille, mais elle revenait de loin : Dieu sait combien la gouvernante avait dû se battre pour lui faire avaler quoi que ce soit durant les premières années de sa réclusion. Tout ce que ce couple dévoué faisait prouvait à Meredith, jour après jour, à quel point ils se souciaient de son bien-être et étaient de braves gens.

— Ouh ! Quel four dehors ! dit-elle avec un sourire à Debbie.

L'été avait été long et brumeux et cette chaleur de septembre offrait un agréable contraste.

— L'été indien est bien là, ajouta-t-elle avant de boire une longue gorgée d'eau froide à même la bouteille qu'elle avait sortie du réfrigérateur.

— C'est un temps à tremblement de terre, commenta Debbie tout en lui tendant un verre que Meredith refusa de la tête.

— J'espère bien que non ! s'amusa-t-elle en reposant la bouteille. J'habite ici depuis vingt-huit ans et je n'ai jamais connu de tremblement de terre majeur, Dieu merci. Nous sommes arrivés quatre ans après celui de 1989, qui avait l'air assez catastrophique.

Cela lui faisait toujours un choc de réaliser qu'elle avait désormais vécu autant d'années ici avec Justin que sans lui. Il aurait eu 28 ans. C'était difficile à imaginer. À ses yeux, il resterait à jamais son petit garçon. Elle se souvenait si bien de lui, de son sourire, de son rire taquin. Il était farceur, gai et drôle. L'idée que Scott et elle lui avaient donné une enfance heureuse, du moins jusqu'au divorce, la réconfortait. Dorénavant, c'étaient les bons souvenirs qui primaient et non plus l'horreur de sa noyade.

— Cette maison ne bougera pas d'un centimètre s'il y a un tremblement de terre. Elle est bâtie sur du granit, on ressentirait à peine les secousses, affirma Jack qui venait de franchir le seuil de la cuisine, en quête d'un verre d'eau.

Debbie et lui avaient maintenant 44 ans, mais le temps ne les avait pas autant épargnés que Meredith. Celle-ci avait beaucoup moins de rides que Debbie, dont les traits étaient durs. La gouvernante se teignait par ailleurs elle-même – et mal – les cheveux en blond vénitien et attendait toujours que les racines plus sombres fassent un centimètre avant de se refaire une couleur. De son côté, Jack était de plus en plus dégarni, et il affichait un ventre digne d'un amateur de bière, ce qui surprenait toujours Meredith puisqu'il ne buvait pas – pour autant qu'elle sache. Debbie, elle aussi, avait pris des kilos. Tout l'opposé de Meredith, naturellement mince, qui entretenait sa silhouette par des promenades quotidiennes en plus d'un cours de yoga auquel elle s'était inscrite dans le quartier, où personne ne l'avait jamais reconnue. Sa solitude lui convenait. Elle l'avait apprivoisée. La nuit, elle dévorait des livres, avant d'en faire profiter Debbie le lendemain. Cette dernière n'avait jamais été une grande lectrice, mais sachant que cela créerait un lien avec Meredith, elle lisait les titres que sa patronne aimait. Aussi étrange que cela paraisse, Jack et Debbie étaient devenus les meilleurs amis de Meredith.

La maison en pierre avait plus d'une centaine d'années. En découvrant l'imposant portail et la hauteur de la haie, la bâtisse et la taille du jardin, ceux qui n'étaient pas du coin se demandaient qui pouvait bien habiter là.

Le commentaire de Jack fit remonter de lointains souvenirs chez Meredith.

— En parlant de tremblement de terre, avons-nous toujours le matériel d'urgence ? Quand nous avons emménagé, pareille catastrophe nous faisait peur et je me souviens que nous avions mis de côté des tentes, des cordes, des pieds-de-biche et fait des réserves de conserves, d'eau et de trousses de premiers secours.

Tout ça était entreposé dans le cabanon du jardin. Est-ce que les stocks sont à jour ?

Elle conservait aussi là-bas les vêtements de petit garçon de Justin. En ce qui concernait le matériel d'urgence, cela faisait des années qu'elle n'y avait plus pensé.

— Nous avions aussi des lampes-tempêtes.

Dans son souvenir, Scott avait également souhaité avoir un pistolet pour se défendre contre d'éventuels pilleurs, mais elle s'y était opposée. En revanche, ils avaient placé dans le coffre-fort une liasse de billets. Si aujourd'hui encore elle perpétuait cette précaution, c'était davantage pour donner de temps à autre du liquide à Jack ou à Debbie.

— Je vérifie régulièrement le contenu des trousses de secours et l'état des outils, répondit Jack. Les tentes, j'en ai fait don il y a des années à un centre pour sans-abri. Pas question qu'on se retrouve avec des campeurs sur la pelouse. Et j'ai donné les vêtements.

Ceux de Justin. Meredith approuva d'un signe de la tête.

— Sinon, concernant les réserves de nourriture et d'eau, tout est à jour.

Debbie gardait toujours un grand stock de viande congelée ainsi que des conserves.

— De toute façon, on ne va pas nourrir le voisinage, ajouta-t-il avec un air sévère. Nous avons de quoi tenir un bon moment. Et il y a un générateur de secours en cas de coupure de courant.

C'était Scott qui l'avait fait installer lorsqu'ils avaient acheté la maison.

Les constructions qui partageaient le même pâté de maisons étaient de jolies demeures victoriennes en bois. Ravissantes, mais moins solides que la leur. Elles risquaient de ne pas s'en sortir aussi bien en cas de séisme. Meredith n'avait jamais rencontré ses voisins et ne le souhaitait pas. Scott était plus sociable et soucieux de leur voisinage, mais la vie avait radicalement changé depuis la mort de Justin. Elle n'avait aucune idée de qui habitait plus bas dans la rue, et Jack et Debbie probablement pas davantage. Ils étaient encore plus farouches qu'elle et toujours soupçonneux, des voisins comme des passants qui tentaient de jeter un œil dans la propriété. Ils restaient sur leurs gardes.

Comme tous les jours, Meredith s'assit pour déjeuner avec eux à la table de la cuisine. Il en allait ainsi depuis des années, car il lui semblait inutile de donner du travail supplémentaire à Debbie en l'obligeant à servir une seule personne à la salle à manger, sans compter la distance que cela aurait instaurée dans leurs relations alors qu'ils étaient si gentils à son égard. Au début, elle avait pris ses repas sur un plateau, dans son bureau, puis elle avait fini par les rejoindre dans la cuisine, même si leurs origines et leurs histoires personnelles différaient des siennes. Tous deux étaient nés en Californie du Sud, venaient de familles défavorisées et avaient arrêté leur scolarité au lycée. Debbie avait eu son bac mais Jack avait quitté l'école en seconde. Malgré les vingt années ou presque qui les séparaient, ils étaient devenus ses seuls amis. Parfois, Debbie regardait avec elle l'une de leurs séries préférées – c'était plus drôle à deux et elles pouvaient en discuter après. Dans ces cas-là, Jack les charriait et en profitait pour regarder du sport, que Debbie détestait. Meredith et elle aimaient les mêmes émissions et lisaient les mêmes livres. Debbie avait plus d'ambitions intellectuelles que son mari. Elle était pour Meredith un peu comme une fille, une sœur ou une amie. Jack, lui, se montrait plus taciturne. Il était brillant sur certains aspects, mais peu loquace comparé à sa femme qui faisait la conversation et donc était plus à même de tenir compagnie à Meredith.

Après le déjeuner, celle-ci retourna au jardin pour finir la taille. La chaleur lui importait peu. Elle aimait ça. Vers les 16 heures, Debbie sortit voir où elle en était et lui apporter un verre de limonade bien glacée que Meredith accepta avec gratitude. Elle but d'abord une longue gorgée, puis la moitié du verre d'une traite.

— Mon Dieu, que ça fait du bien ! Je mourais de soif, mais je ne voulais pas m'arrêter.

Elle avait jeté son chapeau sur une chaise de jardin et savourait la sensation du soleil sur son visage.

— Vos roses sont magnifiques, dit Debbie.

Le compliment fit plaisir à Meredith.

— Je n'aurais jamais cru pouvoir passer mes journées à jardiner, mais en fait, j'adore ça.

Elle coupa une rose d'un rouge particulièrement intense et la tendit à Debbie. Les deux femmes échangèrent un sourire complice. On n'aurait pu faire plus différentes : d'un côté Meredith, issue d'une famille distinguée – même si pas extrêmement fortunée –, dont elle avait hérité l'allure aristocratique et une grâce innée. De l'autre Debbie, qui avait grandi dans un mobile home et se trouvait marquée à jamais par la misère qu'elle avait connue. Encore aujourd'hui, il se dégageait d'elle une sorte de vulgarité que soulignaient sa teinture bon marché et ses racines apparentes. Mais Meredith était persuadée qu'elles se comprenaient et étaient amies.

— Je songe à prendre des cours de cuisine chinoise, puisque nous aimons tous tellement ça. Il n'y a pas de raison que vous cuisiniez tous les soirs, dit Meredith.

Une idée généreuse, sauf que c'était elle l'employeur et que Debbie était payée pour cuisiner. Mais comme ils passaient beaucoup de temps ensemble, il était facile d'oublier ce détail. Les frontières s'estompaient lorsqu'on vivait dans une telle proximité sans voir personne d'autre.

Quelques minutes plus tard, Debbie rentra dans la maison. La chaleur l'incommodait et l'air s'était chargé d'humidité. Il faisait lourd et moite, un vrai temps à tremblement de terre, comme auraient dit les gens du coin. Pour Meredith, tout ça n'était qu'un mythe. Jamais rien n'avait démontré qu'il avait fait une chaleur étouffante au moment du tremblement de terre de 1906, le plus terrible de tous, même si celui de 1989 avait eu lieu pendant les World Series, le fameux championnat américain de base-ball d'octobre, avec une météo semblable à celle-ci. Il n'y avait pas là de quoi s'inquiéter. Ce genre de commentaire n'était qu'une remarque anodine qu'on glissait comme ça dans la conversation, pour parler du temps.

Tout en jardinant, Meredith se dit qu'elle appellerait bien Kendall ce soir-là. Cela faisait longtemps qu'elles ne s'étaient pas parlé. Aux dernières nouvelles, sa fille se battait contre Julia qui refusait de s'inscrire en troisième année d'université. La jeune fille de 19 ans détestait la fac, alors même qu'elle faisait des études de théâtre à la très réputée Tisch School de l'université de New York.

Si Julia abandonnait, elle marcherait dans les pas de sa mère : à 20 ans, Kendall avait fait sa troisième année à Florence, en Italie, où elle était tombée follement amoureuse de George Holbrook, le fils aîné d'une importante et très riche famille de banquiers new-yorkais, qui étudiait aussi là-bas cette année-là. À son retour, Kendall avait arrêté ses études à Columbia. À Noël, les deux jeunes gens étaient fiancés et, quelques mois plus tard, ils se mariaient. Au grand dam de leurs parents respectifs, qui se demandaient si le mariage tiendrait, vu leur âge. Vingt ans plus tard, ils étaient toujours ensemble et, d'après Kendall, heureux. Têtue comme elle l'était, sa fille n'avait jamais repris ses études. D'autant que, dix mois après les noces, ils avaient eu Julia, ce qui avait, là aussi, paru imprudent à Meredith – devenir parents, si jeunes ! Mais Kendall n'en faisait jamais qu'à sa tête et elle avait finalement trouvé quelqu'un qui lui correspondait bien : ils étaient plutôt classiques, sortaient beaucoup et avaient, aux yeux de Meredith, un petit côté guindé.

Les parents de George n'avaient pas été particulièrement ravis que Kendall vienne d'une famille d'acteurs. Si sa fille n'avait jamais repris ses études ni travaillé, elle faisait en revanche partie des comités de toutes les associations caritatives, avec le gratin new-yorkais. C'était la parfaite femme du monde, un monde que détestait leur fille Julia. La demoiselle préférait suivre l'exemple de ses grands-parents maternels et aller à L. A. tenter sa chance. Elle voulait déployer ses ailes et réussir par ses propres moyens, ce qui bien sûr n'enchantait guère ses parents. Rien que d'y penser, cela faisait sourire Meredith. C'était au tour de Kendall de se débrouiller avec une fille rebelle qui prenait son envol et rejetait tout ce que ses parents défendaient et avaient accompli !

Kendall n'avait jamais aimé le choix de carrière de ses parents, surtout parce que ce métier les avait si souvent éloignés. Elle détestait qu'ils soient célèbres, qu'on les reconnaisse si facilement et qu'on les arrête dans la rue pour leur demander des autographes. Meredith reconnaissait avoir passé beaucoup de temps en tournage. Kendall était née au moment où sa carrière décollait. Or, douze ans plus tard, à la naissance de Justin, elle était plus mature et plus apte à gérer l'arrivée d'un enfant. Les conditions de vie étaient cependant restées les mêmes entre tournages, célébrité et intimité réduite, mais Justin n'avait jamais semblé s'en soucier autant que Kendall. Parfois même, ça lui plaisait. Il leur avait souvent dit qu'il était fier d'eux. Au contraire de Kendall, que tout ça embarrassait. Elle jalousait aussi sa mère, bien que Meredith ne se vantât jamais de sa réussite, pourtant notoire.

Avec l'arrivée de Justin, Scott et elle avaient essayé d'alterner au maximum leurs tournages de manière à ce qu'au moins l'un d'entre eux soit à la maison avec lui. Ça n'avait pas toujours été possible avec Kendall, ce qu'elle leur reprochait encore – surtout à sa mère, qu'elle tenait aussi pour responsable de toutes ses maladies infantiles.

Contrairement à Justin, plus conciliant de nature, Kendall se montrait en permanence contrariée par quelque chose, à commencer par la renommée de sa mère – alors qu'elle ne faisait jamais grief à son père de sa célébrité. Aujourd'hui encore, Kendall adressait à sa mère des remarques cinglantes sur l'époque où elle était une star, tout en affichant une grande fierté pour la carrière paternelle. On aurait dit qu'elle n'admettait pas la notoriété et le succès de Meredith. Tout ce qu'elle retenait à son propos, c'était sa dureté envers Scott après la mort de Justin. Faisant abstraction du fait qu'il avait pu jouer un rôle dans cette tragédie, toute sa compassion et son empathie étaient allées à son père. Pour elle, la mort de son frère, qu'elle chérissait, avait été l'œuvre du destin, ou la main de Dieu. Son père était son héros, et devait le rester. Elle aimait croire que c'était un saint. Jamais elle ne parlait de la façon dont il avait quitté sa mère ni de la façon dont la presse à scandale avait affiché sa liaison avec Silvana. Pourtant, elle-même mariée et mère de famille à l'époque, elle aurait pu comprendre la position de Meredith. Mais elle avait choisi de ne pas faire la part des choses.

Repensant à Julia, Meredith se demanda à quoi elle ressemblait aujourd'hui. Aussi choquant que cela puisse paraître, la dernière fois qu'elle l'avait vue, sa petite-fille avait 10 ans. Contrairement à ses habitudes, Kendall l'avait amenée avec elle pour l'une de ses rares visites à San Francisco – en général, elle faisait tout pour tenir sa fille éloignée de Meredith et prétextait un « mauvais timing » pour décourager toute velléité de visite. Cette unique fois, petite-fille et grand-mère avaient pu profiter l'une de l'autre pendant quelques jours, même si Meredith n'était pas encore remise de la mort de Justin. Elles ne s'étaient pas revues depuis.

Cela faisait quatorze ans que Meredith n'avait pas voyagé. Quant à Kendall, elle passait toutes ses vacances avec sa belle-famille et n'avait jamais proposé à sa mère de venir fêter Noël à Aspen, dans la maison que George et elle avaient achetée. Meredith n'avait pas insisté, ni voulu la supplier de venir plus souvent. Elle savait bien que cela n'avait rien d'excitant de lui rendre visite et que, pour Kendall, les souvenirs de Justin étaient trop douloureux. Sa fille, elle, expliquait qu'elle était trop occupée pour faire le déplacement.

Ainsi, pour Meredith, le monde extérieur avait quelque part perdu de sa réalité, comme une série télé qu'elle n'aurait pas regardée depuis longtemps et dont elle aurait perdu le fil. Les personnages lui étaient devenus inconnus et elle avait l'impression d'avoir manqué trop d'épisodes de leur vie pour se replonger dans l'histoire.

Lovée dans l'un des confortables fauteuils de sa chambre, elle venait d'allumer la télé pour regarder l'une de ses séries préférées. C'était la troisième saison et elle ne manquait aucun épisode. Soudain, un étrange grondement sembla monter des entrailles de la Terre. Le téléviseur commença à trembler et l'écran devint noir. Au plafond, le lustre se balançait dans tous les sens. Quand elle le vit, Meredith comprit instantanément ce qui se passait : un tremblement de terre ! Devant elle, tout ce qui se trouvait sur la table basse se mit à tressauter jusqu'à tomber par terre. Un cadre se décrocha du mur. Dans un premier temps, elle hésita sur la conduite à tenir. Autour d'elle, tout n'était qu'éclats de verre brisé tandis que le grondement s'intensifiait. Elle entendit des bâtiments alentour qui s'effondraient. La marche à suivre lui revint vite en mémoire : pieds nus, elle se précipita vers le seuil de sa chambre et resta, tremblante, dans l'encadrement de la porte tandis que deux grands tableaux tombaient à leur tour lourdement. Dans sa course, elle s'était entaillé la plante des pieds, mais elle ne sentait même pas la douleur. Toutes les lumières s'étaient éteintes et elle pouvait voir par la fenêtre qu'il en allait de même dans tout le quartier. Cela sembla durer une éternité, jusqu'à ce que le grondement cesse et qu'une ultime et brève secousse se fasse sentir. Peu après, elle perçut le pas de Debbie dans l'escalier. Quand la gouvernante arriva tout essoufflée sur le palier, elles se contemplèrent un long moment en silence. Debbie apportait une puissante lampe-tempête, dont elle orienta le faisceau vers la chambre, révélant les toiles et le verre par terre.

— Bon sang ! C'était du costaud. Finalement, c'était bien un temps à tremblement de terre, dit Meredith d'une voix dont le calme ne trahissait pas son état.

— Tout va bien ? demanda Debbie, elle-même assez secouée.

— J'ai l'impression. Et vous ? Et Jack ? Où est-il ?

— Derrière la maison. Il essaie de fermer le gaz.

Comme toujours, Jack savait quoi faire. Quelle chance de les avoir avec elle !

— Pour monter jusqu'ici, ça ondulait ferme, ajouta Debbie, le souffle toujours court après ce choc.

— Merci d'être venue.

— Jack dit qu'on devrait se réfugier dehors à cause des trucs qui peuvent encore tomber dans la maison, l'informa Debbie en pointant la lampe vers le lustre qui se balançait toujours dangereusement.

Comme pour le confirmer, un grand bruit retentit au rez-de-chaussée. Debbie tendit une torche à Meredith qui se mit en quête de ses chaussures. Ce n'est qu'en les enfilant qu'elle aperçut son pied en sang.

— Ça va ? s'inquiéta Debbie.

— Oui, oui, allons-y.

Elles s'engagèrent dans l'escalier au son des pampilles en cristal du grand lustre du vestibule qui oscillait tel un carillon.

— Surtout, ne passez pas en dessous ! recommanda Debbie tandis qu'elles descendaient avec mille précautions.

Le sol de l'entrée était jonché de grands tableaux dont plusieurs avaient leur cadre abîmé. Elles les contournèrent et sortirent. Tout le voisinage était plongé dans l'obscurité.

— Je me demande de quelle intensité était ce tremblement de terre, dit Meredith.

— Forte, répondit Debbie qui avançait à la lueur de sa lampe-tempête, Meredith sur les talons.

Jack les rejoignit quelques minutes plus tard.

— Ça va, toutes les deux ? Pour le gaz, c'est bon, il est fermé.

— Tout va bien, répondit Meredith, qui commençait à sentir l'adrénaline redescendre.

Des bruits de voix s'élevaient dans la rue et elle se demanda s'ils ne devraient pas ouvrir le portail.

— Surtout, ne sortez pas ! Il y a des câbles à haute tension qui sont tombés et l'un d'eux fait des étincelles. Je l'ai aperçu quand j'ai jeté un œil dehors, dit Jack, sensible tout comme elles au contrecoup.

— Et si jamais ça recommençait ? Si c'était que le premier ? Un avertissement ? demanda soudain Debbie, l'air paniqué.

— Il n'y aura pas de réplique, répondit fermement Jack, avec plus d'espoir que de certitude.

Alors que résonnait à l'intérieur l'écho de diverses chutes, Meredith s'interrogeait sur ce que la soirée leur réservait de plus. Y avait-il de gros dégâts ?

— On devrait aller voir si tout va bien chez les voisins, dit-elle. Quelqu'un pourrait être coincé ou blessé. Où se trouve la trousse de premiers secours ?

Jack jeta un regard à sa femme avant de répondre :

— Vous ne pouvez pas sortir, Meredith. Tout le monde sait qui vous êtes et que vous habitez ici. Vous ne voulez pas que des gens débarquent en force. Et puis, on ne connaît pas la situation dehors : il pourrait y avoir des pilleurs.

À l'entendre, la menace était réelle, comme si des gens attendaient qu'ils ouvrent pour envahir la propriété. Mais Meredith n'en avait cure.

— Allez chercher la trousse d'urgence. Nous allons ouvrir ce portail, Jack, dit-elle d'un ton sans appel qu'il ne lui connaissait pas.

Il hésita un court instant avant de disparaître dans la maison.

— N'ouvrez pas ! On ne sait pas ce qu'il y a derrière, la supplia Debbie, terrifiée.

— C'est vrai, mais on va vite le savoir, répondit Meredith avec une détermination qui ne laissait aucun doute quant à ses intentions.

Cinq minutes plus tard, Jack était de retour avec la trousse de secours. Meredith prit la clé et ouvrit manuellement le portail, qui résista un peu. Elle sortit dans la rue, Jack et Debbie à sa suite. Dieu sait qu'ils n'en avaient pas envie. Pas du tout. Sauf que, pour la première fois depuis très longtemps, Meredith avait pris les choses en main, et son regard brillait d'une flamme nouvelle.

2

Lorsque Andrew Johnson poussa la porte d'entrée, sa femme sortait tout juste un pain de viande du four. Elle avait promis aux enfants d'en faire un. C'était la recette fétiche de leur grand-mère et l'un de leurs plats préférés, qu'elle servait avec une purée de pommes de terre et des épis de maïs cuits au beurre. Tyla Johnson savait que son mari ne serait pas du tout enchanté par ce dîner, et elle lui avait mis un steak au réfrigérateur.

— On rentre chez soi après une journée de travail, tout ça pour trouver un dîner aussi médiocre. Magnifique, grommela-t-il en allant se laver les mains, l'air dégoûté.

Elle détestait le voir de cette humeur-là. Quelque chose s'était mal passé au travail ? D'habitude, elle arrivait à le sentir. Elle avait travaillé pour lui pendant trois ans comme infirmière de bloc opératoire avant qu'ils ne sortent ensemble et ne se marient. Elle avait décroché cet emploi à sa sortie d'école d'infirmière. Aujourd'hui, elle avait 38 ans, il en avait 47 et travaillait comme chirurgien orthopédique dans l'un des meilleurs hôpitaux de la ville. Sa renommée ne cessait de grandir.

C'était un bel homme aux épaules carrées, grand, blond et athlétique, qui avait grandi dans une banlieue populaire de Los Angeles. Par la suite, il avait aussi habité à Venice, selon lui la meilleure ville de bord de mer, avec plein d'étudiantes à draguer. Aujourd'hui encore, pourtant bien occupé, il courait 5 kilomètres chaque matin pour rester en forme.

Leur fille Daphné, 7 ans, et leur fils Will, 11 ans, fréquentaient tous les deux des écoles privées dont Andrew ne manquait jamais une occasion de leur rappeler, ainsi qu'à leur mère, le coût exorbitant. Il avait grandi dans la pauvreté, ses parents avaient dû économiser le moindre sou, mettre de côté et emprunter pour envoyer leur fils en faculté de médecine. Le fait d'être désormais l'un des chirurgiens les plus convoités de San Francisco était en soi une réussite immense.

De son côté, Tyla venait de la communauté irlandaise installée à Boston. Issue d'une famille pauvre, elle devait ses études d'infirmière à une bourse. À peine diplômée, elle était venue à San Francisco et quand elle avait épousé Andrew, sa vie avait changé du tout au tout. Son mari était obsédé par l'argent et le succès, et il ne comptait pas ses heures au travail.

Ils avaient acheté leur maison sur Washington Street lorsque Daphné était encore bébé. Tyla ne travaillait déjà plus, ayant arrêté à la naissance de Will, ce qui donnait régulièrement l'occasion à Andrew de lui rappeler la chance qu'elle avait d'avoir un mari comme lui, capable de subvenir à ses besoins et de lui offrir une vie aisée. Il était fier de l'argent qu'il gagnait, et de posséder une maison comme celle-là. Il remboursait un emprunt énorme et vérifiait la moindre dépense que faisait sa femme, bien que Tyla n'ait jamais été du genre à jeter l'argent par les fenêtres. Elle adorait néanmoins leur maison et le fait de pouvoir donner à leurs enfants tous les avantages qu'elle n'avait jamais connus. Chez elle, sa mère faisait durer le moindre dollar, elle avait confectionné leurs vêtements et fait bouillir la marmite en travaillant comme domestique dans l'une des demeures les plus chics de la ville. L'un de ses frères était aujourd'hui plombier et l'autre électricien. Ses deux sœurs étaient employées de maison, comme leur mère avant elles. Mariée à un médecin, vivant dans une grande maison à San Francisco, Tyla était leur joie et leur fierté. Pour sa part, elle aurait volontiers continué à travailler pour aider aux dépenses, mais Andrew ne voulait pas. De fait, il gagnait assez pour qu'il n'y ait pas besoin de se préoccuper d'un second salaire. Et de ça aussi, il était fier.

L'intéressé réapparut dans la cuisine. Il retira sa veste, desserra sa cravate et remonta ses manches tandis que les enfants arrivaient pour le dîner dans leurs uniformes d'écolier. Daphné, les cheveux bien nattés, regarda son père avec un grand sourire. Will avait l'air grave. Tous deux s'attablèrent tandis que leur mère dressait leurs assiettes, qu'elle plaça ensuite devant chacun d'eux.

— Pain de viande ou steak ? demanda-t-elle à Andrew.

— Pain de viande, ça ira, répondit-il froidement, sans la moindre attention pour ses enfants.

Il n'avait pas embrassé sa femme en rentrant, ce qui n'était jamais bon signe. Elle ne l'interrogea pas sur sa journée, sa tête parlait pour lui. D'autres soirs, il la faisait tournoyer dans ses bras et la bécotait, mais pas cette fois. Après l'avoir servi, elle s'assit et commença à piocher dans les différents plats. Les enfants avaient déjà commencé à manger – le pain de viande était fumant, un vrai délice. Ils se régalaient lorsque leur père frappa soudain du poing sur la table, les faisant tous sursauter.

— En voilà des enfants mal élevés ! On attend les autres avant de commencer. Est-ce ainsi qu'on vous a éduqués ?

— Désolé, papa, souffla Will, le geste suspendu tandis que les yeux de sa sœur s'emplissaient de larmes.

L'un comme l'autre reprirent le fil de leur repas sans piper mot ni rebondir sur le sujet de conversation que Tyla lançait pour faire retomber la tension. Daphné mangeait le nez dans son assiette. Ils étaient habitués aux explosions de colère de leur père qui rendaient les repas plus stressants qu'agréables, et cela arrivait de plus en plus fréquemment ces derniers temps.

— Comment ça s'est passé à l'école ? leur demanda-t-il, le regard tourné vers son fils.

Daphné n'était qu'en CE1 : il était peu probable qu'elle ait beaucoup de notes à lui soumettre.

— Pas mal, répondit Will pour sa sœur et lui tout en évitant de croiser le regard de son père.

— Et le contrôle de maths ? insista ce dernier.

Will hésita. Il n'échapperait pas à l'interrogatoire et mentir ne ferait qu'empirer les choses. Tyla détestait quand Andrew mettait ainsi Will sur le gril. Dernièrement, leur fils avait commencé à bégayer et son professeur avait recommandé des séances d'orthophonie.

— Pas très bien, finit par murmurer Will.

Il ressemblait à son père, la même beauté blonde. Avec ses cheveux bruns et ses yeux verts, sa sœur tenait plus de Tyla.

— Explique-toi. « Pas très bien », c'est-à-dire ? Quelle est ta note ?

— J'ai eu 10,5/20, papa. Je n'ai pas compris les exercices. Je dois voir M. Joppla demain, avoua l'enfant, les yeux brillant de larmes.

— Tu avais révisé avec lui ? demanda Andrew à sa femme en lui lançant un regard noir. Mais bon sang, qu'est-ce que tu fais avec eux ? Il est en sixième. C'est du sérieux.

— J'ai essayé, mais moi non plus je ne comprends pas leur façon d'enseigner les maths aujourd'hui, rétorqua-t-elle posément. Nous avons vraiment travaillé dur, Andrew. Il lui faut peut-être des cours particuliers, suggéra-t-elle avec prudence, l'estomac soudain trop noué pour avaler quoi que ce soit.

La cuisine était bien éclairée, accueillante, le dîner était succulent, mais l'humeur paternelle coupait l'appétit à tout le monde. Ce soir, Andrew cherchait à passer ses nerfs sur sa famille.

— Nous aussi, on a eu maths aujourd'hui, et puis lecture, glissa Daphné afin de donner un répit à son frère.

Leur père ne prit même pas la peine de lui répondre, trop occupé à tancer sa femme.

— Des cours particuliers ? C'est plutôt toi qui en aurais besoin, si tu es trop stupide pour faire des additions. Quant à toi, Will, tu n'as qu'à te montrer plus attentif en cours. Tu es loin d'être un abruti, c'est donc de la paresse.

— Andy, Will n'est pas paresseux. Il est premier de sa classe en lettres. La semaine dernière il a encore obtenu une excellente note en rédaction. Il n'a simplement pas la bosse des maths.

— En rédaction ? Et qu'est-ce que ça va bien pouvoir lui rapporter ? Un boulot de prof ? Il faut qu'il travaille les sciences et les maths. Je ne paie pas des frais de scolarité monstrueux pour qu'il rate un simple contrôle de maths.

Un silence de plomb s'abattit sur la table. Quand Andrew était comme ça, mieux valait ne pas répondre sinon l'humeur massacrante s'assombrirait encore.

Tyla ramassa les assiettes encore à moitié pleines. Pour le dessert, il y avait des brownies avec de la glace. Le portable d'Andrew n'avait pas cessé de vibrer pendant tout le dîner, mais comme il n'avait pas décroché, cela signifiait qu'il ne s'agissait pas d'une urgence à l'hôpital. Will en venait presque à le regretter, car son père n'allait pas le lâcher de toute la soirée avec cette affaire de contrôle raté.

Les enfants demandèrent la permission de sortir de table, ce que leur accorda Tyla. Ils se précipitèrent alors dans l'escalier tout en chuchotant entre eux et Tyla aperçut Daphné qui donnait un rapide baiser à son frère pour le consoler. Elle débarrassa la table et vint s'asseoir à côté de son mari.

— Ne sois pas aussi dur avec eux, dit-elle d'une voix douce.

— Pourquoi ça ? Tu veux en faire un idiot ? Pour qu'il finisse plombier, comme ton frère ?

— Mon frère est dyslexique et il gagne très bien sa vie, rétorqua-t-elle pour défendre son petit frère.

Andrew n'avait jamais caché son mépris pour la famille de sa femme.

— C'est ton boulot de veiller à ce que Will étudie et ramène de bonnes notes, lui rappela-t-il d'un ton accusateur tout en vérifiant ses messages.

— Et c'est ce que je fais. Les maths ne sont pas son fort, voilà tout. C'est un littéraire : il est doué en anglais et il adore l'histoire.

Au lieu de lui répondre, Andrew envoya un texto. Quand il releva la tête, il la contempla pendant une minute avec cette lueur dans le regard qu'elle n'aimait pas. Elle savait où ça menait.

— Mon job, c'est de leur payer de bonnes écoles. Le tien, c'est de faire en sorte qu'ils y apprennent quelque chose.

Sachant à quoi s'en tenir, elle décida de ne pas relever et de revenir plutôt à leur point de départ, qui était de lâcher du lest à Will. La semaine passée, ce dernier était rentré deux fois à la maison avec un gros mal de ventre, et Daphné commençait à se ronger les ongles. Ils savaient tous qu'Andrew avait un tempérament éruptif. Au travail et avec ses patients, il prenait sur lui, mais toute la rage accumulée pendant la journée montait en puissance et explosait ensuite chez lui.

Tyla venait à peine d'ouvrir la bouche pour parler quand la maison commença à trembler. On aurait dit qu'une main géante la secouait dans tous les sens, de droite à gauche et de haut en bas. Les lumières clignotèrent avant de s'éteindre complètement et un grondement monstrueux s'éleva, pareil à celui d'une bête sur le point de les dévorer. Comme Tyla bondissait pour se ruer à l'étage où sa fille hurlait, Andrew la saisit avec brutalité par le bras, ce qui l'arrêta net.

— Va sous la table ! lui cria-t-il.

Mais elle se dégagea et se précipita vers l'escalier et ses enfants. Quand elle parvint à l'étage, la maison tremblait toujours. Dans l'encadrement d'une porte, Will tenait sa sœur hurlant de peur étroitement serrée contre lui. Tyla les rejoignit et les prit dans ses bras jusqu'à ce que les secousses se calment. Daphné sanglotait et Will était à deux doigts d'en faire autant. Ils avaient bien cru que la maison allait s'effondrer. De la cuisine leur parvenaient les bruits de la vaisselle qui tombait des placards et se brisait par terre.

— Descendez ! leur hurla Andrew.

Ils s'exécutèrent avec prudence. La maison ne tremblait plus et le grondement diminuait, mais on l'entendait encore et la vieille bâtisse de bois craquait de toute sa structure.

— Ça sent le gaz, dit Tyla en entrant dans la cuisine.

Toute la maison était plongée dans l'obscurité. Dehors, il faisait nuit noire. Andrew dénicha une lampe-torche et les éclaira.

— J'ai besoin d'une clé à molette pour couper le gaz. Où as-tu mis les outils ? dit-il, l'air étonné mais pas effrayé, avant d'ordonner à Daphné d'arrêter de pleurer.

Tyla serra sa fille toute tremblante contre elle.

— Je ne sais pas, répondit-elle. Je crois qu'ils sont dans le garage, là où tu les ranges.

Andrew ouvrit la porte d'entrée et ils virent dans la rue que des étincelles jaillissaient des câbles électriques. Des gens munis de lampes se rassemblaient ici et là sur le seuil de leurs maisons.

— Will, viens avec moi au garage.

Ils sortirent dans la nuit et Tyla resta avec Daphné, qu'elle tenait par la main. Les gens se parlaient, tout le monde avait l'air choqué par l'intensité du séisme. Un courant de panique se propagea quand une réplique projeta un autre câble électrique par terre.

— Merde, où tu as foutu cette putain de clé à molette ? Je ne peux pas fermer le gaz sans elle, lança Andrew en revenant, les mâchoires contractées, son fils effrayé sur les talons.

L'enfant ne savait pas ce qui était pire : son père, le tremblement de terre, l'obscurité dans laquelle ils étaient plongés ou les câbles électriques en travers de la chaussée.

— Je ne l'ai jamais utilisée, peut-être n'en avons-nous pas, répondit posément Tyla, qui essayait de calmer Daphné tandis que les gens du quartier s'aventuraient avec prudence sur les trottoirs.

— Eh bien, on a intérêt à en dégotter une si on ne veut pas que la maison explose ou prenne feu.

À ces mots, Daphné se mit à hurler :

— Martha ! La maison va brûler et j'ai laissé Martha dedans !

C'était sa poupée préférée, mais le risque était trop grand pour s'aventurer à l'intérieur.

— On ira bientôt la chercher. Et la maison ne va pas brûler, répondit Tyla en serrant encore plus fort sa fille contre elle. Papa va couper le gaz.

— Papa a besoin d'une clé à molette et il la trouve pas, répliqua la fillette, toujours en pleurs pendant que son père allait frapper de grands coups à la porte de la maison voisine.

Personne ne vint ouvrir. Ils étaient soit blessés, soit trop effrayés. Andrew continuait néanmoins de tambouriner. Will vint se blottir contre sa mère. Elle pouvait sentir son corps entier trembler tandis que leur père s'acharnait du poing contre la porte. Il ne partirait pas avant que quelqu'un réponde : il lui fallait couper le gaz.

Peter Stern, 32 ans, était penché sur sa vieille machine à écrire, en train de taper comme tous les soirs dans sa petite chambre, au grenier. Le jour, il occupait un poste à la régie publicitaire d'un magazine local et, depuis un an, la nuit, il était au service d'Arthur Harriman, un pianiste célèbre dans le monde entier. C'était un honneur de travailler pour lui, sans compter que ce poste lui avait sauvé la vie. Il ne gagnait en effet qu'un maigre salaire au magazine et s'en tirait grâce aux commissions sur les ventes d'espaces publicitaires qu'il arrivait à placer. Malgré ses deux emplois, il ne gagnait pas assez pour assumer les charges d'un studio dans un quartier à peu près correct. Or il ne voulait plus vivre en colocation avec une demi-douzaine d'inconnus, d'autant que, depuis deux ans, il travaillait sur ses moments de liberté à un roman. Écrire était sa passion, et son rêve était d'être publié. Il espérait bien devenir un jour un auteur à succès.

Avant, il vivait dans un appartement miteux de Haight-Ashbury, l'ancien quartier hippie de San Francisco, avec cinq personnes trouvées sur un site de petites annonces. Mais avec toutes les allées et venues de ses colocataires, il lui était difficile de se concentrer sur son écriture. C'est alors qu'il avait vu passer, dans un journal, l'annonce d'Arthur Harriman. Ce musicien de renom était devenu aveugle à 18 ans suite à un accident de voiture. Âgé maintenant de 82 ans, il cherchait quelqu'un qui puisse veiller sur lui la nuit et l'aider si besoin était. En journée, sa gouvernante de toujours, Frieda, arrivait à 7 heures et repartait à 20 heures après avoir préparé le dîner. Le week-end, un employé prenait le relais. Il fallait juste assurer une présence nocturne, toute la semaine, en échange d'un modeste salaire et d'une chambre dans cette belle maison située dans les collines de San Francisco. Pour le reste, le pianiste était très autonome et de caractère indépendant.

Quand il s'était rendu à l'entretien d'embauche, Peter pensait trouver un vieillard affaibli. Il fut stupéfait de découvrir quelqu'un capable de se déplacer seul dans toute la maison, montant l'escalier avec aisance et plus énergique que bien d'autres ! Entre le vieux concertiste et l'écrivain en herbe, le courant était passé et leur cohabitation était devenue des plus agréables. Il leur arrivait d'avoir de longues discussions philosophiques. Souvent, Arthur jouait la nuit. Il s'intéressait aussi au roman de Peter. C'était quelqu'un de dynamique, ouvert et à l'esprit encore très affûté. Quand il donnait un concert en ville ou dans une autre métropole, un chauffeur le prenait en charge et Peter avait alors quartier libre. Mais il sortait rarement. Il voulait terminer son livre.

Lorsque le séisme se déclencha, Peter suspendit son geste, le temps de réaliser ce qui se passait. Quand il comprit, il se rua vers l'escalier. C'était comme si le sol ondulait sous ses pieds. Il hurlait :

— J'arrive, monsieur Harriman ! J'arrive !

Dévalant les marches, il atteignit l'étage inférieur en quelques secondes et trouva Arthur Harriman tranquillement assis sous son piano.

— Je suis là, monsieur Harriman ! Tout va bien ?

— Absolument. Dis-moi, il est méchant, ce tremblement de terre ! Viens donc te réfugier là-dessous. Tu n'es pas blessé ?

— Non, non. Ça va.

— Tu as des chaussures, j'espère ? Il y aura bientôt du verre partout.

Sous leurs pieds, le grondement de la terre qui se déchirait était terrifiant. Instinctivement, Peter se recroquevilla un peu. Arrivé du Midwest depuis seulement deux ans, c'était son premier tremblement de terre. Il avait grandi au sein d'une famille unie – son père dirigeait le journal local, sa mère était enseignante –, dans une ville de province qui manquait de lustre et d'animation. Son frère et sa sœur avaient déménagé à Chicago sitôt leurs études terminées. Lui-même avait étudié à l'université de Northwestern à Evanston, dans l'Illinois, mais San Francisco avait toujours été son rêve.

— C'est bon, oui, j'ai des chaussures, répondit-il. Là d'où je viens, ce sont les tornades. C'est presque pire : elles arrachent les maisons et les emportent.

— Pas d'inquiétude, petit. Dans une minute, ça sera terminé, dit Arthur avec gentillesse, l'oreille aux aguets. L'électricité marche encore ?

— Non, tout est dans le noir. Pareil dehors.

— Décidément, c'en est un gros, commenta Arthur.

Dans la maison, un choc sourd indiqua la chute d'un objet de poids. La structure en bois de l'époque victorienne grinçait de tous les côtés, mais elle avait survécu au tremblement de terre de 1906, donc Arthur ne s'en faisait pas à ce sujet.

— L'important, c'est de faire attention au verre brisé et aux objets qui tombent, parce que les répliques vont achever de secouer tout ce qui tient encore. Est-ce que tu sais comment couper le gaz ?

Le sol et la maison avaient cessé de trembler et le bruit refluait, comme une bête blessée qui se retire dans sa tanière.

— Pas vraiment. Que faut-il faire ?

— La valve se trouve sur le côté de la maison, mais pour la fermer, tu auras besoin d'outils. Il y a une clé à molette dans le placard. Cela dit, sortons d'abord de là et allons voir ce qui se passe dehors. Quelqu'un te montrera bien comment faire, dit Arthur.

Voilà exactement le genre de situations qui justifiait d'avoir quelqu'un à demeure – le prédécesseur de Peter était resté en poste quatre ans avant de se marier, d'où l'embauche du jeune homme. C'était pour des moments comme celui-ci et, à l'occasion, quand il rentrait épuisé d'un concert, afin de l'aider à se mettre au lit. Autrement, il préférait se débrouiller seul, tant qu'il savait Peter à l'étage et qu'il pouvait l'appeler en cas de besoin.

De fait, Arthur n'était pas un employeur exigeant et Peter adorait travailler pour lui, tout comme il aimait vivre dans cette belle et vieille demeure. Y emménager avait été un don du ciel ! Elle lui rappelait un peu celle de son enfance, dont il avait parfois la nostalgie. Il retournait rarement là-bas désormais, ne voulant pas laisser Arthur seul. C'est qu'après un an à son service, un sentiment de responsabilité avait grandi en lui et il s'était par ailleurs beaucoup attaché au vieil homme, qui lui rappelait son grand-père, un homme très digne, autrefois avocat dans la petite ville d'où il était originaire.

— Allons-y, dit Arthur. En faisant très attention où on met les pieds, si des câbles électriques sont tombés.

Peter l'aida à s'extraire de sous le piano et le mena avec précaution par l'escalier jusqu'à la porte d'entrée. Quand il l'ouvrit, il vit un homme sur le seuil ainsi qu'une femme et deux enfants en retrait, devant la maison voisine. Il comprit soudain que l'individu avait dû tambouriner à leur porte. Entre l'adrénaline et le bruit, ils ne l'avaient pas entendu.

— Vous en avez mis, du temps ! hurla presque Andrew.

— Nous étions à l'étage, lui répondit Peter tout en conduisant M. Harriman vers un groupe de personnes qui parlaient dans la rue.

Sociable et avenant comme il l'était, le vieil homme appréciérait certainement d'engager la conversation.

— Nous avons besoin d'une clé à molette pour couper le gaz, dit Andrew en baissant d'un ton après avoir compris que le plus âgé était aveugle.

— Nous aussi, répondit Peter. Je vais retourner en chercher une, mais venez avec moi, j'aurai besoin d'aide.

Quelques minutes plus tard, les deux hommes pénétraient à l'intérieur pendant qu'Arthur racontait le tremblement de terre de 1989 à leurs voisins, auxquels s'étaient joints Tyla et les enfants.

Grâce à une lampe de poche, Peter se dirigea facilement dans la maison jusqu'au placard où Andrew lui désigna la clé à molette tout en demandant, l'air aussi surpris qu'impressionné :

— Je me trompe ou il s'agit d'Arthur Harriman, le pianiste ? Je ne savais pas qu'il habitait juste à côté de chez nous.

— C'est bien lui, confirma Peter avant de lui tendre l'outil et de lui emboîter le pas vers le gaz. Mais il est très discret et il voyage beaucoup pour ses concerts. Il a fait insonoriser la maison pour ne pas déranger le voisinage.

— Vous êtes son fils ?

Poussé par la curiosité, Andrew s'exprimait maintenant sur un ton agréable et chaleureux. Il pouvait se montrer charmant quand il le voulait.

— Non, seulement son « garde de nuit », corrigea Peter. Je dors là toutes les nuits au cas où il aurait besoin de quelque chose, ce qui n'arrive pas souvent.

— En tout cas, je doute que notre autre célébrité montre le bout de son nez ce soir. Le portail s'ouvre rarement et on dit qu'elle ne sort jamais.

— De qui s'agit-il ? M. Harriman ne parle jamais des voisins.

— Meredith White, la grande star de cinéma, affirma Andrew, étonné de l'ignorance du jeune homme. Elle vit retirée là depuis très longtemps. Personne ne l'aperçoit jamais, c'est comme pour les ovnis : les gens attendent de la voir, mais elle est insaisissable. Même si ma femme pense l'avoir croisée une fois à un cours de yoga, ce qui est peu probable. Je ne crois pas qu'elle sortirait de chez elle à moins que sa maison ne s'écroule, et ça n'est pas près d'arriver.

Le chirurgien désignait la demeure entourée d'une haute haie, à l'angle du pâté de maisons. Interloqué, Peter se demanda si Arthur était au courant.

— Je ne savais pas qu'elle habitait là. Ma mère a vu tous ses films. Elle ne me croira jamais quand je lui dirai, dit-il avec un sourire.

Tout en devisant, ils étaient arrivés chez les Johnson. Après avoir fermé le gaz chez eux, ils répétèrent l'opération chez Arthur Harriman. Au-dessus de leurs têtes, les hélicoptères qui faisaient le point sur la situation volaient bas.

— On se croirait dans une zone de guerre, remarqua Andrew.

— Où allons-nous tous dormir cette nuit ? Aucune de ces maisons ne paraît sûre, gaz ou pas gaz, fit remarquer Peter.

— Pour ma part, je vais devoir me présenter à l'hôpital sans tarder : c'est le protocole en cas de catastrophe de grande ampleur. Il va falloir que je trouve quelque chose pour ma famille. Les écoles vont sans doute être transformées en centres d'accueil. L'auditorium de l'hôpital aussi. Je pourrai toujours les emmener là-bas, réfléchit Andrew.

Ils discutaient encore de la question lorsqu'ils rejoignirent Arthur, Tyla et les enfants.

Joel Fine et Ava Bates étaient en pleins ébats lorsque le séisme se fit ressentir. L'espace d'un instant, Joel crut avoir touché un nirvana jamais atteint, mais tous deux comprirent vite de quoi il retournait. Bondissant hors du lit, ils se précipitèrent vers l'embrasure de la porte où, toujours nus, ils échangèrent un baiser.

— On a fait trembler les murs cette fois-ci, hein, bébé ? la taquina-t-il alors qu'elle s'accrochait à lui, paniquée.

Le tremblement de terre était assourdissant, les livres tombaient de partout.

Grâce au succès de ses deux start-up, Joel, 42 ans, avait fait fortune et s'était offert cette maison décorée par un célèbre architecte d'intérieur. Dans le garage se trouvaient une Bentley et une Ferrari. Cela faisait deux ans qu'il vivait avec Ava, qui avait 29 ans. Quand ils s'étaient rencontrés, elle était mannequin. Il l'avait immédiatement remarquée lors d'une séance photo pour une campagne de publicité de sa nouvelle start-up. Il l'avait emmenée en week-end à Las Vegas. Elle ne l'avait plus jamais quitté. Aujourd'hui, Ava suivait un programme universitaire en ligne avec l'ambition de devenir designer graphique.

Lorsqu'il l'avait vue pour la première fois, Joel l'avait trouvée renversante mais n'avait pas procédé différemment d'avec les autres. Sa philosophie en la matière était immuable : leur offrir des moments mémorables, privilégier la légèreté, les garder sous la main tant qu'elles étaient amusantes et faciles à vivre, mais attention, plans d'avenir non compris ! Quand une relation menaçait de devenir sérieuse, il ne jouait jamais les prolongations. Même si celle avec Ava dépassait en durée toutes les précédentes, il était divorcé et se remarier ne l'intéressait pas. Au moins, il ne s'en cachait pas. Son premier mariage l'avait vacciné. Tout comme le divorce chaotique de ses parents. Fils unique, il avait partagé son enfance entre une mère et un père qui se détestaient. Son entrée à l'université de Berkeley avait été une libération ! Il avait suivi des études de commerce et management et s'était marié juste après. Lorsqu'il avait surpris sa femme en plein adultère, il avait préféré divorcer avant que leur relation ne prenne la même tournure que celle de ses parents. Il en avait conclu que le mariage n'était pas pour lui. C'était fini, il n'avait aucune intention d'essayer à nouveau.

Toujours honnête sur ce qu'il avait à offrir, il ne promettait rien et ne demandait qu'à passer du bon temps. Il n'avait pas d'enfants et n'en voulait pas. Sa mère était issue d'une vieille lignée, son père était dans les affaires, donc il avait grandi dans un milieu aisé et privilégié. Mais cela s'arrêtait là. S'il était resté en

Californie, c'était pour faire fortune par lui-même et il avait réussi au-delà de toutes ses espérances. Ses parents en étaient très fiers.

Dès la fin des secousses, il alla dans la salle de bains, suivi de près par Ava. Il enfila un peignoir et en tendit un à la jeune femme avant de prendre leurs baskets.

— On ferait mieux de se tirer avant que tout n'explose. Ça sent le gaz et je n'ai aucune idée de la façon dont on le coupe, lui dit-il.

Ava resserra la ceinture de son peignoir, sous lequel elle était toujours nue. Dans cette obscurité, il lui était impossible de retrouver ses dessous.

Ils avancèrent à tâtons dans la maison, véritable garçonnière pour célibataire argenté – partout trônaient des œuvres d'art et du mobilier aux lignes épurées soigneusement choisis par un décorateur. Une fois la chambre traversée et l'escalier descendu, ils atteignirent la porte d'entrée et sortirent sans se poser de questions. Dans la rue, ils marchèrent droit vers le petit groupe constitué d'un vieil homme ressemblant à Einstein, d'une femme avec deux enfants et de deux hommes. En apercevant Ava, le duo masculin ouvrit de grands yeux.

Pour Peter, il était évident que la jeune femme ne portait rien sous son peignoir. Avaient-ils été surpris en pleine douche ? Elle avait l'air nerveuse et assez secouée par l'expérience, alors que son compagnon, plutôt bel homme, semblait prendre tout ça avec humour. Il débordait de confiance en lui, donnant l'impression que le monde était à lui, que rien ne pouvait l'effrayer. Peter lui envia presque sa nonchalance, lui qui était si doux et discret. Enfant timide, qui plus est atteint d'asthme, il avait été dispensé de sport et avait vécu au travers des livres. Il ne s'était senti vivant qu'à partir du moment où il avait commencé à écrire.

Il échangea un petit sourire avec Ava pendant que Joel engageait la conversation avec les autres, semblant oublier sa compagne.

— Il ne manque plus qu'un serveur pour passer les cocktails, disait-il à Andrew, visiblement charmé par son charisme.

Il faisait bon après cette journée de canicule. Occupés qu'ils étaient à se présenter et à commenter l'événement, ils ne remarquèrent pas la femme blonde habillée d'une chemise blanche, d'un jean et de baskets, avant qu'elle ne les aborde aimablement. Un couple la suivait à distance respectueuse. Personne n'avait vu le portail s'ouvrir ni quelqu'un se faufiler à l'extérieur. Pourtant, le trio était là et la femme portait une trousse de premiers secours ainsi qu'une puissante torche.

— Bonsoir. Tout le monde va bien ? Personne n'a besoin de soins ? demanda-t-elle.

Tous se turent pour l'observer.

— Nous allons bien, merci. Plus secoués que blessés, heureusement, répondit Tyla.

— Voulez-vous manger ou boire quelque chose ?

Andrew, qui la contemplait depuis une bonne minute, l'identifia enfin. Jamais il ne l'avait vue en chair et en os ! Il n'arrivait pas à détacher son regard d'elle tandis qu'elle discutait avec Arthur, affable et spirituel comme à son habitude. Andrew souffla à Peter :

— Meredith White.

— Oh !

Pétrifié, le jeune homme la fixa aussitôt sans pouvoir détourner le regard, malgré tous ses efforts. On aurait dit un fan devant son idole !

Près de lui, Tyla avait elle aussi reconnu l'actrice, qui était bel et bien la femme aperçue à son cours de yoga quoi qu'en pense Andrew ! Pendant ce temps, la légende du cinéma se présentait avec simplicité :

— Je m'appelle Meredith. Avez-vous ce qu'il vous faut pour fermer le gaz ?

— Pas moi, remarqua Joel. Mais plus urgent, personne n'aurait un joint par hasard ? Ou un verre ? Je préférerais ça à une clé à molette.

Ils éclatèrent tous de rire, sauf Ava, que sa nudité semblait embarrasser malgré le peignoir. Certes, personne ne pouvait rien voir, mais elle se savait nue, et Joel semblait adorer ça.

Meredith se tourna vers les enfants et engagea la conversation. La fillette aux longues nattes ornées de nœuds lui fit part aussitôt de son inquiétude :

— Ma poupée Martha est toujours à l'intérieur, sur mon lit, dit-elle, les sourcils froncés.

— Si elle est sur ton lit, je suis persuadée qu'elle va bien. Elle est probablement en train de dormir, fit remarquer Meredith avec un doux sourire.

Pendant ce temps, toujours en retrait, comme empotés et en décalage par rapport aux autres, Debbie et Jack contemplaient le petit groupe d'un air mécontent. Ils ne quittaient pas leur patronne des yeux, comme si elle était une détenue en fuite qu'ils avaient hâte de remettre derrière les barreaux. Seuls Arthur, à cause de sa cécité, Joel et Ava semblaient ne pas l'avoir reconnue. Les autres étaient éberlués de discuter ainsi sur le trottoir avec Meredith White, comme ils l'auraient fait avec une simple mortelle. Elle ne se comportait pas en recluse, mais comme une femme très normale. Daphné l'aimait déjà !

— Je suis désolé, mais je vais bientôt devoir vous quitter pour aller à l'hôpital, dit Andrew avec regret.

Il serait bien resté : Joel, qu'il avait reconnu comme le roi des start-up et de la high-tech, et Arthur étaient une bonne compagnie. Ava n'était pas désagréable à regarder avec sa chevelure brune qui lui tombait dans le dos et ce peignoir moulant dont elle devait sans cesse serrer la ceinture pour ne pas trop en montrer. Peter la dévorait littéralement du regard : il était presque plus fasciné par elle que par la star de cinéma ! La soirée devenait très intéressante.

— Je n'ai pas de joint, dit Meredith en réponse à la suggestion de Joel, mais je peux vous offrir à tous de quoi reprendre des forces chez moi. Par ailleurs, les chambres ne manquent pas si vous voulez y passer la nuit. N'hésitez pas : les choses risquent encore de bouger et de tomber et ma maison est solide comme un roc.

C'était d'ailleurs la seule construction en pierre du quartier.

— Vous êtes plus que les bienvenus. Nous avons également un générateur de secours, donc il y aura l'électricité.

— Ce serait avec grand plaisir, dit Joel, s'exprimant au nom de tout le groupe.

À l'entendre, on aurait dit qu'il s'agissait d'aller à une soirée. L'invitation lui offrait surtout l'occasion de découvrir l'intérieur du fameux repaire de l'actrice. L'idée ne déplaisait pas non plus à Andrew. Daphné avait pris la main de Meredith. Tyla souriait timidement. Tous avaient l'air reconnaissants et soulagés par cette offre, sauf Jack et Debbie qui échangèrent un regard horrifié. La dernière chose qu'ils voulaient, c'était de voir débarquer le voisinage. Il faudrait surveiller qu'ils ne volent rien et ne prennent pas de photos, car c'était strictement interdit. Meredith White tenait plus que tout à sa vie privée. Et voilà qu'elle invitait des inconnus ! Debbie leva les yeux au ciel alors que Meredith était à mille lieues de ces préoccupations-là : elle appréciait de pouvoir parler avec ses voisins.

Jack et Debbie retournèrent à la maison afin de préparer l'arrivée des « squatteurs », comme ils disaient. Pendant ce temps, Joel et Ava se dépêchèrent d'aller chercher quelques vêtements. Tyla fit de même, mais rapporta également la poupée de Daphné et des iPad pour les enfants, au grand déplaisir de leur père, qui ne fit cependant aucun commentaire. Tous fermèrent à clé leur porte d'entrée, en espérant qu'aucun pilleur ne passerait dans la nuit, puis ils suivirent Meredith jusqu'à son portail que Jack et Debbie avaient refermé. Elle l'ouvrit avec sa clé et le petit groupe franchit le seuil de la propriété avec émerveillement.

— Nous entrons chez Meredith White, expliqua Peter à Arthur, qui eut l'air saisi.

Il entendait pour la première fois de la soirée le nom entier de leur hôtesse.

— Permettez-moi de me présenter, je suis Arthur Harriman, dit-il alors à Meredith, qui sembla tout aussi impressionnée à son tour. Je souhaitais vous rencontrer depuis longtemps, mais je ne voulais pas m'imposer ni vous importuner. Quel plaisir de faire votre connaissance ! Je commence à croire que ce tremblement de terre est en fait une bénédiction, dit-il avec un enthousiasme qui ravit l'actrice.

Entre-temps, ils avaient tous pénétré dans le vestibule dont ils admiraient les détails à la lueur de leurs lampes électriques. Meredith les conduisit à la cuisine où quelques lumières étaient allumées grâce au générateur de secours, et elle demanda à Jack et Debbie d'apporter de quoi se restaurer.

— Des sandwichs et des biscuits, ce serait fantastique, suggéra-t-elle à voix basse, consciente de leur mécontentement.

Ils étaient tellement protecteurs envers elle qu'ils se méfiaient des étrangers comme de la peste. À tort, car leurs voisins étaient des gens fort respectables. L'un d'eux était célèbre et les autres avaient l'air sympathiques, comme ce Peter, à l'évidence un jeune homme charmant, ainsi que les deux femmes, très agréables au premier abord. Quant aux enfants, c'étaient des amours, et entre Meredith et Daphné l'amitié était déjà scellée !

— J'ai une mission très spéciale à vous confier, dit-elle à Will et à Daphné. Il va falloir vider dans la semaine tout le grand congélateur. Que diriez-vous de commencer dès ce soir en mangeant autant de glace que vous le pouvez ? Nous en avons beaucoup trop !

Le grand sourire de Will et le cri de ravissement de sa sœur la renseignèrent sur leur sentiment. Meredith installa la fillette sur un tabouret et prépara elle-même les deux coupes avec les parfums demandés, qu'elle compléta par une assiette de cookies, tandis que Debbie s'attelait aux sandwichs d'un air buté. Pendant ce temps, la mort dans l'âme, Jack servait des boissons aux adultes : un whisky avec glaçon pour Joel, un verre de brandy pour Arthur, du vin blanc pour Peter et les deux femmes. Seul Andrew était à l'eau.

— Je ne peux rien prendre car le devoir m'appelle. Je devrais déjà y être, dit-il, regrettant de manquer cette réunion chez Meredith White.

Cela faisait des années que celle-ci n'avait reçu personne. Elle se servit un petit verre de vin et porta un toast de bienvenue à leur intention. Peu après, Debbie fit passer un grand plateau de sandwichs – heureusement qu'elle avait fait le plein de courses la veille. C'était une habitude chez elle : afin de ne pas avoir à y retourner trop souvent, elle achetait en quantité, sauf les laitages et les produits frais. Et Jack, tel le barman du *Titanic*, remplissait les verres, sans oublier de se servir au passage, ni vu ni connu.

Assis autour de la table de la cuisine, les convives retrouvaient le moral et passaient un excellent moment.

Les conversations allaient bon train. Andrew finit cependant par prendre congé pour se rendre à l'hôpital, à quelques rues de là. Peu après, Meredith proposa de leur montrer les chambres d'invités. Comme tous craignaient de retourner chez eux, ils acceptèrent avec reconnaissance.

Elle attribua à Peter une grande chambre à côté de celle d'Arthur. Dans une autre, Jack et Debbie avaient dressé un lit de camp pour que Will puisse dormir dans la même pièce que sa mère et sa sœur. Ces dernières se partageraient le lit à baldaquin, en faisant bien sûr une place à la poupée de Daphné.

— Martha vous dit merci pour cette belle chambre et ce joli lit ! s'exclama la fillette.

Tous dormaient au même étage que Meredith, mais à l'autre bout de la maison. Dans sa suite, Meredith disposait d'un petit salon, où elle s'installa quelques minutes avec Tyla et Ava, le temps que Joel et Peter ferment le gaz chez Joel. À leur retour, Joel et Ava s'installèrent dans la magnifique chambre que leur avait réservée Meredith.

Avant de se retirer, celle-ci prit soin de s'assurer que tout le monde avait ce qu'il lui fallait. Chez Tyla, les deux enfants dormaient à poings fermés depuis longtemps, Daphné agrippée à sa poupée. De leur côté, Joel et Ava avaient pu se changer et la jeune femme était encore plus éblouissante dans son jean ajusté et un crop-top blanc qui lui découvrait le ventre. La maison était pleine de monde, pour la plus grande joie de Meredith. Soudain, l'endroit s'emplissait de rires, de discussions et de gens délicieux. On aurait dit une fête comme au bon vieux temps. Le tremblement de terre avait permis cette amitié naissante.

Il était minuit et Meredith venait à peine de se poser quand Debbie se présenta, soi-disant pour prendre des nouvelles. Jack était sans doute parti dormir, puisque des gardiens de nuit veillaient généralement sur la propriété. Leur présence était plus que jamais utile car une nuit comme celle-ci était un pousse-au-crime. Grâce au générateur de secours, sa maison était la seule du quartier à avoir de la lumière, ce qui la distinguait encore plus que d'habitude.

— Je vais très bien, Debbie. Mais je dois surtout vous remercier pour les délicieux sandwichs, lui dit Meredith avec un sourire afin de la dérider, car la gouvernante avait l'air maussade et s'attardait, comme si elle avait quelque chose à dire.

— Vous ne pouvez pas laisser ces gens rester ici plus longtemps, finit par lâcher Debbie, prenant Meredith de court.

— Pourquoi ça ? répondit celle-ci. Bien sûr que je le peux. Leurs maisons viennent d'être endommagées, qui sait dans combien de temps ils pourront y retourner… En plus, aucune n'a d'électricité alors que nous en disposons.

— Mais vous ne savez pas qui sont ces gens, Meredith. Ils pourraient très bien vous voler durant la nuit, ou même vous agresser.

— Qui donc ? Ce jeune romancier ? Le docteur et sa famille ? Ou le fondateur de start-up ? Franchement, j'ai vraiment du mal à imaginer un célèbre pianiste aveugle me tenir en joue, ni aucun des autres d'ailleurs. Ils ne paraissent pas bien méchants et ils resteront aussi longtemps qu'il le faudra, déclara Meredith.

Le ton ne laissait aucun doute : c'était elle qui décidait. Or, elle appréciait leur compagnie, le son de leurs voix dans le vestibule, la maison pleine de vie. Elle savourait chaque minute de cette situation inédite. Le tremblement de terre lui avait insufflé une nouvelle énergie et elle se sentait utile. La présence de ces gens donnait un but, un sens à son existence, même si ce n'était que pour quelques jours. Ils prendraient le temps dont ils auraient besoin. Elle était heureuse de les accueillir et de les aider, quoi qu'en disent Jack et Debbie. L'espace d'un instant, elle se demanda si ces derniers n'étaient pas jaloux, habitués qu'ils étaient à recevoir toute son attention depuis tellement d'années maintenant, presque comme des enfants. Peut-être ne voulaient-ils pas la partager ? À l'évidence, elle ne parviendrait pas à les convaincre de se montrer avenants envers leurs invités, qu'ils percevaient comme une menace. Cette attitude lui semblait stupide et bien peu amicale.

Lorsqu'elle se glissa dans son lit, une fois Debbie partie, Meredith repensa à ses invités : à Daphné et à sa poupée, au fabuleux concertiste qu'elle n'en revenait pas d'avoir rencontré. Tyla avait quelque chose d'attachant et de vulnérable qui lui donnait envie d'aller vers elle et de la materner. Les deux bombes sexuelles dans leurs peignoirs l'intriguaient aussi : Ava semblait être une fille intelligente, mais il était évident que Joel n'avait d'yeux que pour son corps. Pour lui, elle n'était qu'un jouet alors que Peter la dévorait du regard… Ils formaient un groupe vraiment intéressant. Elle avait hâte de les revoir au petit déjeuner. Ils voudraient certainement retourner jeter un œil à leurs maisons. Elle demanderait à Jack de les accompagner.

Ce dernier se trouvait à la cuisine où il écoutait Debbie vider son sac :

— J'aurais mieux fait de les empoisonner pour nous en débarrasser, parce qu'elle n'en démord pas : ils vont rester ! disait-elle.

Tous deux se servirent un dernier verre en piochant dans les réserves de Meredith, bien meilleures que les leurs. Ils allèrent ensuite se coucher, persuadés que ces importuns allaient leur poser des problèmes. Mais ils étaient bien déterminés à ce qu'ils décampent au plus vite.

Ce qu'ils ne comprenaient pas, c'est que pour la première fois en quinze ans, Meredith s'amusait comme une folle et ne laisserait personne interférer. Sa maison débordait à nouveau de vie, de gens qui avaient besoin d'elle. Il y régnait un sens de la communauté qui rendait chacun plus fort et courageux face à l'adversité. Son accueil leur avait redonné un sentiment de sécurité et leur avait offert un vrai réconfort, transformant un traumatisme en une opportunité d'amitié. Meredith avait bien l'intention de s'accrocher à ça aussi longtemps que possible. Et personne ne lui gâcherait ce plaisir.

3

Le lendemain, chacun se réveilla à son rythme, certains plus tard que ce qu'ils avaient prévu. Il faut dire qu'avec les événements de la veille, le contrecoup du tremblement de terre et de ses répliques ainsi que le confort miraculeux de la demeure de Meredith, le sommeil les avait terrassés en un rien de temps.

Ce matin-là, il faisait plus frais et le ciel était gris. De temps à autre, un hélicoptère survolait le quartier et l'on entendait au loin la sirène des camions de pompiers, rappels constants de l'état d'urgence et du chaos dans lesquels se trouvait plongée la ville. L'électricité n'était toujours pas revenue, et tous les commerces, bureaux et établissements scolaires étaient fermés. Le gouverneur de Californie s'était déplacé durant la nuit pour constater les dégâts et l'on annonçait la venue prochaine du président des États-Unis, pour l'instant en voyage diplomatique en Asie du Sud-Est.

Lorsque Meredith sortit de sa chambre en jean, teeshirt et vieilles bottes en caoutchouc, il était encore tôt. Pourtant, elle trouva Daphné, sagement assise sur une chaise du palier, toute seule avec sa poupée. La fillette donnait l'impression d'attendre quelqu'un et d'avoir peur de bouger – ce qui, vu la taille de la maison, n'était guère étonnant. Elle eut l'air heureuse de voir Meredith, qui lui sourit.

— Ma maman et Will dorment encore, chuchota l'enfant. Il y a que Martha et moi de réveillées.

Elle s'était habillée elle-même et portait un jean rose orné de cœurs ainsi qu'un sweat-shirt gris mis à l'envers. Tyla était allée leur chercher des vêtements et avait attrapé ce qui lui tombait sous la main. Elle portait ses baskets roses. La veille, Meredith lui avait fait compliment de la façon dont les semelles produisaient de la lumière.

— Martha et toi avez passé une bonne nuit ? demanda l'actrice, notant les longs cheveux bruns brossés à la va-vite de la petite fille.

Un hochement de tête répondit à sa question. Puis un commentaire fusa :

— C'est une grosse maison. Tu as des enfants ?

— J'ai une fille. Elle est grande et habite à New York.

— Tu vis ici toute seule ?

— Jack et Debbie sont là pour m'aider. Tu les as vus hier dans la cuisine.

— Avant qu'on te connaisse, mon papa disait que tu étais une sorcière. Comme dans *Hansel et Gretel*.

Meredith encaissa le coup avant de s'en amuser. Dieu seul savait ce que ses autres voisins disaient d'elle, puisque personne ne la croisait jamais ni ne la reconnaissait quand ça leur arrivait !

— Moi, je crois que tu es une gentille sorcière. Martha aussi le pense. Elle me l'a dit hier soir.

— Merci, dit Meredith avec un grand sourire avant de lui tendre la main : Que diriez-vous toutes les deux de prendre un petit déjeuner ?

Daphné hocha instantanément la tête : cela faisait une heure qu'elle attendait là que quelqu'un se lève.

— Martha a très faim.

— Moi aussi, avoua Meredith.

Main dans la main, elles descendirent le grand escalier puis un plus petit pour rejoindre la cuisine. Le générateur fournissait assez d'énergie pour faire marcher les appareils utiles à la préparation d'un repas simple et l'un des réfrigérateurs fonctionnait aussi sur ce secteur, Jack y avait veillé. Debbie était déjà debout, en train de regarder les nouvelles sur son téléphone.

— Les deux ponts sont fermés, annonça-t-elle. Le séisme avait une magnitude de 8,2 ! Les dégâts sont énormes. C'est le foutoir général. La moitié des rues sont impraticables et il y a eu de nombreuses exactions dans le quartier de South of Market. Les hôpitaux sont saturés.

Meredith avait entendu que le tremblement de terre avait déjà fait plus de 300 victimes. Des milliers de personnes étaient blessées et beaucoup d'autres devaient encore se trouver sous les décombres. Les services de secours de la région étaient tous mobilisés et ne comptaient pas leurs heures. Certains États avaient dépêché par avion du personnel qualifié en renfort. Des bénévoles et des civils se portaient volontaires pour rechercher et aider les survivants.

— Ils font appel à la Garde nationale pour empêcher les pillages. Jack dit qu'on doit garder le portail fermé, signala Debbie d'un ton pincé.

Vu la soudaine générosité dont faisait preuve Meredith envers ses voisins, il ne fallait pas qu'il lui prenne l'envie d'en ramener d'autres ou bien d'ouvrir en grand la maison.

— Mon papa n'est pas rentré de l'hôpital, dit Daphné d'une voix à peine audible, les yeux écarquillés. Hier soir, maman avait peur que notre maison tombe et Will a dit qu'elle allait exploser si papa ne fermait pas le gaz.

D'après les journaux, des incendies faisaient rage un peu partout dans la ville. C'était ce qui avait causé le plus de dommages lors du grand tremblement de terre de 1906 et cela risquait fort de se reproduire.

— Ton papa doit être débordé, dit Meredith.

— Il soigne les bras et les jambes cassés, précisa Daphné avec fierté, au moment où sa mère et son frère faisaient leur entrée, les cheveux ébouriffés, l'air encore ensommeillé et dans des tenues certes un peu étranges mais propres.

Tyla n'avait raflé la veille que des chemises à manches courtes pour elle-même – d'habitude, elle privilégiait les manches longues –, et Will devait se contenter de son maillot de foot.

— Debbie, vous croyez qu'on pourrait faire des pancakes ? demanda Meredith.

— Pas de problème, dit la gouvernante qui entreprit de mettre le couvert pour quatre pendant que les deux autres femmes engageaient la conversation.

— Houlà ! Ça doit faire mal, s'exclama Meredith devant l'énorme hématome qui marquait le bras nu de Tyla, au-dessus du coude. C'est arrivé hier ?

À voir la couleur violacée, elle aurait pensé que c'était plus ancien.

— Je… je ne sais pas… Je suis tombée dans le garage il y a quelques jours. Une flaque d'huile.

Au même instant, Ava entra dans la cuisine en tenue de sport fuchsia, fraîche comme une rose et dans une forme olympique.

— Y aurait-il du café ? demanda-t-elle.

Avec cette brassière qui ne cachait rien de son ventre et ses cheveux bruns ramenés sur le dessus de la tête, elle était incroyablement sexy. Tyla, qui ne manquait pourtant pas de charme, semblait bien terne à côté.

— D'habitude, le matin, je vais à une séance de cardio, mais j'imagine que tout va être fermé pendant un bon moment, ajouta Ava.

Debbie lui tendit un mug de café pendant que Meredith en remplissait deux autres pour Tyla et elle-même. De leur côté, les enfants avaient du jus d'orange que la gouvernante avait sorti spécialement pour eux. Will avala le sien d'une traite, alors que Daphné prit soin d'en proposer une gorgée à Martha avant de boire son verre. Cette petite attention arracha un sourire à Meredith. La jeune femme les rejoignit à table avec un bol plein de granola. Tyla, elle, se contentait d'un toast et de son café. Les enfants se régalèrent des pancakes pendant que les adultes évoquaient les destructions de la nuit.

Ils étaient en plein petit déjeuner lorsque Andrew se présenta encore en blouse, l'air épuisé.

— Je suis resté debout toute la nuit, dit-il en s'attablant avec eux.

— Petit déjeuner ? lui proposa Debbie, une tasse de café déjà prête à son intention.

— Non, merci. J'ai avalé quelque chose à la cafétéria de l'hôpital avant de partir. Je suis passé à la maison : c'est une catastrophe ! La cuisine est dévastée, on peut faire une croix sur notre vaisselle. L'une des poutres de la salle à manger est par terre et il y a une fissure dans le plafond de la chambre de Will. J'ai appelé l'assureur, mais je suis tombé sur sa messagerie, dit-il en étirant ses longues jambes devant lui.

Ses yeux se posèrent sur le bleu de sa femme, avec qui il échangea un regard avant de remarquer la tenue de son fils.

— Pourquoi es-tu en maillot de foot ? Il n'y aura pas match aujourd'hui.

— C'est ce que maman m'a donné, dit Will d'une petite voix – son père n'avait pas l'air d'être dans de bonnes dispositions.

Il était fatigué, cela faisait douze heures qu'il travaillait sans le moindre répit.

— Je dois y retourner pour 15 heures, nos gardes ont doublé. La moitié de la population de cette ville a besoin de soins.

Sans compter ceux qui étaient encore sous les décombres. À l'instant même, à la radio, on parlait du travail des équipes de secours : certaines avaient passé toute la nuit à chercher des survivants dans les décombres d'un immeuble du quartier de Sunset qui s'était effondré, et elles étaient encore à l'œuvre. Dans le quartier d'affaires, il fallait aussi venir en aide à ceux qui étaient restés bloqués dans les gratte-ciel et les ascenseurs.

— Ils disent que cela prendra cinq ou six jours pour dégager le bas de la ville, poursuivit-il. L'un des ponts de South Bay s'est effondré et ils repêchent encore des gens. On les évacue vers les hôpitaux de Palo Alto et d'Oakland. Heureusement, car de notre côté nous sommes déjà sous tension...

Depuis des années, il existait des protocoles d'urgence pour des situations comme celle-ci. Seulement, quand une catastrophe survenait, cela ne se passait jamais de manière aussi fluide que prévu.

Andrew souffla en aparté à sa femme :

— Je ne vois pas comment les enfants et toi pourrez retourner à la maison avant que tout ce foutoir ne soit nettoyé et les gros travaux faits. Je n'ai pas le temps de m'en occuper et tous les artisans doivent être débordés ou fermés. Côté hôtels, ils sont bondés et beaucoup n'ont pas encore retrouvé l'électricité.

À l'hôpital, ils avaient des générateurs de secours, mais même là, des services entiers se trouvaient plongés dans le noir et étaient donc inutilisables. Ayant atteint leur point de saturation, ils avaient dû envoyer les dernières vagues de blessés à l'hôpital général de San Francisco et à l'UCSF, l'hôpital universitaire de San Francisco. Mais d'heure en heure il en arrivait toujours plus. Les prochaines semaines s'annonçaient rudes pour le personnel de santé de la baie. Des infirmières de tous les États voisins avaient été mobilisées pour venir aussi vite que possible, ainsi que des médecins de Los Angeles.

Andrew était encore en train de leur décrire la situation quand Joel Fine descendit à son tour. Les deux hommes échangèrent un regard de connivence. La veille, leur complicité s'était faite immédiatement. Ne saluant aucune des femmes ni les enfants, Joel engagea directement la conversation avec Andrew dès qu'il se fut assis. Meredith les observa pendant que Jack arrivait pour aider sa femme en cuisine. Les deux employés avaient l'air tout sauf ravis de voir la maison envahie. Tout ça à cause de la générosité de leur patronne, qui invitait des voisins qu'elle ne connaissait même pas à rester chez elle. Et pour une durée indéterminée qui plus est, parce que ce n'était pas demain la veille que leurs maisons seraient habitables !

Peter et Arthur Harriman arrivèrent au moment où les autres terminaient leur petit déjeuner. Debbie était en train de ramasser les assiettes et de les empiler dans l'évier en attendant de les mettre au lave-vaisselle qui, Dieu merci, fonctionnait – elle avait l'impression de tenir une auberge, à tous les servir ainsi. S'ils restaient, ça voulait dire préparer les déjeuners et les dîners aussi : tous les restaurants étaient fermés, ainsi que la plupart des épiceries et supermarchés. Heureusement qu'elle avait refait le plein de courses juste avant le tremblement de terre et appris dans sa jeunesse à faire durer les provisions ! Entre les conserves, les pâtes, le surgelé et le frais, elle allait pouvoir nourrir toute cette tribu durant plusieurs semaines. Pendant ce temps, partout dans la ville, les restaurateurs faisaient don de leurs réserves de nourriture avant qu'elles ne se gâtent. Quelques magasins d'alimentation avaient généreusement ouvert et faisaient de même avec leurs produits périssables.

À l'aide de sa canne blanche, Arthur se dirigea vers Meredith dès qu'il entendit sa voix.

— Cela fait des années que je n'ai pas aussi bien dormi ! Merci de votre hospitalité. Que puis-je faire pour aider aujourd'hui ? demanda-t-il.

— Absolument rien, monsieur Harriman. C'est un honneur de vous avoir ici, répondit-elle, tout enjouée.

Le vieil homme et Peter prirent place à table et Debbie vint leur demander ce qu'ils souhaitaient. Elle affichait un air sombre. On frappa à la porte de derrière et Jack revint accompagné d'un militaire aux cheveux poivre et sel, qui en imposait par sa taille et son allure martiale. L'expression de l'homme jusque-là austère se dérida à la vue des enfants. L'apparition d'un tel personnage dans leur cercle surprit les adultes et Meredith s'empressa d'aller à sa rencontre, non sans remarquer les galons et les étoiles sur son uniforme. Sa présence signifiait-elle que la ville était sous le coup de la loi martiale ? Et si oui, quelles en seraient les implications pour eux ?

— Désolé de vous interrompre, dit l'officier. Je suis le colonel Charles Chapman, ancien de l'Air Force, et je fais partie de la Garde nationale en tant qu'agent de liaison avec le Bureau des services d'urgence, le BSU. Nous sommes plusieurs officiers retraités à aller de maison en maison dans le secteur afin de venir en aide en cas de besoin. Les troupes de la Garde nationale ont été déployées dans le bas de la ville pour arrêter les pillages, mais cela prendra un peu de temps avant que le BSU puisse tous vous contacter personnellement. Pour l'instant, nous essayons d'évaluer l'ampleur des dégâts dans les quartiers résidentiels. Vous habitez tous ici ? demanda-t-il en balayant du regard le groupe réuni dans la pièce, qui pouvait passer pour une seule et grande famille.

Au moins, il n'y avait pas de blessés et ils comptaient parmi eux un médecin, à en juger par sa blouse. Par ailleurs, hormis les deux grandes vasques cassées dans le jardin et quelques carreaux brisés, il n'avait repéré aucun dommage majeur. Tôt ce matin-là, Jack et Debbie avaient fait un premier ménage et rempli plusieurs sacs poubelles qu'ils avaient laissés aux ordures, dont la collecte n'aurait sans doute pas lieu avant plusieurs semaines.

— Merci, colonel, dit Meredith tout en lui serrant la main en guise de bienvenue. En fait, j'habite ici et ces personnes sont mes voisins. Ils occupent les trois maisons attenantes à cette parcelle. Malheureusement, elles ont été endommagées, si bien qu'ils demeurent là avec moi.

— Endommagées à quel point ? demanda l'officier.

Peter, Joel et Andrew rapportèrent ce qu'ils avaient constaté, tout en reconnaissant qu'ils n'avaient pas fait d'état des lieux exhaustif la nuit précédente.

— Vous avez bien coupé le gaz ?

Tous confirmèrent.

— Ici, nous disposons d'un générateur de secours, mais il est limité, tout comme l'électricité qu'il nous fournit, précisa Meredith en songeant qu'ils n'auraient pas non plus de gaz avant un bout de temps. En tout cas, la nuit dernière, tout le quartier était plongé dans le noir.

— En effet, et il faut vous préparer à ce que le courant ne soit pas rétabli avant des semaines, dit le colonel, que leur grognement de déconvenue fit sourire. C'est très gentil de votre part d'accueillir vos voisins, madame. Beaucoup de ceux que j'ai rencontrés aujourd'hui sont dans votre cas et hébergent des gens qui n'ont pas pu retourner chez eux parce que les ponts sont coupés ou que leurs maisons ne sont plus sûres. Quelqu'un ici a-t-il été blessé hier ?

— Quelques coupures ou contusions, mais rien de grave, colonel. Seulement beaucoup de verre brisé, répondit Meredith. Nous avons tous eu beaucoup de chance. Il faudra simplement qu'un architecte vienne expertiser les habitations avant d'envisager un retour dans les foyers.

Sa maison tenait bon. En l'inspectant de plus près, Jack avait bien repéré une fissure dans la façade, mais rien de structurel. Ils ne risquaient rien.

— Voudriez-vous un café ? proposa-t-elle.

L'homme hésita. Cela faisait quatre heures qu'il avait commencé sa ronde, mais il lui restait beaucoup de maisons à visiter. D'un autre côté, l'offre était tentante : ce groupe semblait sympathique et leur hôtesse était une femme séduisante et distinguée, à qui il était difficile de dire non.

— Très volontiers, mais sur le pouce, dit-il avec un sourire reconnaissant.

Une tasse à la main, il rejoignit les autres à la table.

— Vous êtes docteur ? demanda-t-il à Andrew.

Ce dernier hocha la tête, l'air fier. Qui aurait pu soupçonner que son humeur pouvait passer en un rien de temps du grand beau à une froideur arctique ou à une éruption volcanique ? Quand il était en forme, il se montrait avenant et semblait être quelqu'un de très sociable. Seule sa famille savait que ses démons étaient soigneusement cachés.

— Je suis chirurgien orthopédiste. Nous sommes actuellement complètement débordés. J'ai travaillé toute la nuit et je dois y retourner dans quelques heures.

— Les blessés sont en effet très nombreux, mais pour une magnitude aussi forte, le nombre de décès n'est pas aussi important que nous aurions pu le craindre, dit le colonel tout en prenant une petite gorgée de son café fumant.

Le séisme avait dépassé en puissance celui de 1906. Heureusement, les réglementations en matière de normes antisismiques avaient sauvé beaucoup de vies et réduit les dégâts. Ce n'était cependant pas le cas partout, notamment dans les quartiers les plus pauvres, ainsi qu'en dehors de la ville, où de vieilles bâtisses et de nombreux lotissements s'étaient effondrés.

— Ils ont rameuté la vieille garde pour aller vérifier les maisons. Comme j'habite à proximité, on m'a confié cette zone. J'ai passé la nuit à frapper aux portes.

Il n'avait cependant pas l'air fatigué et dégageait un tel calme qu'ils en étaient tous rassurés.

— Cela fait deux ans que je suis à la retraite, mais j'ai rejoint la Garde nationale pour intervenir dans des situations comme celle-ci. J'ai déjà connu d'importants tremblements de terre, dans des zones de guerre ou des pays en voie de développement, où les normes de construction sont quasi inexistantes. C'est un vrai crève-cœur de voir les dévastations qui en résultent.

La conversation se poursuivit. Affable, le colonel eut un mot pour chacun. Il interrogea Will sur son équipe de foot et demanda à Daphné si la petite souris était passée, vu le nombre de dents qu'il lui manquait.

— Oui. Elle m'a laissé un dollar à chaque fois.

Lorsque l'officier se leva pour prendre congé, Meredith le raccompagna elle-même jusqu'au portail.

— Tenez, dit-il en lui tendant une carte de visite où étaient inscrits son nom et son numéro de portable de la Garde nationale. J'ai ce téléphone en permanence sur moi. Si vous rencontrez une difficulté et que nous pouvons être d'un quelconque secours, n'hésitez pas à m'appeler. C'est vraiment gentil de votre part d'héberger vos voisins.

— Avec autant d'espace chez moi, il aurait été indécent de ne pas le faire, répondit-elle modestement.

— Peu importe. Vous ne les connaissez sans doute pas tous, et je crois comprendre que vous aimez avoir votre intimité, fit-il avec un geste vers le portail, le mur et la haute haie qui cachaient presque toute la maison aux regards indiscrets.

— J'ai fait leur connaissance hier, mais l'intimité n'a pas sa place dans un contexte dramatique comme celui-ci. Et ce sont tous des gens très sympathiques.

Alors qu'il s'apprêtait à partir, il s'arrêta pour demander, avec une pointe d'hésitation :

— Je sais que cela semble ridicule, mais j'ai l'impression de vous avoir déjà vue quelque part, dit-il, troublé de trouver dans les traits de Meredith quelque chose de familier, sans pouvoir dire d'où cela venait. J'ai passé les dix dernières années de ma carrière au Pentagone et j'ai emménagé ici il y a deux ans, à la mort de ma femme. J'avais besoin de changer d'air et je me suis dit que c'était le bon moment. Peut-être nous sommes-nous rencontrés ici ? Ou à Washington ? En tout cas, j'ai la sensation que nos chemins se sont déjà croisés.

— Cela fait bien longtemps que je ne suis pas sortie, dit Meredith sans développer davantage.

C'était un inconnu pour elle et, s'il l'avait vue dans un de ses films mais qu'il ne faisait pas encore le lien, ce n'était pas elle qui l'éclairerait.

— Eh bien, n'hésitez pas s'il y a quoi que ce soit.

— Je pense que nous avons la situation bien en main, mais merci quand même, dit-elle aimablement.

Il franchit alors le portail, la salua d'un geste de la main et descendit la rue d'un bon pas. Elle le vit traverser la rue à l'angle et frapper à la porte d'une grande et belle maison. Une vieille femme lui ouvrit et le fit entrer. Meredith retourna alors à la cuisine où les autres traînassaient, ne sachant pas trop comment organiser leur journée. Néanmoins, ils parlaient tous d'aller chez eux évaluer les dégâts à la lumière du jour. Meredith entendit Andrew Johnson lancer en sourdine à sa femme, alors qu'ils remontaient ensemble chercher le sac à main de Tyla :

— Alors, avec lequel de ces hommes étais-tu en train de flirter pendant que je travaillais ?

Meredith crut qu'il plaisantait, mais le ton était volontairement blessant. Intriguée – l'attitude de Tyla n'avait rien d'ambivalent et l'accusation était clairement infondée –, Meredith le vit saisir son épouse par le bras, à l'endroit exact de l'hématome, ce qui arracha une grimace de douleur à la jeune femme.

— Ne sois pas bête. J'étais avec les enfants, répondit celle-ci.

Ils entrèrent dans leur chambre et Meredith se rendit dans la sienne où Debbie se présenta quelques minutes plus tard.

— Alors, que suis-je censée leur servir pour le déjeuner maintenant que je tiens un restaurant ? dit-elle d'un ton acerbe.

Elle allait devoir faire durer leurs provisions autant que possible, puisqu'il n'y avait aucun moyen de savoir si un ravitaillement serait bientôt envisageable. Son attitude montrait explicitement son agacement à avoir des étrangers dans la maison, ce que regretta Meredith dont la bienveillance était à la hauteur des événements tragiques.

— Des sandwichs, des salades ou des pâtes. Ce qui sera le plus simple pour vous. Et pourquoi ne pas sortir quelques poulets du congélateur pour ce soir ? suggéra-t-elle. Il s'agit avant tout de se nourrir, ça n'a pas besoin d'être élaboré.

Le comportement de Debbie la surprenait et celui de Jack ne valait pas mieux : dès qu'un invité s'adressait à lui, il répondait de manière laconique, à peine aimable. Cette hostilité larvée ne leur ressemblait pas, ils étaient normalement la gentillesse incarnée !

— Franchement, je ne m'attendais pas à gérer un hôtel. Il existe pourtant des abris où ils pourraient aller.

Ces gens-là n'ont pas besoin de rester ici, ils profitent de vous, insista Debbie.

Elle tentait d'instiller la peur et la colère dans l'esprit de sa patronne, mais c'était peine perdue. Meredith ne répondit rien. Au lieu de ça, elle sortit de sa chambre et alla frapper chez Tyla et Andrew. Ce fut elle qui vint ouvrir, nerveuse, son mari sur les talons.

— Voudriez-vous que je garde les enfants pendant que vous allez jeter un œil chez vous ? proposa Meredith.

Tyla se tourna vers son mari, qui répondit à sa place :

— Non, ils viennent avec nous. Will pourra m'aider à nettoyer un peu et Daphné préfère rester avec sa maman.

Manifestement, il ne voulait pas que Meredith passe du temps seule avec les petits, mais c'était compréhensible puisqu'ils ne la connaissaient pas vraiment.

— Parfait. Si je peux vous aider ou si vous voulez que Jack vous accompagne, n'hésitez pas.

— Nous avons tout ce qu'il nous faut, dit-il, et il referma la porte avant que Tyla puisse ajouter quoi que ce soit.

Meredith n'avait pas encore amorcé le moindre geste qu'elle l'entendit interpeller sa femme d'une voix mauvaise :

— Qu'est-ce que tu lui as dit ?

— Mais rien. Elle veut juste être gentille, plaida Tyla.

— Tu la laisses en dehors de nos affaires, et qu'elle ne s'approche pas des enfants, répliqua-t-il en haussant le ton.

Meredith s'éloigna sur la pointe des pieds, stupéfaite. Que cachait ce couple ? Elle s'interrogeait encore quand elle aperçut Arthur Harriman en train de descendre l'escalier d'un bon pas, suivi de près par Peter. Décidément, pour quelqu'un de son âge, le vieil homme était alerte et plus énergique que bon nombre d'entre eux !

— Nous allons voir dans quel état est mon piano, je veux m'assurer qu'il n'a pas été endommagé. Peter pense que je ne devrais pas pratiquer dans la maison au cas où quelque chose viendrait encore à tomber, dit Arthur, visiblement contrarié car rien ne pouvait l'empêcher de jouer.

— Si vous voulez, il y a un piano ici, au salon, mais sans doute pas de la qualité du vôtre : c'est un quart-de-queue, un Steinway.

— Certainement un très bon instrument, mais je suis habitué au mien. Entre lui et moi, c'est toute une histoire : je l'ai depuis trente ans. Ma femme et moi jouions à quatre mains dessus. C'était une excellente pianiste elle aussi. Nous nous sommes connus à 17 ans, pendant nos études à Juilliard. Notre mariage a duré cinquante-sept ans.

— Avez-vous des enfants, monsieur Harriman ? lui demanda-t-elle, touchée par ce qu'il venait de raconter.

— Non. Nous nous suffisions à nous-mêmes et nous avions notre art. Cela remplissait tout. Pour accueillir des enfants, il faut se sentir prêt et ça n'a jamais été notre cas. Nous étions entièrement dévoués l'un à l'autre.

— Vous semblez avoir vécu un très bel amour.

— Et vous, avez-vous des enfants ? interrogea-t-il en retour. Peter me dit que la maison est immense. J'imagine que vous n'avez pas toujours vécu seule ici.

— J'ai une fille qui habite à New York. Elle est mariée et a une fille.

Meredith ne mentionna pas Justin, l'histoire était trop triste et personnelle pour être abordée avec des gens qu'elle venait de rencontrer.

— J'adore cette maison, et elle est très grande en effet. Mais vous savez, je sors rarement. J'ai construit mon propre monde ici.

— Avoir son propre monde derrière des murs, ce n'est jamais bon, commenta Arthur, les sourcils froncés, le visage tourné vers elle comme s'il pouvait la voir. Le monde extérieur a besoin de vous, madame White. Regardez-nous, en ce moment ! Ne privez pas les autres de votre compagnie, ou vous-même du monde en général. Certes, il est troublé ces jours-ci, mais cela rend votre contribution d'autant plus urgente et précieuse. Vous avez beaucoup à offrir.

Qu'en savait-il ? Et pourquoi dire cela, alors qu'il connaissait sûrement son histoire ? Lui-même menait une vie à l'opposé de la sienne : son agenda de concerts ne désemplissait pas et il voyageait constamment. L'âge n'avait pas de prise sur lui, et le risque de l'isolement encore moins ! Meredith se sentait presque gênée d'avoir reconnu devant lui sa retraite volontaire.

Quelques minutes plus tard, elle le laissa au portail en compagnie de Peter et des Johnson et retourna dans la maison, devenue d'un coup fort silencieuse, pour étudier quelques papiers administratifs qu'elle aurait dû éplucher la veille. Quand elle émergea de sa suite, elle croisa Ava et Joel, qui disait en riant :

— Allez, bébé, on retourne chez nous et on reprend où on en était !

— Et si la maison nous tombait dessus ? On n'est pas à l'abri d'une réplique !

— Partir en plein coït, ce serait une chouette façon de mourir, non ? s'amusa-t-il, peu soucieux d'être entendu.

Il se comportait comme si c'était la seule chose qu'il attendait de sa compagne et Meredith se sentit désolée pour elle. Ava était visiblement un objet sexuel pour lui, et pas beaucoup plus. Il n'arrêtait pas de la toucher, de lui caresser le dos, la taille, le cou, les fesses, d'une manière sensuelle, presque lubrique, au point qu'on se sentait voyeur quand on était près d'eux. Les peignoirs s'expliquaient : c'était comme s'il voulait que la terre entière soit au courant qu'il lui faisait l'amour tout le temps. Meredith ne souhaitait pas le savoir et elle avait la conviction qu'il y avait bien plus de qualités chez Ava que ce que voyait Joel Fine. C'était une fille intelligente qui essayait clairement de progresser, vu sa fierté lorsqu'elle avait mentionné la veille au soir sa formation universitaire en ligne. Comme elle ne pouvait se permettre d'aller dans une excellente école de design, elle avait choisi ce cursus numérique qu'elle suivait avec sérieux. Au passage, elle avait évoqué ses parents morts quand elle était enfant, son oncle et sa tante de Salt Lake City qui l'avaient élevée dans une atmosphère plutôt stricte. Venue à San Francisco dès qu'elle avait pu après le lycée, elle avait trouvé un travail de mannequin, avait travaillé dur et s'en était bien sortie pendant neuf ans. Sa vie avait radicalement changé en rencontrant Joel. Ce dernier lui avait ouvert les portes d'un monde luxueux, un monde où le succès permettait d'avoir et de faire tout ce qu'on voulait. Ce que Joel désirait, il se l'offrait, et il la traitait comme si elle lui appartenait, sans prêter attention à son intelligence ni à ses rêves. Joel voulait que son corps soit à sa disposition.

La jeune femme avait conscience qu'elle s'était coulée trop facilement dans son style de vie et qu'elle y était même très attachée désormais. Il lui procurait un sentiment de sécurité, même si elle n'était pas dupe : Joel Fine était une impasse dorée. Il se lasserait d'elle un jour, comme de toutes les femmes qui l'avaient précédée. Et, même si dans son milieu d'origine on l'enviait pour cette position, elle avait toujours voulu plus pour elle-même et n'avait pas abandonné cet idéal : une carrière dont elle serait fière, un mari et des enfants. Dès le départ, Joel avait été très clair sur ce point. Il ne serait jamais cet homme-là. En fait, elle participait juste au monde fantasmé qu'il s'était créé. Le seul être qu'il chérissait c'était lui-même. Au fond de son cœur, elle avait espéré qu'il change ou devienne plus mature, peut-être même qu'il tombe amoureux d'elle. Elle avait toujours attendu un peu plus de lui. Cependant, elle avait conscience que pour réaliser ses rêves il lui faudrait faire un choix. Jusqu'à présent, elle avait profité de cette situation matérielle confortable. Et Joel avait tout de même des qualités qu'elle adorait : il était gentil, amusant et généreux. Ne lui offrait-il pas une vie de rêve ? Elle lui en était reconnaissante. Elle voulait simplement plus de sentiments et être respectée dans sa globalité.

Ce fut Jack qui leur ouvrit le portail. Il était en train de ramasser des pots cassés dans le jardin tandis que Meredith y constatait l'ampleur des dégâts – ses rosiers étaient dans un triste état – et remettait un peu d'ordre.

Ses nouveaux locataires commencèrent à rentrer vers 13 heures. Les bras chargés de deux poupées supplémentaires, Daphné sautillait tandis que Will transportait un sac à dos plein de livres de classe. Son père tenait à ce qu'il étudie chaque jour un peu, même si l'école était fermée. Tyla avait l'air fatiguée et sa main était bandée, car elle s'était coupée en débarrassant la cuisine de toute la vaisselle cassée. Cette fois, elle avait préparé une valise entière de vêtements pour tous les quatre. Andrew avait pris sa trousse de médecin, au cas où quelqu'un se blesserait. C'est lui qui avait bandé Tyla. Cette dernière avançait le regard vide, la démarche tendue, comme si elle cachait un secret.

Arthur et Peter arrivèrent à leur tour.

— J'ai réussi à faire quelques gammes ! annonça le vieil homme. Mais il faudra qu'un expert passe, car Peter a repéré de nombreuses fissures dans les murs et les plafonds, sans compter les amas de plâtre tombés par terre.

Le jeune homme avait son manuscrit avec lui, craignant trop de le perdre dans un incendie s'il restait chez le pianiste. On ne savait jamais ce qui pouvait se passer en leur absence.

De son côté, Joel déclara que sa maison tout juste redécorée était sens dessous dessus : de nombreux tableaux étaient tombés, une œuvre d'art en néon avait éclaté et une bonne partie du mobilier était en morceaux. Ava, pour sa part, s'inquiétait de son ordinateur portable, apparemment cassé. Chez eux aussi, les travaux de restauration seraient conséquents. Ils n'avaient pas pu balayer tout le verre tant il y en avait. Joel comptait faire appel à une entreprise. Ils s'étaient cependant changés, la tenue de sport d'Ava était passée du rose au turquoise, et Meredith se demanda s'ils avaient refait l'amour.

Ils se rendirent tous à la cuisine où Debbie avait préparé un buffet de salades, de sandwichs et de chips, avec des fruits et des biscuits pour le dessert. Un vrai festin ! La gouvernante en profita pour glisser à Meredith que si cette troupe-là restait encore longtemps, à ce rythme, leurs stocks feraient long feu.

— Les placards et les frigidaires sont pleins et, d'ici là, les magasins auront rouvert. Nous ferons de toute façon des réserves, car on dirait bien que personne ne pourra réemménager avant un bon bout de temps, répondit Meredith d'un ton sec.

L'attitude inhospitalière de Debbie lui déplaisait. Au regard de la gentillesse que Jack et elle lui avaient toujours manifestée, c'était un choc. Elle ne les reconnaissait pas.

Ils terminaient de déjeuner lorsque le colonel Chapman se présenta pour prendre des nouvelles. Il était 14 heures.

— Comme je suis en route pour chez moi, je suis venu dire quelques mots à la maîtresse de maison. Mais racontez-moi, comment s'est passée votre matinée ? demanda-t-il.

Tous lui rapportèrent dans le détail l'étendue des dégâts dans leurs maisons respectives, celle d'Arthur semblant de loin la plus touchée. De l'avis général, il allait falloir les faire toutes revoir par des professionnels et contacter aussi les compagnies d'assurance.

— Ce tremblement de terre a touché tout le monde, dit Charles Chapman, l'air plus fatigué qu'au petit déjeuner.

Une fois son café et son brownie avalés, il s'adressa à Meredith avec une certaine gêne :

— Puis-je m'entretenir avec vous en privé ?

— Quelque chose ne va pas ? demanda-t-elle, soudain inquiète qu'il ait découvert quelque chose sur l'un de ses voisins.

Debbie et Jack avaient-ils vu juste ?

— Non, non. Si ce n'est que je suis un idiot. Quand je suis retourné au BSU tout à l'heure, en mentionnant votre accueil si généreux, j'ai réalisé que si beaucoup de gens hébergeaient des amis, vous-même offriez le gîte et le couvert à huit parfaits inconnus. C'est admirable et peu de personnes feraient ça, quelle que soit la taille de leur demeure.

— C'est le moins que je puisse faire vu les circonstances et nous avons eu peu de dégâts, hormis des tableaux et quelques bibelots. Les lustres m'inquiètent plus, mais je demanderai à quelqu'un de les vérifier. Ce qui ne sera sans doute pas tout de suite.

— Les entreprises du bâtiment vont en effet être sous l'eau, confirma-t-il. Mais ce n'était pas la raison de ma venue. J'ai donc mentionné votre nom au bureau et mon collègue en est resté bouche bée. C'est un fan de cinéma, et moi aussi : j'ai vu tous vos films ! J'avais oublié que vous habitiez dans le quartier et je n'ai pas fait le lien quand nous nous sommes rencontrés ce matin.

Son collègue lui avait aussi brossé le tableau général : un mari infidèle qui la quitte, un divorce à gérer, la mort tragique d'un enfant… Suite à quoi elle avait mis fin à sa carrière. Charles avait bien sûr entendu dire il y avait longtemps de cela qu'elle s'était retirée du monde, mais les potins du show-business ne l'intéressant pas, il n'avait pas fait la relation avec la femme chaleureuse, séduisante et si gentille rencontrée quelques heures plus tôt. Stupéfait, il n'avait pu que s'exclamer : « LA Meredith White ? » Pas étonnant que sa tête lui ait rappelé quelque chose : il l'avait vue dans des dizaines de films avant qu'elle ne disparaisse du grand écran. Quand son collègue lui avait demandé ce qu'elle faisait désormais, tout ce qu'il avait pu dire était : « Elle vit dans une grande maison où elle héberge pour l'instant tous ses voisins. » Elle s'était montrée si modeste qu'il ne lui serait pas venu à l'esprit de l'associer à la star de cinéma. Mais maintenant qu'il se trouvait à nouveau devant elle, cela sautait aux yeux.

— Vous avez dû me prendre pour un imbécile quand je vous ai dit que nous nous étions déjà vus. Ma femme adorait vos films et moi aussi, mais nous ne nous sommes certainement jamais croisés, à moins que vous n'ayez été l'un de mes pilotes de chasse ou n'ayez commandé une escadrille, conclut-il.

Son embarras la fit sourire.

— Ne vous inquiétez pas. Cela fait bien longtemps que j'ai arrêté le cinéma. Quatorze ans.

Il savait désormais pourquoi, bien qu'il ne se soit jamais vraiment posé la question. Un jour, elle avait cessé d'apparaître dans les films, voilà tout.

— J'ai sans doute beaucoup changé et je ne sors pas beaucoup. Quand je le fais, en général, les gens ne me reconnaissent pas, dit-elle.

— Parce que vous sortez la tête couverte, avec des lunettes de soleil ? Maintenant que je sais qui vous êtes, je vous repérerai immédiatement.

— Audrey Hepburn disait que quand on ne croise pas le regard des gens dans la rue, ils ne vous reconnaissent pas. C'est vrai. Mais je sors très, très rarement. De temps à autre, je me glisse dans un cours de yoga ou bien je pars pour de longues balades sur la plage, mais ça s'arrête là.

— Et votre famille ? Vient-elle de temps en temps ?

Meredith hésita avant de répondre, car il dégageait une telle aura de dignité, de distinction et de respect d'autrui, il était si chaleureux et gentil, que cela lui donnait envie de plus se livrer que d'ordinaire, et ce n'était pas dans son habitude.

— J'ai une fille, Kendall, qui vit à New York. Nous ne nous voyons pas très souvent, finit-elle par répondre. Elle est très prise et moi, je ne bouge plus beaucoup depuis… depuis que je me suis retirée du cinéma.

— Ce ne doit pas être facile de voyager avec tous les fans qui doivent être à vos trousses.

— C'est un peu plus compliqué que ça. En tout cas, ma fille et moi nous parlons au téléphone et j'irai lui rendre visite un jour.

C'était dit sans conviction et Charles perçut la tristesse de Meredith. Son éloignement soudain aussi. Une distance se recréait entre eux, qu'il craignait d'avoir provoquée par ses questions. Dire que sa fille ne venait pas la voir ! C'était à peine concevable pour lui, qui retrouvait ses enfants aussi souvent que possible. Mais leur situation était différente. Certes, sa femme était morte à 53 ans, plus tôt qu'ils ne l'avaient cru, mais elle était partie avec dignité et il ne s'était pas arrêté de vivre pour autant, au contraire. Il avait fait son possible pour vivre sa vie et garder contact avec le monde. Quant à Meredith, elle avait préféré se replier et vivre isolée. Qui étaient ses amis ? En avait-elle même ? La générosité qu'elle montrait envers ses voisins faisait-elle partie intégrante de sa personnalité ?

En ce qui le concernait, la seule chose ici qui lui déplaisait était le couple qui travaillait pour elle. Une belle paire de canailles, qui faisait tout pour mettre mal à l'aise quiconque franchissait le seuil de la maison. Quelle entourloupe cela pouvait-il bien cacher ? Pourquoi les avait-elle embauchés ? Il s'interrogeait, car il était rare que les gens réagissent de manière aussi hostile envers lui, que ce soit en raison de sa carrière et de son grade ou bien simplement de sa personnalité ouverte. Le comportement de Meredith était aux antipodes de celui de ses employés.

— Bref, reprit-il. Je voulais vous présenter mes excuses pour ne pas vous avoir reconnue. J'étais mortifié quand j'ai réalisé, et j'ai voulu m'arrêter pour vous le dire sur le chemin du retour.

— Ce n'est pas grave, lui répondit-elle avec un sourire. Je ne veux pas qu'on me traite comme une sorte de relique du passé, même si c'est ce que je suis maintenant, j'imagine.

— Vous n'êtes pas une relique, vous êtes une légende !

Le colonel semblait un peu béat d'admiration devant la blondeur naturelle et la beauté sans artifices de l'ancienne actrice. Elle avait 63 ans et ne les faisait clairement pas !

— Mon Dieu, c'est pire ! s'exclama-t-elle. J'ai juste fait des films. Maintenant, je passe mes journées à jardiner et à lire, ou à me promener. Je mène une vie tranquille.

Mais qui semblait vide et triste, à l'opposé de ce qu'elle était apparemment, songea-t-il. Son regard disait qu'elle avait traversé l'enfer et trouvé maintenant un havre où se poser. Lui avait-il fallu quatorze ans d'isolement pour y parvenir ?

— En tout cas, vos voisins ont beaucoup de chance de vous avoir. Et pour ma part, je suis honoré d'avoir eu la chance de vous rencontrer. Si vous êtes d'accord, j'aimerais repasser de temps à autre, car vous avez là un groupe intéressant. Je suis un grand fan d'Arthur Harriman. C'est exceptionnel d'avoir pu faire sa connaissance. Il est remarquable pour son âge. Et quel talent ! Et ce Joel Fine, c'est certainement celui des nouvelles technologies, le roi des start-up. J'ai lu des articles sur lui. Il est fascinant : issu d'un milieu privilégié, il est allé à Harvard, a obtenu un MBA à l'université de Berkeley en Californie et a gagné une fortune en montant ses propres boîtes. Jusqu'à ce jour, l'homme n'a pas connu l'échec.

Le roi de la high-tech apparut justement sur le seuil, l'air très contrarié. Il était allé faire l'état des lieux de son garage et sa Ferrari avait été endommagée. Lui qui avait promis à Will de la lui montrer !

Charles Chapman prit congé de Meredith, non sans lui redire de ne pas hésiter à appeler en cas de besoin.

Après son départ, Meredith se demanda si elle ne lui en avait pas trop dit. Elle n'admettait généralement jamais que Kendall et elle ne se voyaient plus... Comme le contact entre elles se maintenait de loin en loin par téléphone, on ne pouvait pas dire qu'elles étaient devenues des étrangères l'une pour l'autre, mais le lien s'était distendu. San Francisco n'était plus dans le champ de vision de Kendall et Meredith avait fait la paix avec ça aussi. Son cœur avait finalement reçu trois coups : quand Scott l'avait quittée pour Silvana, quand Justin était mort et quand Kendall avait choisi de rester proche de son père, en rejetant tout le blâme sur sa mère et en l'excluant de sa vie. Sa fille n'avait jamais tenté de renouer avec elle après la tragédie. Seuls Jack et Debbie l'avaient soutenue à travers cette épreuve et elle leur serait à jamais reconnaissante pour cela, en dépit de leur comportement actuel. Ils avaient beau vouloir qu'elle renvoie leurs voisins, jamais elle ne ferait une chose pareille : désormais, ils formaient une communauté et un lien d'amitié se tissait rapidement au fil des confidences.

Dans l'après-midi, Andrew reprit comme prévu le chemin de l'hôpital pendant que Joel emmenait Will voir sa Ferrari. Il lui avait promis qu'il pourrait même s'asseoir au volant ! Cet homme avait finalement un bon fond, malgré son manque de respect envers les femmes, répétant probablement en cela le schéma paternel qui avait coûté leur couple à ses parents. Meredith pouvait déjà dire qu'Ava avait bien plus de profondeur qu'il ne le pensait. Mais s'en préoccupait-il ? Tout en se montrant attentif et prodigue, ce qui l'intéressait vraiment chez la jeune femme, c'était son corps. Meredith n'aurait jamais pu s'imaginer avec quelqu'un comme lui ! Ava semblait l'accepter. Elle avait vendu son âme pour le style de vie qu'il offrait. Comment réagiraient la plupart des femmes, à sa place ? Meredith se le demandait. Joel sans doute pas : il avait l'habitude d'être vu comme un trophée et un moyen pour les autres d'arriver à leurs fins. Pourtant, Ava n'était pas comme ça. Elle se préoccupait sincèrement de lui et croyait même parfois l'aimer. Ce n'était pas une cynique et elle pensait du bien de tout le monde, cela transparaissait dans chacun de ses propos.

La personne pour laquelle s'inquiétait vraiment Meredith, c'était Tyla. Elle avait beau ne la connaître que depuis vingt-quatre heures, elle la trouvait effacée et vulnérable. À l'évidence, elle adorait ses enfants. Elle était dévouée à son mari et soucieuse de lui plaire. Mais on ne pouvait en dire autant du chirurgien : en privé, il se montrait si dur envers sa femme ! Certes, il était beau, charmant et intelligent, il réussissait dans la vie, mais on sentait en lui un ressentiment secret, une rage muette profondément enfouie qui ne demandait qu'à jaillir. L'homme dégageait quelque chose de nocif et malsain et elle avait remarqué que ses enfants semblaient eux aussi mal à l'aise à son abord. La preuve était que Will avait tendance à bégayer quand son père lui parlait. En ce qui concernait Andrew Johnson, un dicton s'imposait : il faut se méfier de l'eau qui dort.

Plus tard dans la journée, Joel décida de se rendre dans la ville basse pour voir dans quel état se trouvaient ses bureaux. Comme il n'était pas certain de pouvoir franchir les cordons de sécurité et que circuler là-bas pouvait s'avérer dangereux, il ne demanda pas à Ava de l'accompagner. La jeune femme se trouvait donc à la cuisine quand Peter vint se faire comme elle une tasse de thé. Elle portait un short très court et un tee-shirt qui épousait sa poitrine généreuse : dès qu'il la vit, le jeune homme rougit comme si elle avait pu lire dans ses pensées. Il avait son manuscrit avec lui. Arthur s'était retiré pour une petite sieste et il en profitait pour travailler son texte à la main, ayant laissé sa machine à écrire trop encombrante dans son grenier. Il avait mentionné qu'il n'écrivait jamais sur ordinateur et qu'il préférait sa vieille Olympia.

— Depuis combien de temps travailles-tu dessus ? demanda Ava, touchée de le voir à tel point passionné par son écriture.

— Deux ans, dit-il, sans préciser qu'il adorait déjà écrire enfant et qu'il était déterminé à rendre un jour sa famille fière de lui. Pendant la journée, j'ai un boulot alimentaire et j'écris le soir quand Arthur s'exerce ou une fois qu'il dort. Il n'a quasiment pas besoin de moi. Grâce à ce travail chez lui, j'ai pu y consacrer du temps et bien avancer. J'espère finir dans quelques mois.

— Moi, je rêvais de travailler dans la production de films, mais ça ne s'est pas fait, avoua timidement Ava. Je travaillais comme mannequin dans l'événementiel quand Joel m'a proposé un poste de réceptionniste. Finalement, quand nous avons commencé à sortir ensemble, il m'a demandé de démissionner pour que je puisse être plus disponible. Ça fait deux ans que je n'ai pas travaillé. Maintenant, je suis des cours de design graphique pour décrocher un meilleur job le jour où…

Elle n'acheva pas, mais Peter avait compris : la relation qu'elle entretenait avec Joel n'avait aucun avenir et elle le savait. Il se demanda si elle était avec lui seulement pour son train de vie ou bien si elle l'aimait. Elle paraissait si sincère, sensible et délicate… L'univers de Joel Fine était-il donc si irrésistible ? Mais poser pareille question aurait été incongru puisqu'ils se connaissaient à peine.

— C'est bien que tu aies un rêve, déclara Ava d'une voix douce tandis que leurs regards se croisaient.

Peter sentit comme une décharge électrique le parcourir des pieds à la tête. Tout en elle le fascinait ! Pas seulement son corps, mais aussi son esprit, son empathie, son envie de faire quelque chose de mieux de sa vie. Soudain il se demanda si Joel prenait le temps de discuter avec elle. Le bonhomme montrait tellement qu'il n'était intéressé que par sa plastique renversante… Peter en était gêné pour elle. De quel droit, d'ailleurs ? Ils s'étaient rencontrés la veille. Cela ne l'empêchait pourtant pas d'éprouver un fort instinct de protection à l'égard de la jeune femme.

— Toi aussi, tu as des rêves, sinon, tu ne suivrais pas de cours, lui rappela-t-il.

Elle sourit et là encore, Peter comprit : non seulement Ava savait que son temps avec Joel était compté, mais aussi qu'il touchait à sa fin.

De fait, les relations de Joel ne duraient jamais plus de deux ans, et il ne s'était pas gêné pour le lui dire au début de leur histoire. Il ne l'aimait pas et, même s'il appréciait sa compagnie, comme les femmes étaient pour lui interchangeables, il trouverait un de ces jours un mannequin ayant l'attrait de la nouveauté. Il lui ferait alors un beau cadeau ou lui offrirait un appartement, et ce serait fini. Elle y avait beaucoup réfléchi dernièrement, avec pour conséquence un regain de motivation et de travail pour ses études en ligne. Plusieurs professeurs avaient dit qu'elle avait du talent et elle espérait décrocher bientôt son diplôme. Mais dans l'immédiat, il lui fallait trouver un nouvel ordinateur, afin de pouvoir prendre des notes et rendre les devoirs attendus.

— Je devrais m'y remettre avant qu'Arthur ne se réveille de sa sieste. Il ne s'arrête jamais ! dit Peter tout en se levant, un sourire aux lèvres.

Il avait apprécié leur conversation.

Ils remontèrent ensemble et chacun disparut dans sa chambre. Les feuillets de son livre étalés devant lui, un stylo à la main, Peter contemplait le texte sans le voir. Il songeait à Ava. De sa vie, jamais il n'avait été autant obsédé par une femme, et voilà qu'elle était avec un autre ! En plus, comment faire le poids face à un homme comme Joel Fine quand on était sans le sou, qu'on cumulait deux emplois peu rémunérateurs, qu'on écrivait un roman qui ne serait sans doute jamais publié, et qu'on n'habitait même pas chez soi ? Il pensait n'avoir rien à offrir, du moins rien qui puisse en mettre plein la vue. Finalement, entre sa beauté, son cerveau et sa jeunesse, Ava était comme la Ferrari de Joel : inaccessible. Tout ce qu'il pouvait faire, c'était rêver. Et savourer le fait de vivre sous le même toit qu'elle… pour l'instant. Il espérait cependant qu'ils réintégreraient bientôt la maison d'Arthur, avant qu'il ne perde l'esprit, car le seul fait de penser à elle et à ce bonheur inaccessible le rendait mélancolique.

4

Les visites quotidiennes de Charles Chapman faisaient désormais partie de la routine. Il venait vérifier que tout allait bien, papotait avec chacun et les informait de la situation dans la ville dévastée. Trois jours après le désastre, on trouvait encore des gens sous les décombres. Ce matin-là, Peter, descendu prendre un café, lui demanda comment faire pour intégrer le Bureau des services d'urgence. Il voulait se rendre utile, d'autant qu'Arthur était presque autonome avec sa canne dans la maison de Meredith. Et il y avait toujours quelqu'un pour l'aider au cas où. Il lui en avait touché un mot et le vieil homme l'avait encouragé dans son initiative.

Quand Peter fit part de son intention, les autres en furent surpris et Charles enchanté. Il lui indiqua où s'inscrire.

— Toute aide est la bienvenue, ajouta-t-il.

Deux heures plus tard, le jeune homme partait sous les encouragements du groupe, équipé de bonnes bottes et d'un jean, muni d'une paire de gants de jardinage fournie par Meredith. Il savait que le travail serait rude et parfois bouleversant. Il était conscient que les sauveteurs ne dégageaient pas que des survivants, même si l'on entendait des histoires incroyables de bébés, de personnes âgées ou d'enfants retrouvés indemnes.

— Nous aussi, on devrait faire quelque chose, dit Ava pendant le déjeuner qu'elle partageait avec Meredith et Tyla.

— Tu veux dire chercher les victimes dans les décombres ? Je ne suis pas sûre d'être assez forte pour ça, répondit Tyla avec une pointe d'inquiétude.

— Je ne pensais pas à ça mais plutôt à servir des repas dans un centre d'hébergement ou bien aider dans un poste de secours. Il y a bien quelque chose qu'on peut faire !

Tous se sentaient un peu coupables de vivre dans le confort et la sécurité de la demeure de Meredith pendant que d'autres, au sein même de leur ville, enduraient des épreuves inimaginables et avaient tout perdu.

— C'est une bonne idée, intervint Meredith. Pourquoi ne pas simplement y aller et proposer nos services ? Vous êtes infirmière, ajouta-t-elle à l'intention de Tyla. Et de mon côté, je peux aider en cuisine ou distribuer des vêtements.

Ava approuva de la tête.

— Ça fait une éternité que je n'ai pas exercé, avança Tyla avec timidité.

Ses compagnes ne relevèrent pas : toutes les trois étaient sur la même longueur d'onde. Elles décidèrent de descendre au centre le plus proche, dans l'école publique du quartier de la Marina.

— À qui puis-je confier Will et Daphné ? demanda Tyla.

— Debbie peut les garder, proposa Meredith, qui en parla sur-le-champ à l'intéressée.

Celle-ci parut tout sauf ravie :

— Je ne m'y connais pas en enfants. Je ne suis pas nounou.

— Il ne s'agit pas de bébés. Vous les mettez devant la télé ou leur iPad. Ils sont assez grands pour s'occuper tout seuls.

Quand tout le monde eut quitté la cuisine, Debbie mit Jack au courant et conclut :

— On doit se débarrasser d'eux. Ces gens envahissent la maison et ils prennent le contrôle de sa vie. Ce sont quinze ans d'efforts qui partent en fumée !

Jack était d'accord. Il faisait le même constat et réfléchissait déjà à un moyen de pousser les voisins dehors, afin de regagner leur pré carré et leur pouvoir sur Meredith.

— Patience. Je suis sur une piste.

— En attendant, moi, je deviens baby-sitter.

— Allez, prends sur toi. Ils vont pas rester très longtemps, dit-il avec un regard qui aurait glacé l'actrice si elle l'avait vu.

— Ce sera jamais assez rapide à mon goût, souffla Debbie, l'air résolue.

Meredith prévint Arthur qu'elles s'absentaient toutes les trois pour quelques heures.

— Joel a été autorisé à passer dans ses bureaux où il tente de sauver ce qui peut l'être avec quelques employés. Andrew est à l'hôpital et Peter au BSU, mais Jack et Debbie sont là pour vous aider, ajouta-t-elle.

— Je peux m'occuper des enfants. Pourquoi pas une leçon de piano ?

— Dans ce cas, bonne chance, dit Tyla avec un sourire. J'arrive à peine à leur faire faire leurs devoirs !

— Le piano, c'est amusant, vous verrez, rétorqua-t-il.

Une demi-heure plus tard, les trois femmes partaient dans le SUV de Meredith, seul véhicule disponible vu que les portes des garages ne s'ouvraient pas ailleurs. Jack eut un choc en voyant sa patronne au volant : d'habitude, c'était lui qui la conduisait, mais elle venait de décliner ses services. Meredith recouvrait soudain son indépendance et, en plus, elle avait des amies ! Il partageait l'inquiétude de Debbie, laquelle, encore remontée, était en train d'allumer la télé pour les enfants. Puis elle les mènerait au salon où ils prendraient une leçon de piano avec Arthur, puisque l'idée les avait séduits. Ceci fait, et comme Meredith était absente, elle alla se servir une bière en toute discrétion. Après tout, Jack n'avait-il pas pris une lampée de bourbon après le déjeuner, pour se remonter le moral ?

— À votre avis, que va-t-on trouver ? Vous croyez que ce sera dur ? demanda Ava avec une pointe de nervosité tandis que la voiture descendait la colline au pas, à cause des dégâts et des rues bloquées.

Le quartier de la Marina était en partie inaccessible : tout comme en 1989, ce quartier de la baie de San Francisco semblait être le plus sévèrement touché par le séisme. Des rangées entières de maisons s'étaient effondrées ! Voir ces ruines renforçait la détermination des trois femmes à aller au bout de leur projet.

Elles se garèrent entre deux amas de débris, à proximité de l'école. C'était le chaos. Elles durent se frayer un chemin à travers une foule compacte d'hommes, de femmes et d'enfants qui se pressaient devant le centre. Ils étaient des centaines. Et un millier de plus à l'intérieur où avait lieu la distribution de nourriture dans de grandes salles, qui abritaient aussi une gigantesque cantine. Tout le reste avait été converti en dortoirs. Une demi-douzaine de bénévoles orientait les nouveaux venus depuis une zone d'information improvisée sur des tables branlantes. À l'arrière, une infirmerie prenait en charge les blessés légers, et les plus gravement atteints étaient évacués vers les hôpitaux.

Quand Meredith annonça qu'elles venaient pour aider, la bénévole ne put cacher son soulagement :

— Super ! Vous avez des compétences spécifiques à signaler ? s'exclama-t-elle, tout en jaugeant du regard ces femmes bien habillées et pleines de bonne volonté.

— Je suis infirmière, dit Tyla.

La volontaire l'orienta vers le poste de secours que Tyla rejoignit avec un sourire, l'adrénaline prenant le dessus.

— Pour ma part, j'irai là où il y a des besoins : garde d'enfants, cantine, n'importe..., dit Ava.

La femme désigna la cafétéria principale vers laquelle Ava se dirigea en faisant un petit salut de la main à Meredith. Celle-ci fut quant à elle envoyée dans une pièce pleine d'enfants – il y en avait une vingtaine, de 5 à 6 ans – à qui elle devait lire des histoires afin de soulager un peu les parents, exténués.

Avec l'aide d'une autre femme, elle enchaîna donc les lectures, essuya les petits nez, accompagna qui le devait aux toilettes et les prit les uns après les autres sur ses genoux pour un câlin. Quand son créneau prit fin, elle avait l'impression d'avoir couru un marathon ! Les enfants la remercièrent poliment et elle alla retrouver Ava à la cafétéria. La jeune femme avait distribué tout l'après-midi des sandwichs, yaourts, jus de fruits et bouteilles d'eau. Après avoir informé son équipe qu'elle partait, elle suivit Meredith jusqu'au poste de secours où Tyla soignait coupures et éraflures – quelques minutes plus tôt, elle avait toutefois envoyé un enfant souffrant d'une commotion à l'hôpital où travaillait Andrew. Il était 19 heures passées lorsque toutes trois quittèrent le centre. Elles y étaient restées plus longtemps que prévu et auraient pu prolonger toute la nuit : l'école débordait de gens désormais à la rue et qui avaient terriblement besoin de nourriture, de vêtements et d'un toit.

— Eh bien, quelle journée ! dit Ava sur le chemin du retour.

Profondément touchées par ce qu'elles avaient vu et entendu, elles avaient d'une même voix promis de revenir le lendemain.

— J'espère que les enfants n'auront pas fait tourner Debbie en bourrique, dit Tyla, comblée d'avoir recommencé à prodiguer des soins.

— Moi, j'ai consacré mon après-midi à lire des histoires à des enfants de 5 ans. On a passé plus de temps aux toilettes qu'à lire, mais nous avons quand même pu terminer plusieurs contes. J'ai l'impression d'être Mary Poppins, dit Meredith avec un grand sourire.

Le trajet prit moins de temps qu'à l'aller, car elle savait désormais quelles rues éviter. Elle gara la voiture directement au garage et elles entrèrent dans la maison par la cuisine, où les hommes étaient déjà attablés pendant que Debbie préparait le dîner. Cette dernière lança un regard noir à Meredith, car elles rentraient tard.

— Comment ça s'est passé ? demanda Ava à un Peter rayonnant.

— Nous avons dégagé un couple et son bébé de 3 mois ! Ils étaient tous sains et saufs, seulement un peu choqués, et le père avait une sale blessure à la tête, mais ils s'en sortent très bien. Et vous ? Où étiez-vous passées ?

— Au centre de la Marina.

L'excitation du trio était aussi palpable que celle de Peter. C'est alors que Daphné surgit pour se jeter dans les bras de sa mère :

— Je sais jouer du piano ! J'ai joué « Brille, brille, petite étoile » ! C'est Arthur qui m'a montré !

Tyla sourit et embrassa sa fille sous le regard glacial de son mari.

— Tu t'en vas et tu laisses nos enfants ? dit-il. Et s'il y avait eu un autre tremblement de terre ?

— Je serais rentrée, et toi aussi, répliqua-t-elle, moins intimidée que d'habitude.

Elle ne voulait pas le laisser gâcher cette journée hors du commun, durant laquelle elle avait fait quelque chose d'utile et renoué avec son passé d'infirmière.

De son côté, Joel avait l'air blessé tandis qu'il s'approchait d'Ava pour l'embrasser.

— Salut, bébé. Si tu veux donner un coup de main, tu peux m'aider à remettre mes bureaux en ordre. Tu n'as pas besoin d'aller dans une école pleine de sans-abri. D'autres sont là pour s'en charger.

— Au bureau, tu as tes employés pour t'aider. Dans les centres, ils ont besoin de toutes les bonnes volontés, lui répondit-elle avec un baiser.

Il lui faisait penser à un enfant vexé.

— En tout cas, vos petites têtes blondes sont douées, dit Arthur à Tyla et Andrew. Cette première leçon s'est très bien passée.

— J'ai vraiment bien aimé, maman, dit Will.

— Moi aussi, reprit Daphné, un sourire jusqu'aux oreilles.

Dix minutes plus tard, Debbie posait les hamburgers sur la table et tous prirent place pour le dîner. Peter, Ava et Meredith avaient plein d'anecdotes à raconter. Andrew se contenta de dire qu'il avait eu une journée éreintante et n'adressa pas la parole à sa femme de tout le repas. Dès que ce dernier fut terminé, il se leva en faisant signe à Tyla de le suivre, ce qu'elle fit quelques minutes plus tard avec les enfants, malgré leurs protestations. Les enfants remercièrent Debbie pour le repas et montèrent dans la chambre qu'ils partageaient avec leurs parents. Les autres ne tardèrent pas à les imiter, car tout le monde était épuisé et Joel avait clairement fait sentir qu'il avait hâte de se retrouver seul avec Ava. Meredith et Arthur restèrent seuls à la cuisine et discutèrent encore un peu, jusqu'à ce que le vieil homme manifeste à son tour l'envie de se retirer. Meredith l'accompagna à l'étage.

— On dirait bien que vous avez passé une bonne journée, dit Arthur pendant qu'ils montaient l'escalier.

— J'ai vibré comme jamais depuis des années, reconnut-elle. C'est dur à dire, mais ce tremblement de terre est la meilleure chose qui me soit arrivée. Je me sens à nouveau vivante et utile.

— Voilà qui donne matière à réflexion, n'est-ce pas ? dit-il avec sagesse avant de l'embrasser sur la joue et de disparaître dans sa chambre où Peter préparait lit et pyjama.

Arthur avait raison. Meredith alla s'asseoir dans sa chambre, physiquement épuisée mais l'esprit en ébullition. Elle repensait à son après-midi au centre, tout en s'inquiétant pour Tyla. L'expression d'Andrew quand il était monté, le geste qu'il avait eu pour lui ordonner de le suivre ne lui disaient rien qui vaille. Il agissait comme si Tyla était un enfant fautif qu'il fallait punir. Ne se montrait-il pas trop dur avec sa femme ? Cette dernière ne s'était pas plainte, mais il y avait dans son regard une peur qui en disait long. Meredith n'aimait vraiment pas ça.

Tout en réfléchissant à la situation, elle commença à sortir de sa penderie des piles de pulls, jeans, vestes chaudes et chaussures à emporter au centre le lendemain. Ils en avaient plus besoin qu'elle.

Pendant ce temps, en bas, dans leur appartement, Jack exposait son plan à Debbie, tout sourire en l'entendant.

— Bravo ! Voilà qui devrait le faire.

— Ça le fera, assura-t-il avec confiance. J'en ai marre d'être aux petits soins pour eux. Elle nous parle à peine depuis qu'ils sont là. Mais après ça, elle les flanquera tous dehors, crois-moi.

Il leva sa flasque en guise de toast et la vida d'un trait. Cette flasque en argent avait appartenu au père de Meredith. Jack l'avait trouvée dans une boîte, au fond d'un cagibi, peu après leur arrivée. Meredith n'avait jamais remarqué sa disparition. Il se l'était donc appropriée, comme beaucoup d'autres choses au fil de ces quinze dernières années.

Sitôt dans leur chambre, Andrew avait envoyé les deux enfants dans la salle de bains avec leurs iPads, en leur enjoignant de mettre leurs écouteurs. La porte à peine fermée, il avait frappé Tyla si fort qu'elle avait littéralement valsé à travers la pièce. Elle ne s'y attendait pas. Pas ici, où tout le monde pouvait les entendre. Elle atterrit sur le lit de camp de Will et se cogna la tête, ce qui l'étourdit pendant une bonne minute. Elle n'avait pas repris ses esprits qu'il lui assenait un nouveau coup, tout aussi brutal. Cette fois, Tyla se recroquevilla par terre, les bras sur la tête. Avec le temps, elle avait appris à se protéger et ne pas crier, puisque les enfants n'étaient souvent pas loin. Le nez en sang, la vision floue, elle leva un regard plein de haine vers lui. Le visage d'Andrew exprimait une rage folle.

— Comment oses-tu descendre dans cet endroit sans ma permission ! disait-il. Tu as sans doute ramené des poux ou Dieu sait quoi.

— J'ai prodigué des soins. Je suis infirmière, prononça-t-elle d'une voix faible.

— Tu n'es rien ! Aujourd'hui, tu ne sais probablement même plus comment faire un pansement : ça fait plus de dix ans que tu ne travailles plus. Et tu as laissé nos enfants à la garde d'un aveugle et à cette salope de gouvernante. Mais tu es folle ?

Tyla ne répondit pas. Andrew voulait contrôler la moindre parcelle de ses journées. Tout ce qui pouvait lui apporter le plus petit plaisir ou une satisfaction personnelle lui était interdit.

— Tu ne respires pas à moins que je te le dise ! Compris ?

Elle acquiesça. Elle sentait le sang battre à l'endroit où sa tête avait cogné le lit de camp. Elle aurait une marque. C'était rare, Andrew étant passé maître dans l'art de battre sa femme : il savait comment ne pas laisser de traces, à moins de le vouloir. Il la frappait sur les seins, les bras et les jambes. Elle pouvait se cacher en portant des pantalons et des manches longues. Une fois, elle avait conservé des semaines l'empreinte de sa chaussure dans le dos – cette fois-là, il lui avait presque brisé la colonne vertébrale.

Cela faisait une dizaine d'années qu'il la battait. Longtemps elle avait cru que cela s'arrangerait, mais plus maintenant. Et la situation avait encore empiré après l'arrivée de Daphné. Elle avait bien songé à partir, mais ne voyait aucune issue possible : comme Andrew lui avait interdit de travailler après la naissance de Will, elle n'avait guère d'économies pour s'enfuir. Le seul argent dont elle disposait, c'était la somme qu'il lui allouait pour les dépenses courantes. Elle s'était bien renseignée auprès de maisons d'accueil pour femmes battues, mais en l'absence de travail rémunéré, elle aurait dû vivre avec des allocations dérisoires et elle ne pouvait pas faire ça aux enfants, habitués à un certain confort. Andrew leur assurait au moins un niveau de vie et d'éducation inégalables. D'ici quelques années, il paierait l'université. Elle se disait qu'elle le quitterait quand Daphné commencerait ses études supérieures, dans onze ans – si elle était encore de ce monde.

Sa famille était pauvre et ne pouvait pas l'aider. Ses deux frères s'en sortaient bien en tant que plombier et électricien, mais l'un avait quatre enfants et l'autre six. Quant à ses sœurs, toutes deux mères célibataires, elles travaillaient comme femmes de chambre. Aux yeux des siens, son mariage avec Andrew incarnait la réussite. De fait, ils menaient une vie privilégiée, même si Andrew avait gardé de son enfance défavorisée le réflexe d'épargner le moindre centime. Et il la rabaissait continuellement, la traitant de salope, de moins que rien d'Irlandaise, affirmant qu'elle était non seulement stupide mais également une mauvaise mère. Elle ne l'avait jamais trompé, pas une seule fois. Pouvait-il en dire autant ? Mais ce n'était pas la question. Il la brutalisait. Heureusement, il n'avait jamais levé la main sur les enfants… Là, elle l'aurait quitté sur-le-champ. Will et Daphné soupçonnaient néanmoins ce que leur père lui faisait subir. Ils savaient. Et malgré tout, elle restait pour assurer leur avenir. Il ne lui était jamais venu à l'esprit que ni l'université ni une école privée ne valaient ce sacrifice et qu'Andrew leur faisait du mal à tous les trois. Tyla était stupéfaite qu'il l'ait frappée alors qu'ils étaient sous le toit de leur voisine.

Andrew l'agrippa par les cheveux pour la redresser et la balancer sur le lit. Il était complètement indifférent aux blessures de sa femme, au sang qui s'échappait de son nez et de sa bouche et tachait les draps. Il s'en fichait si bien qu'il lui administra encore une grosse gifle avant d'aller ouvrir la porte de la salle de bains. Quand il fit sortir les enfants, il annonça sur un ton léger, comme si quelque chose de drôle était arrivé :

— Votre mère s'est cogné le nez sur le lit de camp en tombant. C'est bête, hein ?

Les enfants voyaient qu'elle saignait. Elle se précipita dans la salle de bains pour se passer le visage à l'eau froide. Will avait l'air paniqué : il avait déjà vu sa mère dans cet état, voire pire.

— Ça va, maman ? murmura-t-il quand il vint la rejoindre au lavabo, avec un regard à fendre le cœur.

— Ta mère va bien, répliqua Andrew qui le fit sortir en l'attrapant par la nuque pendant que Daphné les fixait, les yeux écarquillés.

Une fois le sang nettoyé, Tyla les rejoignit et tenta de faire comme si de rien n'était, mais il lui aurait fallu appliquer de la glace sur son visage et son nez. Or elle ne voulait pas descendre en chercher pour ne pas risquer de croiser quelqu'un à la cuisine. Un bleu se formait déjà sous la tempe. Il lui faudrait le couvrir avec du fond de teint, mais ce n'était pas un problème : elle était devenue experte en camouflage.

Elle coucha les enfants. Le silence régnait dans la pièce. Profitant de ce que son père était allé prendre une douche, Will chuchota depuis son lit :

— Tu es sûre que ça va, maman ?

— Oui, j'ai juste fait une mauvaise chute, affirma-t-elle avec assurance.

Un jour, elle lui dirait. Il le fallait, pour qu'ils ne laissent jamais cela leur arriver. Surtout Daphné. Celle-ci s'accrochait à ses poupées et avait l'air triste.

— Tu as mal au nez, maman ? demanda-t-elle.

— Non, chérie, ça va, dit Tyla, comme à son habitude.

Non seulement elle leur mentait depuis leur naissance, mais voilà qu'il allait aussi falloir mentir aux occupants de cette maison !

Quand Andrew sortit de la salle de bains, elle s'y enferma à son tour pour prendre une douche bien chaude. À chaque fois qu'il la battait, elle se sentait sale, et c'était pire quand il la violait ensuite, ce qui arrivait parfois. Il la traitait souvent de putain. La cause remontait à son enfance : sa mère s'était enfuie avec son amant quand il avait 7 ans. Depuis, il nourrissait une haine tenace contre les femmes. Tyla s'était toujours demandé si son père battait la mère d'Andrew et si c'était pour cela qu'elle avait fui avec un autre. Andrew ne lui avait en tout cas jamais pardonné de l'avoir abandonné. Elle n'avait plus jamais donné signe de vie. Et Tyla ne lui jetait pas la pierre. Elle espérait en faire autant un jour : s'enfuir, mais pas avec un autre. Juste avec ses enfants, parce qu'il était impensable de les laisser avec cet homme dangereux, qui entretenait un climat de haine et de terreur autour d'eux.

Son propre père, un alcoolique, était mort quand elle avait 3 ans. Elle n'avait aucun souvenir de lui. Il était mort en revenant du travail, ivre, en pleine tempête de neige. Sa mère s'était retrouvée veuve avec cinq enfants à charge. Avait-il été violent ? Dans la famille, on ne parlait pas beaucoup de lui. Sa mère avait pourvu à leurs besoins en faisant le ménage, tout comme les sœurs de Tyla. Étrange comme l'histoire se répétait… Mais la jeune femme voulait rompre le cycle. Elle le voulait pour Will et Daphné. C'est pour eux qu'elle avait appris à vivre dans la peur, à accepter cela comme un sacrifice afin qu'ils puissent aller dans des écoles privées et accéder à de bonnes études.

Cette nuit-là, elle resta longtemps éveillée, se tenant aussi loin que possible de son mari dans le lit. Il devait être à l'hôpital à 6 heures du matin. Quelle joie de ne pas avoir à le croiser au réveil ! Et avec de la chance, un jour, elle ne le croiserait plus jamais.

5

Ce matin-là, Meredith se réveilla aux aurores et fut surprise de trouver à nouveau Daphné assise sur le palier. Cette fois, elle était en chemise de nuit rose et serrait ses trois poupées contre elle.

— Tu t'es encore levée tôt, lui dit-elle avec un sourire.

Daphné opina sans prononcer un mot. Elle avait l'air moins enjouée que la veille.

— Tu as faim ? demanda Meredith.

— Un peu. Je peux avoir des céréales ?

— Pas de pancakes ?

La fillette secoua la tête, toujours en silence.

— Tu as des chaussons pour descendre ? reprit Meredith.

— Je ne veux pas réveiller maman. Papa est parti au travail. Maman et Will dorment encore.

Meredith lui prit la main et elles se rendirent en bas, à la cuisine. Personne n'était debout, un profond silence régnait dans la maison. Meredith attrapa un bol qu'elle remplit de céréales puis de lait. Elle plia une serviette, posa une cuillère à côté, et Daphné commença à manger pendant que Meredith se faisait un café.

— Hier, ma maman est tombée et elle a saigné du nez, annonça soudain Daphné.

Meredith la regarda en se demandant dans quelle mesure cette version était véridique.

— Comment est-ce arrivé ? s'enquit-elle, l'air de rien.

— Elle est tombée sur le lit de Will et elle s'est cogné le nez, expliqua Daphné comme si elle n'y croyait pas elle-même et s'attendait à ce que Meredith lui pose des questions.

Cette dernière ne savait quelle attitude adopter : devait-elle creuser davantage ? Que faire dans un cas de maltraitance familiale ?

— Ça a dû faire mal, se contenta-t-elle de répondre.

Daphné confirma d'un hochement de tête, l'air sérieux, toute menue dans sa chemise de nuit.

— Elle tombe beaucoup, commenta-t-elle, le regard rivé à celui de Meredith.

Au moment où celle-ci s'y attendait le moins, la fillette ajouta d'une voix à peine audible, le nez dans son bol :

— Quelquefois, papa lui donne des coups.

Les craintes de Meredith se révélaient justes. Ni l'une ni l'autre ne souffla mot pendant une minute.

— Je suis vraiment désolée d'entendre ça, finit par dire Meredith, en murmurant à son tour. Et toi, il te frappe aussi ?

— Non. Il nous crie dessus. C'est seulement maman qu'il tape.

Meredith avait peine à imaginer ce que ça devait être, pour un enfant, de savoir et de ne pas pouvoir arrêter ça. C'était certainement terrifiant. Mais que faire ? Elle l'ignorait. La seule chose dont elle était sûre, c'était qu'il fallait intervenir. Appeler le service de protection des mineurs ne serait d'aucun secours, car le père ne s'en prenait pas aux enfants. « Seulement » à sa femme. Meredith alla s'asseoir à côté de Daphné et la prit sur ses genoux pour la serrer contre elle, bien fort. Entre ses bras, le petit corps se détendit peu à peu. Quelle tension contenue dans cette enfant ! Elle ne s'en était pas rendu compte avant.

— Si tu es une gentille sorcière, est-ce que tu peux arranger ça ? demanda Daphné.

— Je ne suis pas sûre d'être ce genre de sorcière. Mais je peux essayer, répondit Meredith, émue aux larmes.

— Tu vas jeter un sort à mon papa ?

L'idée semblait séduire la petite fille.

— Je dois y réfléchir.

Daphné hocha la tête, se détacha de Meredith et retourna sur sa chaise d'où elle la fixa calmement.

— Pourquoi tu as seulement une fille et pas de garçon ?

Meredith eut l'impression de recevoir un coup en plein cœur, mais elle opta pour la vérité.

— J'avais un fils. Il est avec les anges maintenant.

— Il était malade ? La grand-mère de mon amie Stéphanie est aussi avec les anges. Elle avait un cancer.

— Non, il a eu un accident.

— C'est très triste.

— Oui, très triste. Il s'appelait Justin. Ma fille s'appelle Kendall. Et j'ai une petite-fille qui s'appelle Julia.

Tandis qu'elle parlait, Meredith prit conscience que Kendall avait presque le même âge que Tyla – sa fille avait 40 ans et la mère de Daphné seulement deux de moins. Debbie, Tyla… Étrange comme les femmes de la même génération que sa fille faisaient tout à coup irruption dans sa vie.

Elles restèrent ensemble à la cuisine, repensant à leurs confidences mutuelles, jusqu'à ce que Will et Tyla apparaissent. Le premier était très pâle et la seconde semblait épuisée. Elle s'était maquillée, mais en l'observant de plus près, on se rendait compte que son nez avait légèrement gonflé. Cela dit, son fils avait plus mauvaise mine qu'elle. Elle s'affaira à lui préparer un thé.

— Will a très mal au ventre ce matin. Ça lui arrive parfois, dit Tyla.

Meredith en connaissait désormais la cause, mais ne dit rien. Elle ignora aussi le regard que lui lança Daphné.

— Peut-être qu'il devrait se recoucher ? suggéra-t-elle avec sollicitude.

— Non, ça devrait aller mieux dans un moment.

Tyla tendit à Will un toast, après quoi ce fut au tour de Peter et Arthur d'apparaître – le vieil homme promit aux enfants une nouvelle leçon de piano. Quand Ava et Joel descendirent pour le petit déjeuner, les trois femmes convinrent d'un commun accord de retourner au centre, mais Meredith scruta Tyla avec appréhension.

— Vous êtes sûre de vouloir venir ? J'ai le sentiment que l'idée n'enchantait guère Andrew.

Tyla la regarda bien en face, sa détermination ne faisant aucun doute :

— J'y vais. Ils ont besoin de nous.

— En effet, reconnut Meredith.

— Vous êtes tous fantastiques ! s'exclama Arthur.

Peter aussi retournait prêter main-forte au BSU. Quant à Joel, il allait terminer de déblayer ses bureaux : il y avait encore des bris de verre, des ordinateurs cassés et surtout des morceaux de plafond qui pendaient. Il proposa à Ava de l'accompagner, alors qu'elle venait d'évoquer la Marina, et quand elle refusa en arguant qu'elle serait plus utile au centre, il parut contrarié.

Le petit déjeuner étant terminé, tous montèrent sauf Arthur qui s'attarda un peu avec Meredith.

— Je vous connais à peine, mais je suis fier de vous, lui dit-il. Je sais que vous êtes restée derrière vos murs pendant longtemps, mais peut-être que ce qui arrive est l'occasion d'un nouveau départ. Le monde a besoin de vous.

— Pendant un moment, il a fallu que je me recentre sur moi. Mon mari m'avait quittée pour quelqu'un d'autre et je ne m'y attendais pas. Puis mon fils est mort, quelques mois plus tard. C'était trop à gérer d'un coup, alors j'ai baissé le rideau, j'ai mis fin à ma carrière et je me suis cachée. Mais ça a duré longtemps. Trop longtemps.

Elle prenait conscience de ça, à présent que sa vie était soudain remplie de gens. La veille, ils n'étaient encore que des inconnus, mais des inconnus qui avaient besoin d'elle. Kendall la tenait à distance depuis tant d'années qu'elle avait oublié ce que ça faisait d'être sollicitée.

— Vous avez abandonné une carrière qui devait être gratifiante, car elle procurait un plaisir immense à des millions de personnes, et vous avez mené une vie bien solitaire depuis, dit Arthur avec douceur.

Il se sentait autorisé à lui parler ainsi en raison de son âge avancé et parce qu'il s'était attaché à elle ces derniers jours. C'était une personne généreuse et respectable. Il n'y avait qu'à voir la façon dont elle leur avait ouvert sa porte et prenait soin d'eux !

— Vous savez, je n'étais pas seule. J'avais Jack et Debbie.

— Oh, ce n'est pas la même chose. Moi aussi j'ai Frieda, ma gouvernante, et Peter. Mais je les paie, et ça peut compliquer les relations. D'après moi, il faut donner du sens à la vie, et avoir des buts et des amis. Que moi, je me réchauffe aux souvenirs d'un mariage merveilleux et que je me moque d'être seul aujourd'hui, tant que j'ai toujours mon travail, c'est le privilège de l'âge. Mais vous êtes trop jeune pour vivre comme ça.

— Je ne suis pas si jeune, fit-elle remarquer d'une voix pensive.

— Avec votre permission, je dirai : « trop jeune pour vous emmurer à jamais ». Vous devez revenir dans le monde, et d'une façon qui ait du sens pour vous. Il n'est jamais trop tard pour tout recommencer.

Alors qu'il prononçait ces mots en toute amitié – Meredith ne s'y trompait pas et prenait très au sérieux ses propos –, Peter et Ava se présentèrent en même temps dans la cuisine. Le premier portait une grosse liasse de papiers qu'il tendit à la jeune femme. Il s'agissait de son manuscrit, qu'elle avait promis de lire. Ava se dépêcha de remonter le déposer dans sa chambre, tandis que Peter partait pour le BSU.

— Je suis peut-être aveugle, mais je sens de l'amour dans l'air, fit remarquer Arthur avec un sourire.

— Il se pourrait que vous ayez raison, dit Meredith avec un rire. Mais entre Joel et Ava, ça semble assez sérieux. Je ne vois pas trop comment ça pourrait marcher.

— On ne sait jamais. Peter n'a jamais confié son manuscrit à personne.

Meredith le raccompagna à l'étage et dès qu'elle eut regagné son bureau, Debbie demanda à lui parler, la mine sombre.

— Quelque chose ne va pas ? s'enquit Meredith.

Debbie confirma d'un signe de la tête, l'air catastrophé. Dernièrement, elle avait pris l'habitude de beaucoup dramatiser. Depuis l'arrivée inopinée des voisins, Meredith ne les reconnaissait plus : Jack et elle agissaient bizarrement et frisaient même l'impolitesse vis-à-vis des invités.

— Ce matin, je nettoyais le grand salon quand… Ah, je ne sais pas comment vous l'annoncer !

Meredith s'interrogeait.

— La boîte rose émaillée en forme de cœur, celle de Fabergé, elle n'est plus là !

— Plus là ? Ou bien cassée ?

Cette boîte ornée de diamants et de perles portait une dédicace du tsar à sa mère. C'était un objet de collection d'une valeur inestimable, qu'elle avait payé une fortune et auquel elle tenait beaucoup. Il était trop volumineux pour tenir dans une poche.

— Ça ne fait pas plaisir à dire, mais je crois bien que c'est un des invités qui l'a prise : j'ai bien vu comment la bimbo lorgnait dessus, il y a quelques jours. Est-ce que c'est elle ou un autre, je ne sais pas… En tout cas, je sais combien vous aimez cette boîte et quelle valeur elle a.

Comme aucun membre du personnel de maison n'avait pu venir travailler depuis le séisme, cela les excluait d'office de la liste des suspects et ils étaient de toute façon dignes de confiance.

— Quand l'avez-vous vue pour la dernière fois ? demanda Meredith en tentant de garder son calme.

Quel chagrin si cette perte se confirmait !

— L'après-midi du tremblement de terre, elle y était encore. Je l'ai cherchée partout, au cas où quelqu'un l'aurait posée ailleurs. Ça ne peut être qu'une des personnes qui logent ici, énonça Debbie d'une voix solennelle.

Sous le choc, Meredith pressentait toutefois que quelque chose ne tournait pas rond dans cette histoire.

— Vous voulez que Jack et moi fouillions les chambres pendant leur absence ? demanda Debbie, pleine d'espoir.

— Certainement pas ! Ce sont des gens bien qui possèdent leur propre maison, ils n'ont pas besoin de me voler. Je ne comprends simplement pas ce qui s'est passé. Peut-être qu'elle réapparaîtra.

— Pas si elle est revendue. Est-ce qu'on ne devrait pas appeler la police ?

— Nous n'en sommes pas encore là.

— À mon avis, si vous ne voulez pas vérifier leurs affaires, vous devriez leur demander de partir.

Debbie avait l'air déçue. Avec Jack, ils avaient vraiment cru que la boîte Fabergé la déciderait enfin.

— Et où iraient-ils ? Aucun hôtel n'est ouvert, la moitié de la ville est encore sans électricité et je ne les enverrai pas dans des centres de secours. D'après le colonel Chapman, la plupart des gens accueillent des victimes du tremblement de terre chez eux.

— Mais pas des inconnus.

— Cela ne peut pas être l'un d'entre eux. Andrew Johnson est un chirurgien respecté, sa femme est adorable. Arthur Harriman est l'un des plus célèbres musiciens au monde. Peter n'est peut-être pas riche, mais il a l'air parfaitement honnête. Joel Fine a gagné un demi-milliard de dollars avec ses deux start-up, il n'a certainement pas besoin de voler une boîte Fabergé qu'il pourrait largement s'offrir.

— Et sa petite amie ?

— Impossible, affirma Meredith.

— Qui soupçonnez-vous alors ? Jack et moi ?

— Bien sûr que non ! Vous travaillez pour moi depuis quinze ans et vous êtes des amis comme il y en a peu. Je ne sais pas où est cette boîte, mais elle se trouve quelque part dans cette maison. Peut-être quelqu'un l'a-t-il mise à l'abri pour qu'elle ne se brise pas lors des répliques et a oublié d'en faire part. Je demanderai à tout le monde ce soir. Ces gens sont désormais des amis, Debbie, et il est tout simplement impossible qu'ils me volent.

— C'est de la naïveté ! explosa Debbie. Vous êtes restée coupée du monde trop longtemps et vous n'avez plus idée de quoi les gens sont capables ! L'un de vos nouveaux amis a volé un objet de valeur alors qu'il était invité sous votre toit : si vous aviez un brin de jugeote, vous les renverriez tous chez eux avant qu'ils ne prennent autre chose !

Le ton employé, tout comme le fait qu'elle lui dicte sa conduite, braqua Meredith. Les frontières entre elles deux s'étaient abolies voilà bien longtemps et Debbie avait oublié sa place. Ce n'était pas elle qui menait la danse ! Meredith se leva pour signifier que l'entretien était terminé. Elle n'était pas du genre à mettre ses amis à la porte. Au contraire, elle souhaitait même que Tyla reste davantage, jusqu'à trouver comment l'aider – après ce que Daphné lui avait confié, elle s'inquiétait sérieusement.

Debbie sortit en claquant la porte. Elle fulminait et était toujours folle de rage quand elle débarqua dans l'appartement du sous-sol, où Jack l'attendait.

— Non mais, tu imagines ! Je lui ai annoncé qu'un d'entre eux l'avait volée, et non seulement elle ne me croit pas, mais elle s'en fiche ! Elle est en train de perdre la boule.

— Ou de reprendre son indépendance. Pour ma part, j'aimerais mieux qu'elle soit sénile. Et l'autre vieux qui la pousse à ouvrir les portes encore plus grandes… ! Si elle fait ça, on peut dire adieu à notre influence. Dire que depuis la mort de son gamin on a été ses seuls conseillers et ses seuls amis. Si c'est pas de l'ingratitude ! Qu'est-ce qu'on fait de la boîte maintenant ?

— On la garde, on la vend, ce qu'on veut. Ça ne servira à rien de la cacher dans l'une de leurs chambres : elle nous interdit d'aller fouiller chez eux, elle leur fait confiance. Merde ! Il y a une semaine, elle ne les connaissait même pas, et à présent, ce sont ses meilleurs amis.

Jack but une longue rasade de bourbon à même la flasque, que Debbie finit.

— Je veux que ces salauds décampent, dit Jack d'un ton venimeux. Sans ça, elle ne nous écoutera plus.

Meredith leur échappait, ils le savaient. Pendant quatorze ans, ils l'avaient contrôlée. Désormais, elle retournait lentement mais sûrement au monde. Ce serait donc bientôt la fin pour eux. Ils pourraient dire adieu à tout ce qu'ils adoraient dans ce travail.

Meredith était en colère. Contre Debbie d'abord, et cette histoire de vol ensuite. Qu'un de ses invités soit impliqué était inconcevable ! Idem pour Jack et Debbie, ainsi que pour le reste du personnel qui travaillait depuis longtemps pour elle. Cette boîte Fabergé avait dû être déplacée, mise en sécurité. C'était la seule explication possible.

Elle y réfléchissait encore au moment où le téléphone retentit sur son bureau. Les communications fixes avaient été rétablies ! Depuis le tremblement de terre, seuls les portables fonctionnaient. D'habitude, Debbie répondait, mais comme la sonnerie se prolongeait, Meredith décrocha d'une main distraite. Elle tomba des nues en entendant la voix de sa fille à l'autre bout du fil. Cela faisait deux mois qu'elles ne s'étaient pas parlé. D'habitude, Kendall ne prenait jamais ses appels, et même quand elle lui laissait un message, sa fille ne la rappelait pas ou alors un mois plus tard, quand elle en avait envie ou quand ça l'arrangeait. Ses deux derniers appels étaient restés sans réponse.

— Kendall ?

— Maman ? Pourquoi tu n'as pas appelé pour dire que tu allais bien ?

— Parce que nous n'avions plus Internet et que les lignes fixes étaient coupées. J'aurais pu t'appeler sur ton portable, mais tu ne décroches jamais.

— Les textos, ça existe.

— Exact. Mais rien ne t'empêchait de te manifester. Je décroche quand je vois ton numéro.

— À condition que Jack et Debbie n'interceptent pas l'appel avant. Je suis sûre qu'ils ne te transmettent pas mes messages.

— Pourquoi feraient-ils une chose pareille ?

Kendall ne les aimait pas, ce n'était pas une découverte. Meredith la soupçonnait d'être jalouse de la complicité qu'ils partageaient tous les trois. Un sentiment déplacé de la part de quelqu'un qui n'avait jamais été à ses côtés, contrairement au couple incriminé.

— Bon, comment vas-tu, toi ? demanda sa fille. La maison a tenu ?

— Il y a beaucoup de verre cassé, mais c'est une bâtisse solide : rien d'important n'a été brisé, seulement quelques tableaux qui sont tombés et des cadres à réparer. L'électricité n'a toujours pas été rétablie, mais ce sera fait d'ici quelques jours, espérons-le, sinon dans une semaine ou deux. Ça a bien tremblé. Impressionnant ! Huit de mes voisins, dont deux enfants, ont trouvé refuge à la maison. Comme les leurs sont inhabitables, je leur ai proposé de rester ici.

— Des voisins ? Tu connais tes voisins, toi ?

Kendall n'en croyait pas ses oreilles.

— Je ne les connaissais pas avant, mais il y a assez de place pour eux ici et ils sont charmants. Arthur Harriman, le pianiste, habite juste à côté : il fait partie du groupe.

— Il est aveugle, c'est ça ? demanda Kendall d'une voix toujours incrédule.

— En effet. Un jeune homme l'assiste, mais à 82 ans, il est plus occupé et dynamique que nous tous réunis.

— Je me suis inquiétée pour toi, tu sais. À la télé, ça avait l'air horrible : des incendies partout, les ponts écroulés et fermés, les victimes ensevelies sous les décombres…

— Je vais bien. Mais vous ? Donne-moi des nouvelles, depuis le temps.

— Ça va. Je m'inquiète pour Julia. Elle a laissé tomber l'université pour aller à Los Angeles tenter sa chance comme actrice. Papa l'a vue plusieurs fois là-bas. Elle est ingérable ! J'ai l'impression qu'elle veut prendre la même voie que toi.

Visiblement, cela ne l'enchantait guère et ça sonnait presque comme un reproche. Ce ne serait pas le premier…

— La même voie que moi ou bien que ton père, corrigea Meredith afin de rétablir l'équilibre dans les responsabilités grand-parentales.

— J'ai bien l'intention de me manifester et d'aller la voir un de ces jours.

— Si tu le fais, pourquoi ne pas monter ensuite à San Francisco ? Cela fait une éternité que tu n'es pas venue.

Kendall ne le niait pas, mais elle ne souhaitait pas faire le moindre effort. Ses derniers passages l'avaient à chaque fois profondément déprimée, entre la chambre-mausolée de son frère, sa mère qui se cachait du monde et ses deux employés qui agissaient comme si elle leur appartenait. C'était trop.

— Et toi, tu ne descendrais pas à L. A. ? fit-elle.

Il y eut un long silence au bout du fil.

— Peut-être, finit par dire Meredith. Ça me ferait plaisir de voir Julia.

— Elle te ressemble énormément.

Kendall aussi lui ressemblait, mais elle ne l'avait jamais admis.

— Bon, en tout cas, je suis heureuse que tu ailles bien. J'avais peur que tu ne sois blessée puisqu'on n'avait pas de nouvelles, reprit sa fille.

Il lui avait tout de même fallu plusieurs jours avant de s'en assurer. Elle n'avait pas eu le réflexe d'appeler sur le moment.

— Ça n'a pas été une partie de plaisir, mais tout va bien, confirma Meredith. Je suis bénévole dans un centre d'hébergement pour ceux qui ont perdu leur maison et ne peuvent y retourner pour des raisons de sécurité. La ville va être sens dessus dessous pendant encore un bon moment.

— Je te préviendrai si je vais à L. A., dit Kendall d'une voix plus douce. Julia dit qu'elle n'est pas prête à me voir. Je crois qu'elle a peur que j'essaie de la dissuader.

— C'est le cas ?

— J'ai essayé, mais jouer est la seule chose qui l'intéresse. Je préférerais qu'elle soit ici à New York, à l'université ou avec un boulot convenable, mais ce n'est pas ce qu'elle veut. D'après papa, elle a du talent. Il lui a arrangé quelques auditions.

— C'est gentil de sa part, dit Meredith un peu froidement.

Elle n'aimait toujours pas entendre parler de Scott ou même mentionner son nom. Grande dame, elle ajouta cependant :

— J'ai vu que ses deux derniers films avaient très bien marché.

— Ils lui ont valu un Oscar à chaque fois, ce qui est plutôt bluffant.

Meredith aussi avait obtenu un Oscar au firmament de sa carrière, mais Kendall n'en avait jamais fait cas. Elle aurait préféré avoir une mère ordinaire, normale, bourgeoise, pas une star de cinéma. Mais au moins, sa fille l'avait appelée pour s'assurer qu'elle était en vie.

— Prends soin de toi, maman. Et fais attention : des trucs peuvent toujours tomber. Apparemment, il y a encore plein de blessés à cause de ça.

— Je n'ai jamais couru aucun danger, dit Meredith avec douceur, sans ajouter que Jack et Debbie s'occupaient bien d'elle.

— Me voilà rassurée. Je te rappelle bientôt, dit Kendall, aussi triste que sa mère de voir combien leur relation s'était détériorée au fil des années.

Toutes deux raccrochèrent avec un sentiment de nostalgie en repensant aux jours anciens, ce temps béni où Kendall était plus jeune et Justin toujours de ce monde. Leur vie avait volé en éclats. Meredith demeurait assise à son bureau, songeuse, quand Ava passa une tête par la porte.

— Vous êtes prête ?

La question la sortit de sa rêverie.

— Désolée. Ma fille a appelé de New York : j'avais oublié de lui passer un coup de fil pour lui dire que j'allais bien. Ça ne m'avait même pas traversé l'esprit, avoua-t-elle, un brin coupable.

Cet oubli révélait l'ampleur de leur éloignement. Et que dire de sa relation avec sa petite-fille Julia ? Elle la connaissait à peine et ne pouvait s'en prendre qu'à elle-même : elle s'était entièrement coupée du monde et des siens. Peut-être Arthur avait-il raison ? Il était temps de se reconnecter. Elle se sentait presque prête.

— J'arrive tout de suite.

Meredith saisit une veste en jean, enfila des baskets, prit la pile de vêtements à donner puis descendit dans le hall où se trouvaient déjà Ava et Tyla.

— Où sont les enfants ? demanda-t-elle.

— Avec Debbie. Ils vont faire des cookies et ensuite, Arthur leur donnera une nouvelle leçon de piano, répondit Tyla.

Devant son sourire, Meredith se demanda si travailler au centre valait la peine de risquer la fureur d'Andrew, mais apparemment, Tyla semblait avoir tranché.

Elles passèrent la journée à la Marina, chacune à son poste de travail. De nouveau assignée à la garderie, Meredith lut des histoires, supervisa le déjeuner et la sieste. Au fond d'elle, elle repensait encore au mystère de la boîte Fabergé disparue. Elle écartait définitivement ses voisins des suspects possibles. Elle espérait que l'objet refasse surface rapidement, ce qui prouverait à Debbie qu'elle avait tort de se montrer aussi protectrice. De leur côté, Tyla avait été affectée à l'infirmerie et Ava en cuisine, où elle prépara de la soupe dans d'énormes marmites et fit ensuite la vaisselle. Toutes trois ressortirent exténuées.

— Je n'en peux plus, admit Meredith dans la voiture.

Les hommes rentrèrent peu après elles, tout aussi éreintés, même Andrew pour qui les urgences s'étaient enchaînées à l'hôpital et qui ne fit aucun commentaire en apprenant que Tyla était retournée au centre. Pour sa part, Peter avait croisé Charles Chapman au BSU et l'avait invité à dîner.

— J'espère que ça ne vous ennuie pas, dit-il à Meredith.

— Absolument pas !

Elle fut même ravie de voir arriver le colonel.

Debbie avait préparé un plat de pâtes tout simple, relevé avec du basilic du jardin, ainsi que des steaks pour les plus affamés. Pendant tout le repas, Meredith discuta avec Tyla et Ava sur ce qu'elles avaient vu et fait ce jour-là. Pour elles, c'était épuisant, mais tellement revigorant d'aider les autres. Elle nota en parallèle que Charles et Arthur étaient engagés dans une discussion animée et que l'officier semblait s'être lié d'amitié avec Peter. Au café, il vint s'asseoir à côté d'elle.

— Comment vous en sortez-vous ici, avec votre hôtel ? la taquina-t-il. Arthur a tenté de me convaincre d'assister à l'un de ses concerts à Shanghai, en novembre. Il a presque réussi ! Vous irez ?

— Shanghai, c'est un peu loin pour une femme qui vit officiellement en recluse depuis quatorze ans, fit-elle remarquer en riant.

— Cela pourrait vous changer les idées. Et être intéressant : Arthur se produit dans une nouvelle salle de concert. En voilà un qui n'a certainement pas ralenti le rythme. Cet hiver, il joue aussi à Paris, Hong Kong et Sydney ! En comparaison, ma vie fait figure de long fleuve tranquille… J'ai entendu que vous travailliez au centre de la Marina ?

— Ça fait du bien d'aider.

— Vous faites déjà beaucoup ici, dit-il avec un sourire. Au fait, ils prévoient de rebrancher l'électricité dans cette zone d'ici la semaine prochaine.

— Nous avons de la chance d'avoir le générateur. Mais j'avoue que je me suis habituée aux lampes-tempêtes partout dans la maison.

— Ailleurs, le courant ne sera peut-être pas rétabli avant des semaines.

— Il y a tant à reconstruire, dit-elle d'une voix pensive. Au centre, certains ont perdu leur maison et n'ont pas d'assurance en cas de séisme. Il faut dire que ça coûte une fortune, tout le monde ne peut pas se le permettre…

— La ville va conserver des stigmates pendant longtemps. Le BSU est débordé, commenta Charles Chapman.

On fouillait encore et encore les décombres. Dans le quartier financier régnait une pagaille indescriptible. Des gens étaient toujours prisonniers des immeubles effondrés et les équipes de secours travaillaient d'arrache-pied pour les sortir de là. C'était une vraie course contre la montre et les journaux s'en faisaient tous les jours l'écho, parfois tragique.

— J'aimerais bien vous inviter à dîner, quand les restaurants auront rouvert, reprit-il. Est-ce que ça s'inscrit dans une vie officielle de recluse ?

— Il y a une semaine, j'aurais décliné, mais on dirait que les choses changent. Mes voisins m'ont sortie de mes murs.

— Une chance pour moi, dit-il tout en observant du coin de l'œil Debbie en train de ranger la cuisine, l'air pincé.

Depuis leur conversation sur la boîte Fabergé, elle faisait mine d'ignorer Meredith. Quand cette dernière le raccompagna au portail, le colonel lui partagea son ressenti :

— Vous trouverez sans doute cavalier de ma part de vous dire cela, mais votre gouvernante me semble louche. Elle vous regardait d'une drôle de manière, ce soir. Et la présence de vos voisins paraît à tout le moins lui peser.

— J'avais remarqué que vous l'observiez et vous avez raison : elle n'est pas ravie. Son mari non plus. Je ne les ai pas habitués aux réceptions et c'est un grand groupe, même s'ils sont très faciles à vivre, y compris Will et Daphné qui sont adorables et très bien élevés. En fait, nous avons eu un petit accrochage ce matin. Elle est convaincue que l'un d'entre eux a volé un objet de valeur. Or pour moi, c'est juste impensable. Je crois plutôt que ce bibelot est quelque part dans un tiroir. Si Jack et Debbie se montrent aussi méfiants, c'est parce que cela fait quinze ans qu'ils partagent ma vie. Ils ont tout traversé avec moi et sont devenus mon socle, mes seuls amis. Ils veillent sur ma personne, d'où leur crainte que certains ne tirent profit de moi ou ne me harcèlent. Mais dans le cas présent, leurs peurs sont infondées : nos voisins sont des gens bien. Évidemment, ça leur fait plus de travail que quand je suis seule.

— Cela pourra vous sembler étrange, mais il n'est pas rare de voir certaines personnes vivant à l'année chez quelqu'un d'autre finir par prendre le contrôle et isoler leur hôte. À un moment donné, cela bascule et ce sont les employés qui mènent la danse. C'est arrivé à des gens très intelligents et en pleine possession de leurs moyens. Faites attention, Meredith : cette femme m'a plusieurs fois fusillé du regard et elle bouillait presque de rage devant vos invités. Quel degré de confiance avez-vous en ce couple ?

— Je leur fais totalement confiance.

— Avez-vous songé qu'ils pourraient avoir pris l'objet en question pour tenter d'accuser quelqu'un d'autre ?

— Jamais ! Pas eux ! s'insurgea Meredith, choquée. Leurs références étaient excellentes et en quinze ans, ils n'ont jamais rien fait qui puisse me faire douter de leur probité.

— Gardez juste l'œil ouvert, dit-il aussi gentiment que possible.

Son intuition le trompait rarement. Or, dès qu'il avait été accueilli au portail par Jack et qu'il avait vu le couple évoluer dans la maison, son sixième sens avait été mis en alerte : ils se comportaient comme s'ils étaient chez eux et non chez Meredith. Celle-ci était plus vulnérable qu'elle ne le pensait. Elle était à leur merci et ne s'en rendait même pas compte. Ils pouvaient l'influencer, l'isoler, la voler ou même lui faire du mal – elle ne serait pas la première célébrité à qui cela arriverait.

— Je suis sûre qu'ils se détendront une fois que mes invités seront partis.

— Quand est-ce prévu ?

— Pas avant que leurs maisons ne soient habitables, et elles ont toutes subi de sérieux dégâts. Ils ont passé la semaine à appeler les entrepreneurs. Je crois que Joel voit le sien lundi et quelqu'un viendra ces prochains jours pour établir un devis chez Arthur. Cela dit... Ce n'est pas plus mal que Tyla et les enfants restent pour l'instant. En parlant d'être vigilant, il semblerait qu'Andrew soit très différent de l'homme charmant que nous côtoyons au dîner. Il se montre très dur envers Tyla. Certains échanges que j'ai surpris ne m'ont pas plu et Daphné m'a confié qu'il battait sa maman. J'aimerais bien surveiller tout ça le plus longtemps possible, si jamais Tyla avait besoin d'aide.

Charles hochait la tête en l'écoutant, à la fois attristé par ces révélations et touché par la sollicitude dont elle faisait preuve pour une quasi-inconnue. Il l'approuvait sans réserve.

— Je partage la même impression que vous sur Andrew. Derrière son allure avenante se cache une grande colère.

Ils étaient arrivés au portail. Elle l'ouvrit et il lui donna une accolade en guise d'au revoir :

— Pour une recluse, vous semblez avoir un jugement plutôt sûr concernant ceux qui vous entourent, lui dit-il.

— Je l'avais, en tout cas ! Il a sans doute un peu rouillé depuis. Mais ne vous inquiétez pas pour Jack et Debbie. Faites-moi confiance, ce sont des gens honnêtes. Je leur confierais ma vie.

— J'espère que vous avez raison.

Il s'inquiétait pour elle désormais, car il l'appréciait et mesurait mieux sa solitude.

Sur le chemin qui le conduisait chez lui, Meredith occupa toutes ses pensées. Honorerait-elle vraiment ce dîner avec lui ? Il l'espérait, car il avait très envie de passer plus de temps en sa compagnie, et sans une demi-douzaine de personnes autour d'eux. Il voulait mieux la connaître, comprendre ce qui l'avait amenée à se retrancher derrière ses murs. Pourvu qu'elle continue à s'impliquer dans la vie comme elle le faisait aujourd'hui, pour son propre bien. Et le mien aussi ! se dit-il.

Quand tout le monde se fut retiré dans sa chambre ce soir-là, Tyla reconnut la petite lueur familière dans le regard d'Andrew. Cela ne manqua pas : profitant de ce que Will et Daphné se brossaient les dents, il lui reprocha d'être retournée au centre. Elle lui fit alors face avec une expression déterminée qu'il ne lui avait jamais vue :

— Si jamais tu me touches ou que tu me frappes à nouveau, j'appelle la police et je raconte à tout le monde ici ce que tu me fais.

Andrew levait déjà le poing quand il prit conscience que sa femme était sérieuse.

— Avec qui as-tu parlé ? demanda-t-il, baissant le bras, mais faisant un pas menaçant vers elle.

— Personne. Je ne te laisserai plus jamais me frapper, répliqua-t-elle froidement, en articulant chaque mot.

Leurs enfants sortaient de la salle de bains. Andrew n'ajouta rien. Il se mit au lit et lui tourna ostensiblement le dos. Cette nuit-là, il ne leva pas la main sur elle.

6

Seulement dix jours après le drame, Arthur fut le premier à recevoir la visite d'un professionnel pour les réparations dans sa maison. Comme il avait judicieusement fait valoir son âge, son handicap et le fait qu'il devait répéter pour un concert prévu deux semaines plus tard, cela avait accéléré la venue d'un expert. Les plafonds présentaient de profondes fissures – il fallait en renforcer certains et en refaire entièrement d'autres. Sa baignoire était littéralement fendue en son milieu, ses meubles de cuisine s'étaient effondrés et toutes les assiettes étaient en miettes. Les sols étaient défoncés et plusieurs luminaires menaçaient de tomber. Mais au milieu de ce chaos, miraculeusement, son magnifique piano était intact ! Sa gouvernante, Frieda, avait eu recours à une société pour nettoyer les débris. De plus, elle se chargea de faire l'inventaire du mobilier à réparer ou à changer. Malgré son âge, c'était l'efficacité même et Peter aidait comme il pouvait le soir.

L'entrepreneur estima à deux ou trois semaines le temps nécessaire aux travaux, mais une fois les nouvelles fenêtres posées, la maison serait habitable : Arthur pourrait revenir y vivre afin de répéter sur son propre instrument, ce qu'il souhaitait ardemment. Il avait invité tout le groupe à assister à son concert qui aurait lieu à San Francisco, malgré le récent séisme.

Les menuisiers achevèrent leur ouvrage en un temps record, et une baignoire fut même installée dans la foulée, si bien que deux semaines après le tremblement de terre Arthur annonça avec regret à Meredith qu'il retournait chez lui le lendemain. Deux jours plus tôt, leur rue avait heureusement retrouvé l'électricité, ce qui n'était toujours pas le cas pour d'autres pâtés de maisons alentour. Les installations de gaz avaient aussi été vérifiées et certifiées intactes, ils avaient donc tous désormais la possibilité de reprendre leur vie quotidienne. Cela n'empêcha pas Arthur de regretter son départ, car il s'était lié d'amitié avec ce petit groupe, devenu par la force des choses une sorte de famille.

Meredith organisa en son honneur un véritable repas de fête. La plupart des magasins ayant rouvert, elle soigna particulièrement le menu. Et le couvert serait dressé dans la somptueuse salle à manger puisque l'électricité était rétablie. Elle se proposait de servir d'excellents vins, ainsi que du champagne, au grand dam de Jack, qui réagissait comme si l'on piochait dans sa cave personnelle. Il faut dire qu'avec Debbie, ils avaient pris l'habitude de boire en toute impunité les meilleures bouteilles de Meredith et ils étaient devenus de fins connaisseurs, notamment en bordeaux – Jack avait même développé un goût prononcé pour les crus du Château Lynch-Bages. Debbie préférait ceux du Château Margaux.

Le repas fut somptueux et délicieux. Bien malgré elle, Debbie s'était surpassée en cuisine, suivant en cela les instructions de la maîtresse de maison qui connaissait les goûts culinaires de chacun, et en particulier d'Arthur. Ce dernier fut très touché par tout le mal que s'était donné Meredith.

Le lendemain, avec Jack et Peter, elle aida le vieil homme à réintégrer sa demeure. Il y avait des ouvriers partout, c'était un vrai chantier. La première chose que fit Arthur fut de s'asseoir à son piano chéri. Il était aux anges !

Celle qui l'était moins, c'était Ava. Le départ de Peter lui avait brisé le cœur et, tous les soirs, elle passait chez Arthur sous le prétexte de rendre visite au concertiste. Cinq jours plus tard, Joel et elle regagnaient à leur tour leurs pénates. Trois semaines après le séisme, la vie du quartier reprenait à peu près son cours, et seuls les Johnson demeuraient encore chez Meredith. Tyla et Andrew avaient eu beaucoup de mal à faire venir un professionnel et à démarrer les travaux. Il fallut attendre encore une semaine pour qu'une petite entreprise disponible accepte le chantier.

Quelques jours plus tard, la maison des Johnson était prête pour les accueillir. Meredith aida Tyla et les enfants à se réinstaller. Quand elle rentra chez elle, dans cette grande bâtisse vide, elle se sentit tristement seule. Ce soir-là, elle dîna dans son bureau d'un plateau qu'elle toucha à peine. Debbie et Jack lui avaient proposé de partager leur table, mais elle avait perdu l'habitude de passer ses soirées avec eux. Que Debbie en soit froissée ne changerait rien à l'affaire. Will et Daphné occupaient toutes ses pensées, ainsi que Tyla. Andrew avait retrouvé un rythme de travail normal et il était de meilleure humeur, mais que ferait-il le soir, seul avec sa femme ? Meredith gardait en mémoire les aveux de Daphné, qui lui avaient fait froid dans le dos, mais Tyla ne lui avait toujours rien confié.

La seule chose qui lui mettait du baume au cœur était le concert d'Arthur programmé pour le lendemain au Davies Symphony Hall. Ils devaient aller dîner ensemble après la représentation, et elle avait proposé à Charles Chapman de se joindre à eux. Il était enchanté. Lui-même était toujours aussi impliqué avec le BSU, même si les urgences commençaient à se résorber et le rythme à se calmer un peu pour les bénévoles : s'ils aidaient encore certaines personnes à trouver des logements provisoires, les centres d'hébergement fermaient les uns après les autres. Les écoles rouvraient, bien que le gouvernement dût parfois mettre à disposition des bâtiments temporaires. La ville retrouvait un semblant de normalité, et Meredith reprit son existence tranquille derrière ses murs. Elle passait cependant de temps à autre saluer Arthur. Elle avait remarqué qu'Ava profitait des absences de Joel pour y aller souvent. Elle aussi assisterait bien sûr au concert.

Le grand soir, la jeune femme apparut dans une robe noire, courte et sexy, qui mettait en valeur aussi bien ses longues jambes que son décolleté à couper le souffle. À sa vue, Peter sembla foudroyé ! La performance d'Arthur fut grandiose et le dîner qui suivit, dans un restaurant grec, très chaleureux : ils restèrent même jusqu'à la fermeture. À l'exception d'Andrew et Tyla qui devaient libérer la baby-sitter, tous acceptèrent ensuite de prendre un dernier verre chez Meredith. Ce n'est qu'à 2 heures du matin qu'Arthur finit par avouer un début de fatigue. Peter le raccompagna avant de revenir terminer la soirée avec eux.

Tyla avait prévu d'inviter Meredith à dîner pour la remercier. Il ne restait plus qu'à obtenir l'accord d'Andrew, et elle s'y attela dès le lendemain du concert. Histoire de tâter le terrain, elle lui annonça que Meredith dînerait chez eux le soir même.

— Encore un dîner ? Pourquoi ?

— On a habité chez elle pendant un mois. Elle est seule maintenant. Le moins que l'on puisse faire, c'est de l'inviter à notre tour !

— Tu ne l'as pas assez vue comme ça ? Pourquoi ne pas lui proposer de s'installer avec nous, tant que tu y es !

Et il alla se changer dans leur chambre, sans manquer de bien claquer la porte. La journée commençait mal, mais il n'avait pas opposé son veto. Meredith se présenta donc chez eux ce soir-là, mais avec un peu de retard en raison d'une scène que Debbie lui avait faite au moment de partir.

— Vous sortez encore ? Pourquoi vous ne m'avez rien dit ? Je vous ai préparé votre plat préféré, avait dit la gouvernante, presque au bord des larmes.

— Je vous ai laissé un mot ce matin à la cuisine, avait répondu Meredith, désolée de la voir dans cet état.

— Je n'ai rien vu ! avait répliqué Debbie avant d'aller jeter le dîner à la poubelle d'une façon théâtrale.

Meredith s'était encore confondue en excuses et tout cela l'avait retardée d'une vingtaine de minutes. Pendant qu'elle se rendait chez les Johnson, une Debbie mortellement blessée sortait du four le dîner de Jack, lequel ouvrait pour elle une bouteille de Château Margaux.

— Ne t'inquiète pas, elle se lassera d'eux, ou eux d'elle. C'est vrai, qui voudrait en permanence d'une vioque collée à ses basques ? Et elle-même en aura vite marre de fréquenter un papi de 82 ans. De leur côté, Peter et Ava vont continuer à se voir en douce, donc ils ne recherchent pas la compagnie. Et tout ce que veut Joel, c'est s'envoyer en l'air. Lui non plus ne voudra pas de Meredith dans ses pattes, résuma Jack d'un ton suffisant.

— Et le colonel ? Il en pince pour elle, remarqua Debbie, inquiète.

Elle n'aimait pas cet homme. Il les regardait, Jack et elle, avec suspicion.

— Elle a presque dix ans de plus ! Tu ne crois pas sérieusement que ça durera ?! De toute façon, lui aussi louche sur Ava. Il ne serait pas contre y goûter comme les autres.

— Et elle veut Peter. Ils ont tous la tête à l'envers ! dit-elle en riant. Tu as raison, ils se lasseront les uns des autres en un rien de temps, et elle reviendra vers nous en rampant.

Pendant qu'ils s'enivraient à ses frais, Meredith dînait chez les Johnson, dans un climat où la tension était palpable. Tyla apporta le repas non sans nervosité. Andrew, furieux qu'elle ait laissé brûler le riz, rabroua Will qui avait les coudes sur la table et Meredith nota que Daphné ne lâchait pas sa poupée Martha, ce qui était toujours un signe d'angoisse chez la fillette. Ne voulant pas risquer d'envenimer les choses par sa présence, Meredith prit congé dès que les enfants montèrent se coucher.

De retour chez elle à 21 heures, elle aperçut de la lumière dans l'appartement de Jack et Debbie, où tout était calme. Elle espérait que Debbie ne lui en voulait plus, elle détestait la vexer ainsi. Le mois écoulé avait été rude pour eux, avec tout ce monde à la maison. Ils n'avaient pas autant qu'elle apprécié ces semaines en groupe, d'où les jours de congé supplémentaires qu'elle leur avait accordés. Cela dit, pendant cette période, ils s'étaient comportés comme si c'était leur propre domicile qui avait été envahi. Elle n'oubliait pas les propos de Charles à leur égard, mais trouvait son jugement excessif et erroné. Si Jack et Debbie s'étaient montrés ombrageux, ils n'en étaient pas pour autant méchants.

Elle songeait au colonel quand le téléphone sonna. C'était justement Charles, qui appelait pour prendre des nouvelles et la remercier de lui avoir fait signe pour le concert.

— Comment ça se passe sans vos invités ?

— Ils me manquent. Je rentre d'un dîner en famille chez Tyla et Andrew.

— C'était comment ?

Un soupir échappa à Meredith.

— Tendu. Je suis inquiète pour Tyla et les enfants. On dirait qu'ils vivent sur un volcan. Elle a beau dire que tout va bien, ce n'est pas vrai. Il est sorti de ses gonds parce qu'elle avait laissé brûler le riz. La pauvre Daphné a l'air tétanisée dès qu'elle est à proximité de son père. Ça me donne envie de les prendre tous les trois chez moi.

— Avant de faire ça, que diriez-vous de dîner avec moi demain ?

Meredith émit un petit rire, une façon de cacher sa nervosité à l'idée de ce dîner en tête à tête. Car à entendre Charles, on pouvait croire à un rendez-vous amoureux. Or elle ne savait pas si elle était prête pour ça : ses dernières sorties galantes étaient antérieures à son mariage et avoir un « premier rendez-vous » à son âge lui paraissait ridicule, surtout avec un homme plus jeune qu'elle ! Une amitié lui conviendrait très bien, mais comment le lui dire ?

— Ça vous va, un restaurant ? Même si tout le monde risque de vous reconnaître ? demanda-t-il.

La veille, au concert et au dîner, il avait remarqué que des têtes s'étaient retournées au passage de Meredith, mais personne ne l'avait importunée. Les gens s'étaient contentés de la dévisager en chuchotant. Mais rien d'étonnant à cela : elle n'avait pas changé, et son style restait le même – cheveux tirés en arrière, simple robe noire et boucles d'oreilles en diamants. Tout en elle était racé, élégant, discret. Et dire qu'il la côtoyait ! L'espace d'un instant, il en avait presque été intimidé. Mais elle était si ouverte et affable qu'on oubliait sans mal qu'elle était une immense star, voire une icône. L'aura de mystère qui avait entouré son retrait du monde n'avait fait qu'amplifier sa célébrité.

— Je ne sais pas quoi vous répondre. Je ne sors presque jamais.

— Alors on pourrait aller dans le quartier des Avenues. Je connais un petit restaurant italien là-bas, personne ne vous embêtera. À moins que vous ne préfériez quelque chose de plus chic ?

— J'adore les pizzas et les hamburgers !

— Voilà qui facilite grandement les choses. Je peux aussi cuisiner, je me débrouille pas mal depuis deux ans.

— Nous pouvons également dîner ici, si vous voulez.

Pour Charles, rester sous l'œil inquisiteur de Jack et Debbie n'était pas une option. Il voulait l'éloigner d'eux et faire de cette occasion un vrai rendez-vous galant.

— Alors c'est moi qui déciderai. Je passe vous prendre à 20 heures ?

— Parfait.

À peine eut-elle raccroché qu'elle regretta immédiatement d'avoir accepté. C'était ridicule ! À son âge, elle était au-delà de tout ça ! Du moins, elle l'avait été ces dernières années. Il fallait croire que, contre tout bon sens, Charles la sortait progressivement de sa réclusion.

Le lendemain matin, elle mit un point d'honneur à prévenir en personne Debbie qu'elle dînait à nouveau dehors – c'était la troisième fois d'affilée et elle en avait presque le tournis ! Sortir avec Charles était néanmoins une erreur et elle comptait bien mettre les choses au clair le soir même : ils seraient amis et rien d'autre. À son âge, l'amour ne l'intéressait plus.

Elle avait la tête encore pleine de ces considérations quand elle se rendit au supermarché acheter du dentifrice et du dissolvant. Au rayon cosmétique, ses articles en main, elle faillit bousculer Tyla venue chercher du fond de teint et une poche de froid. L'hématome qui marquait le côté de son visage laissa Meredith sans voix tandis que Tyla tournait la tête du côté opposé, l'air embarrassé.

— Je me suis pris la porte de la salle de bains hier soir. Andrew l'avait laissée entrouverte et je n'ai pas fait attention, expliqua-t-elle aussitôt en prenant la direction des caisses, suivie par Meredith.

— Vous allez bien ? s'enquit celle-ci.

— Oui, oui. Je suis désolée que le dîner ait été à ce point raté ! Après un mois passé chez vous à me faire dorloter, j'ai oublié comment cuisiner.

Elle eut un sourire et Meredith constata que ses lèvres étaient aussi légèrement gonflées.

— Mais pas du tout, le repas était excellent. Je comptais justement vous appeler un peu plus tard pour vous remercier, dit-elle. En revanche, Tyla, je m'inquiète pour vous.

— Il n'y a pas de raison. Tout va bien, même si j'ai mauvaise mine. Le truc, c'est que je me cogne toujours partout, je trébuche, et je marque facilement.

Ça rendait Meredith malade d'entendre ce discours ! D'autant que les enfants subissaient eux aussi ce contexte.

— Tyla, vous n'êtes pas obligée de rester avec quelqu'un qui vous maltraite, dit-elle en essayant d'utiliser les mots les plus neutres possible.

— Andrew ne me maltraite pas, rétorqua Tyla, aussitôt sur la défensive.

Si jamais elle parlait à quelqu'un, il la tuerait, il l'avait avertie. Par ailleurs, si elle le quittait, où irait-elle ? Que ferait-elle ? Elle ne pouvait pas priver ses enfants de leur père. Ils avaient besoin de lui aussi.

Elles en restèrent là, mais Meredith repensait encore à leur échange tout en se préparant ce soir-là pour son rendez-vous. Durant le trajet qui les menait vers le restaurant italien dont il lui avait parlé, Charles remarqua tout de suite que quelque chose la tracassait et il partagea son inquiétude quand elle lui raconta, une fois attablés, de quoi il retournait.

— Personne ne défend mieux son agresseur que la victime elle-même, commenta-t-il.

— Je ne sais pas quoi faire pour lui venir en aide. Elle n'admettra jamais qu'il la bat.

— Vous ne pouvez rien faire tant qu'elle n'en parle pas.

Ils abordèrent ensuite d'autres sujets, notamment le cinéma, car Charles était un grand cinéphile. Il avait d'ailleurs vu tous les films avec Meredith. Il avoua même avoir eu le béguin pour elle quand il était jeune aviateur.

— J'étais un gamin à l'époque, et vous une jeunette. Si l'on m'avait dit que je dînerais un jour avec vous !

Il lui raconta les missions qu'il avait couvertes pour le renseignement militaire puis au Pentagone, illustrations d'une brillante carrière. Son fils avait fait West Point et servait donc dans l'armée de terre. Sa fille était pilote privé pour une importante société et habitait au Texas. Elle avait épousé un pilote de ligne et ils avaient deux enfants.

— J'imagine que c'est moi qui lui ai transmis le virus du pilotage quand elle était petite, dit-il avec une fierté évidente.

— Peut-être est-ce héréditaire. Je connais à peine ma petite-fille, pourtant, elle voudrait être actrice.

— Le cinéma vous manque ?

— Parfois… J'aimais beaucoup tourner. C'était exaltant. Mais tout cela me paraît si loin, comme s'il s'agissait d'une autre vie. J'ai arrêté. Tout s'est arrêté… quand mon fils est mort.

Le regard qu'elle lui lança disait tout de la perte et de l'immense douleur ressenties. Il revint au cinéma.

— Retournerez-vous un jour sur les plateaux ?

— Plus maintenant. C'est trop tard, dit-elle en secouant la tête.

Au même instant, elle se souvint des mots d'Arthur : « Il n'est jamais trop tard. »

— En fait, je ne sais pas si je serais encore capable d'être au niveau devant la caméra, corrigea-t-elle. Ça fait tellement longtemps. Trop longtemps. Et puis, il n'y a pas beaucoup de grands rôles pour les actrices de mon âge.

— Rien ne vous empêche de faire votre come back. Même les enfants qui n'ont jamais vu vos films connaissent votre nom.

— C'est le seul métier que j'ai fait ou voulu faire ! J'adorais ça, dit-elle avec une étincelle dans le regard.

C'était la première fois depuis une éternité qu'elle le disait à voix haute, voire qu'elle osait se l'avouer.

— Après la mort de Justin, je ne me voyais plus jouer ou faire l'actrice. Ça semblait si insignifiant comparé à sa disparition.

— La plupart des métiers sont insignifiants, à moins de sauver des vies ou de trouver un vaccin contre le cancer, dit Charles d'une voix posée. Je me suis beaucoup amusé à piloter, ma fille se fait plaisir elle aussi. Mais en fin de compte, ça ne change pas la face du monde. On accomplit juste une tâche qui nous plaît et pour laquelle on est payé.

Sa vision très pragmatique des choses plaisait à Meredith. Elle admirait le fait qu'il se soit engagé auprès du BSU et qu'il ait eu le courage de s'installer à San Francisco sans connaître personne, afin de commencer une nouvelle vie et de se lancer dans l'entrepreneuriat au lieu d'opter pour le repli sur soi, comme elle. Son deuil lui avait redonné de l'élan, et l'avait poussé vers la nouveauté. Résultat, il dirigeait aujourd'hui une agence de sécurité dont il avait sciemment limité la taille et qui était spécialisée dans la protection des VIP, avec des clients triés sur le volet. Il s'était créé une activité sur mesure qu'il appréciait pleinement.

La soirée se déroulait très agréablement et le dîner était bon. Mais ce que retenait Meredith, c'était surtout la grande aisance qu'elle ressentait face à Charles. On aurait dit un vieil ami à qui elle n'avait pas besoin de raconter toute son histoire. Parce qu'il en connaissait déjà la plus grande partie et qu'il devinait le reste – c'était quelqu'un d'intuitif, bien dans sa peau et dans sa tête. Alors qu'il la raccompagnait, elle se rendit compte que sa résolution de ne pas sortir avec lui était tombée aux oubliettes. Cela lui arracha un petit rire.

— Qu'est-ce qui vous fait rire ? dit-il en s'arrêtant à un feu rouge.

— Je comptais vous dire que je ne voulais pas sortir avec vous, que je suis trop vieille pour recommencer, et trop vieille pour vous, dit-elle.

— Et… vous trouvez ça drôle ?

À l'évidence, lui était très sérieux.

— La soirée a été tellement sympathique que j'en ai oublié ce petit discours.

— Et maintenant ? reprit-il, amusé à son tour.

— Je suis toujours trop âgée, mais j'ai vraiment passé un bon moment. J'aime être avec vous.

Ces mots semblèrent lui faire plaisir.

— Moi aussi, avoua-t-il. Que diriez-vous de nous en tenir là et de ne prendre aucune décision pour l'instant ? Vous n'êtes pas trop âgée et je me soucie de votre âge comme d'une guigne, si vous me permettez l'expression. Ma femme avait cinq ans de plus que moi et ça n'a jamais été un problème entre nous. Je ne vois pas en quoi huit ans font une différence. En plus, vous êtes superbe. Alors, est-ce qu'on peut déjà rayer ce point-là de la liste ?

— Apparemment, c'est déjà fait ! lança-t-elle tout enjouée.

— Pas d'autre objection sérieuse à l'horizon ? Alors j'ai comme l'impression que votre statut de recluse a pris un sérieux coup dans l'aile : il y a deux jours, vous étiez au concert, ce soir, au restaurant. Cette excuse ne tient plus. Prenons juste le temps et on verra où ça mènera. Qu'en dites-vous ?

— Que c'est intéressant, dit-elle, l'air espiègle.

Ils étaient arrivés à son portail. Elle l'ouvrit à distance et il avança la voiture jusqu'à la maison. Une fois le moteur coupé, il se pencha et l'embrassa. Meredith se sentit rajeunir comme si l'avenir était tout à coup plein d'espoir – une réaction qui la surprit, tant elle s'était persuadée du contraire. Dorénavant, elle pensait autrement.

— J'aime être avec vous, Meredith, souffla-t-il d'une voix douce.

— Moi aussi, murmura-t-elle, et il l'embrassa à nouveau.

Un gardien de nuit apparut à cet instant dans la cour et attendit discrètement qu'ils sortent de la voiture. Ce qu'il voyait semblait l'avoir plus choqué que le tremblement de terre !

— Je ne sais pas à quelle vitesse je m'habituerai à votre célébrité, dit Charles tout en suivant Meredith dans le vestibule.

Il s'attarda le temps de lui souhaiter une bonne nuit.

— Je vous appelle demain, promit-il.

Il le ferait, elle le savait. Et elle voulait qu'il le fasse, c'était ça le plus beau ! Quand Charles eut pris congé, elle monta l'escalier, rayonnante. À chaque marche, les années s'envolaient, et avec elles le fardeau qu'elle portait depuis si longtemps. Un sentiment de jeunesse l'envahissait. Elle avait soudainement conscience qu'Arthur avait peut-être raison : il n'est jamais trop tard.

7

Ce même soir, Ava passa chez Arthur Harriman rendre à Peter son manuscrit et lui dire ce qu'elle en avait pensé.

— J'ai vraiment adoré ! L'histoire et les personnages sont très bien amenés. C'est impossible de le refermer avant la dernière ligne ! Quand je devais le lâcher, je n'avais qu'une hâte, c'était de reprendre la lecture.

Debout dans l'entrée, le jeune homme jubilait.

— Tu es la seule à qui je l'ai fait lire, dit-il avec un peu d'appréhension.

À cet instant, Arthur l'interpella pour savoir qui avait sonné.

— C'est Ava ! répondit Peter, en espérant qu'il ne se formaliserait pas du fait qu'elle soit venue sans prévenir.

— Dis-lui de monter !

Ava suivit Peter à l'étage et entra dans la pièce qui servait de bureau à Arthur. Le piano en occupait une bonne partie. C'était le premier endroit qu'Arthur avait fait remettre en état par Peter et l'équipe de nettoyage. Ava salua le vieil homme avec chaleur.

— Excusez-moi de me présenter ainsi à l'improviste.

— Vous êtes la bienvenue à toute heure, lui répondit-il.

Elle l'embrassa sur la joue. Ce simple mouvement permit à Arthur de capter la note exotique de son parfum. Même sans la voir, il percevait toute sa sensualité. À sa façon de parler, à son timbre de voix légèrement rauque, à la chevelure soyeuse qui avait effleuré sa joue quand elle s'était penchée… Peter, lui, pouvait contempler Ava, et n'était pas insensible à ses charmes.

— Pourquoi n'iriez-vous pas au salon, tous les deux ? s'exclama Arthur, au grand embarras de Peter qui aurait bien voulu emmener la jeune femme dans sa chambre, sans savoir quel prétexte trouver.

Ils passèrent la soirée à discuter au son du piano d'Arthur. Quand Ava regarda sa montre, il était déjà 2 heures. Ils n'avaient pas vu le temps passer.

— Je ferais mieux d'y aller, dit-elle avec un regret évident. Joel avait une réunion tardive, mais il doit être rentré maintenant. Il aime bien que je sois là pour l'accueillir.

Il ne s'agissait pas de la part de Joel d'une possessivité excessive ni d'une demande aberrante, mais simplement d'un rappel : elle était là pour une bonne raison et il ne la laissait jamais oublier ce détail. S'il vivait avec elle, c'était parce qu'il appréciait sa présence, et surtout son corps. Le soir, il lui faisait généralement l'amour dès qu'il avait franchi le seuil de la maison. Au début, cela l'avait flattée, mais elle avait désormais compris qu'en fait, cette pulsion répondait davantage à un besoin qu'aux sentiments qu'il pouvait nourrir à son égard.

En y réfléchissant, cet homme lui avait ouvert de nouveaux horizons et il s'était montré très généreux, notamment en compensant le salaire qu'elle avait perdu quand il lui avait demandé d'abandonner son travail pour être disponible – il se refusait à coucher avec une de ses employées. Il avait par ailleurs toujours été très clair sur le fait que le mariage ne serait jamais une option : il s'était déjà brûlé les ailes, alors le « long terme », comme il disait, ce n'était pas pour lui. Depuis son divorce, seules l'intéressaient la nouveauté et la légèreté ; quand la relation devenait trop exigeante, larmoyante ou ennuyeuse, il passait à autre chose.

Elle-même n'était pas avec lui pour son argent, mais parce que c'était excitant et amusant. Il était attirant, et elle aimait bien leur différence d'âge : c'était un homme, pas un jeunot qui la mènerait en bateau – de fait, jamais il ne s'était fichu d'elle et il avait toujours tenu ses promesses. Mais durant l'année écoulée, elle avait commencé à se sentir réduite à son seul corps. Oh, il ne demandait rien d'extravagant, mais il agissait comme si elle lui appartenait. Et il y avait constamment le message implicite qu'elle était à sa disposition.

Elle avait bien songé à le quitter, mais ce n'était jamais le bon moment. Elle avait toujours une excuse pour repousser l'instant fatidique : un voyage incroyable, une négociation ardue pour lui, son anniversaire, Noël… Et puis, que ferait-elle une fois partie ? Elle habitait pour l'instant dans une maison somptueuse et cela faisait deux ans qu'elle n'avait pas travaillé. Comment justifier cela lors d'un entretien d'embauche ? Joel lui avait certes promis de lui donner des références après leur séparation, disant qu'elle avait été son assistante personnelle, mais partout leur arrangement était connu : elle avait rencontré toutes ses relations de travail en l'accompagnant aux événements inhérents à ses affaires. De son côté, elle avait respecté sa part du marché. Elle se montrait au mieux de sa beauté – tous les hommes enviaient Joel –, elle le soutenait dans toutes ses entreprises, elle appréciait ce qu'il faisait pour elle et elle avait une nature facile et solaire. Il lui avait d'ailleurs souvent dit que s'il avait été le genre d'homme à se marier, il l'aurait épousée. Mais il ne l'était pas.

Joel préférait sa vie de célibataire avec son défilé de femmes, conscient que s'il l'épousait, il aurait toujours la sensation de manquer quelque chose. Finalement, sa curiosité prendrait le dessus, il la tromperait, et alors tout s'écroulerait à nouveau comme un château de cartes, avec les conséquences qu'on connaissait : il lui donnerait une maison, lui paierait une pension alimentaire et ils finiraient par se haïr, tout comme avec son ex-femme ou bien comme ses parents. Il ne voulait pas revivre ce scénario. Dans son esprit, le mariage ruinait tout. Il n'était pas volage pour autant, c'était du moins l'impression d'Ava – s'il la trompait, c'était avec une grande discrétion. Au début, elle pensait l'aimer, mais maintenant, elle ne savait plus. Leur arrangement avait fait son temps. À 29 ans, elle se trouvait à la croisée des chemins : elle voulait se marier et avoir des enfants, ainsi qu'une maison à elle. Or Joel n'était pas l'homme avec qui elle envisageait de faire sa vie, c'était une certitude.

Dès leur première rencontre, Peter l'avait conquise. Certes, il avait dix ans de moins que Joel et ressemblait à un gamin en comparaison. Son rêve était de devenir un jour un grand écrivain et en attendant il vivait de médiocres expédients. Sachant bien que sa plume ne le ferait pas vivre avant plusieurs années, voire jamais, il subvenait à peine à ses propres besoins et ne pouvait donc pas l'entretenir. Mais elle s'en fichait. Elle voulait être avec lui à tout instant du jour et de la nuit. Elle rêvait de lui. Son cœur s'emballait dès qu'elle le voyait entrer dans une pièce ! À ses yeux, Peter était très séduisant. La seule chose qu'elle ignorait, c'était ce qu'ils pouvaient faire de tout ça. Dans l'immédiat, Peter ne pouvait se passer de son travail chez Arthur s'il voulait continuer à écrire – ce n'étaient pas quelques articles pour d'obscures revues littéraires qui le feraient vivre ou connaître. Sa vraie carrière n'avait pas décollé, du moins pour l'instant. Quant à la sienne en tant que mannequin, elle était en suspens depuis presque deux ans et elle n'était pas encore designer graphique. Des années difficiles les attendaient s'ils essayaient de faire leur vie ensemble.

Un point pratique par exemple : aucun d'eux n'avait d'appartement. Ils en avaient discuté et Peter doutait fortement qu'Arthur la laisse partager sa minuscule chambre au grenier. Ava ne savait quel parti prendre : fallait-il attendre que Joel la plaque dans l'année à venir – ce qui ne manquerait pas d'arriver –, ou bien jeter toute prudence aux orties et le quitter maintenant ? Peut-être que tous les deux pourraient chercher ensemble un appartement et tenter de décrocher des emplois plus rémunérateurs ?

Ce qui les freinait, c'est que Peter se sentait en quelque sorte responsable d'Arthur. Il appréciait vraiment le musicien et ne voulait pas le laisser tomber. Quant à elle, elle souhaitait être sûre de ne pas se tromper.

Voilà ce qui tournait dans la tête d'Ava tandis qu'elle se préparait à partir. Peter l'embrassa et la serra fort contre lui. Il avait les larmes aux yeux quand il lui murmura :

— Que va-t-on faire ? Je déteste quand tu y retournes.

Ils n'avaient pas encore fait l'amour, parce qu'Ava ne voulait pas coucher avec deux hommes en parallèle. La situation de la jeune femme devenait intenable : elle aimait Peter mais vivait avec Joel. Le tremblement de terre avait décidément tout changé. Pour l'instant, c'était encore soutenable à condition pour elle de voir Peter tous les jours. Mais chaque soir, elle avait envie de lui et ses rêves se nourrissaient de ce désir. Elle ne supportait pas d'être séparée de lui, de le savoir si proche, dans la même rue. Quant à Peter, il allait devenir fou à penser à elle comme ça.

— Peut-être que je devrais donner mon préavis à Arthur, dit-il d'une voix misérable, car il en était venu à aimer le vieil homme presque comme un père.

Il savait qu'Arthur avait besoin de lui, ou en tout cas de quelqu'un qui se souciait vraiment de sa personne, afin de lui faciliter la vie. Mais dans le même temps, il désirait tellement être avec Ava… Même si cela ne faisait qu'un mois, ils avaient l'impression de se connaître depuis toujours et il se voyait l'épouser. À condition qu'un autre type en Ferrari ne la lui pique pas avant ! C'était un risque, car matériellement il ne faisait pas le poids face à un homme comme Joel, il en avait bien conscience. Il était véritablement le modèle de l'écrivain famélique qui vit dans une mansarde. C'était peut-être pittoresque dans un roman, mais pas dans la vraie vie.

— On trouvera une solution, l'assura-t-elle.

Ils descendirent l'escalier et s'attardèrent encore quelques minutes avant qu'elle ne parte. Il remonta alors dans le bureau d'Arthur pour voir si ce dernier souhaitait quelque chose. Le vieil homme lisait des documents en braille. Il leva la tête en entendant Peter approcher. Son ouïe remarquablement affûtée pour son âge compensait sa cécité au point qu'il en plaisantait parfois, remerciant Dieu de ne pas être sourd comme Beethoven. En plus, comme il avait vu dans sa jeunesse, il pouvait visualiser plus facilement son environnement.

— Tout va bien ? s'enquit Peter.

Arthur perçut immédiatement la tristesse dans sa voix, malgré le ton enjoué que le jeune homme avait employé pour masquer son état. Quelque chose le tracassait et Arthur en devinait aisément la cause.

— Approche donc, petit, dit-il en l'invitant du geste à s'asseoir. Pour ma part, ça va très bien, mais toi ? Que se passe-t-il entre vous deux ?

Inutile de préciser qui était la deuxième personne. Ava occupait toutes les pensées de Peter ces derniers temps. Il n'y avait même plus de place pour son roman, qui demeurait inachevé – depuis leur rencontre, il avait trouvé une fin, qu'il avait racontée à Ava mais n'avait pas encore jetée sur le papier.

— Rien, répondit Peter un ton plus bas que la normale, ce qui n'échappa pas à Arthur. C'est juste inextricable. Elle est dans une position difficile et moi, je n'ai rien à lui donner par rapport à la vie de rêve que lui offre Joel.

— Elle l'aime ? demanda Arthur, soucieux d'aller à l'essentiel.

— Elle dit que non. Nous nous aimons, vous savez, mais ça ne mènera nulle part, dit Peter après une légère hésitation. Je ne peux pas, en toute conscience, l'encourager à le quitter. Il peut faire pour elle tout ce que je ne peux pas et ne pourrai jamais faire. Il est impossible que je gagne un jour autant que lui.

— En tout cas, lui ne l'aime pas, affirma Arthur.

— Comment le savez-vous ? s'étonna Peter, comme souvent frappé par la mystérieuse intuition qu'Arthur avait des gens.

— Je peux l'entendre. Il passe du bon temps avec elle, c'est tout. Pour lui, elle est probablement une histoire comme une autre. C'est le genre d'homme qui prend les femmes pour des jouets. En tout cas, elle ne l'aime pas non plus, je l'entends aussi. Elle s'est sans doute bêtement laissé prendre, impressionner et éblouir. Ces relations ne durent pas, alors que ce que vous avez, tous les deux, ce sont des espoirs et des rêves. Ça mérite d'être creusé si vous trouvez un moyen décent de le faire. Tout ça pour dire que, sans chercher à m'attirer les foudres d'un amant jaloux, si tu as besoin de passer du temps avec elle et que tu souhaites qu'elle reste parfois ici, faites-le. Je sais que tu sauras gérer et garder une oreille à l'affût pour moi. Invite-la quand tu veux.

Le visage de Peter s'éclaira comme celui d'un enfant à Noël, et Arthur n'avait pas besoin de le voir pour le sentir.

— J'espère que c'est une fille intelligente qui aborde la situation de manière sensée. Inutile de rajouter une tragédie supplémentaire au séisme. Pour elle non plus, il n'est pas bon que ça s'éternise. En général, ça dégénère et ensuite, c'est comme si on allumait un bâton de dynamite, fit remarquer Arthur.

Ce qu'il voulait, c'était leur donner une opportunité, sans perdre Peter pour autant. Sa proposition était donc l'option la plus sage, de sorte que Peter ne s'emballe pas et ne se laisse pas entraîner dans Dieu sait quoi, simplement pour pouvoir passer la nuit avec Ava. Quant à cette dernière, elle ferait bien de prendre sans tarder le taureau par les cornes avec Joel.

— Je ne pense pas qu'elle laissera traîner les choses. J'ai confiance en elle.

— Bien. Je me fie à ton jugement, sauf si elle nous prouve le contraire. En tout cas, souviens-toi, la Ferrari n'est pas ce qui importe ici. Tu es quelqu'un de bien, Peter, quelqu'un d'honnête. Elle a de la chance de t'avoir.

— Merci, dit Peter, à la fois touché et rayonnant.

Il avait hâte d'annoncer à Ava qu'Arthur était prêt à la laisser passer la nuit avec lui, s'ils trouvaient un moyen de mettre un terme à cette position intenable.

La distance entre la maison d'Arthur et celle de Joel n'était pas bien grande. Ava la parcourut, toutes ses pensées tournées vers Peter. Au moins, quand ils habitaient chez Meredith, ils se voyaient constamment, mais maintenant que chacun était rentré chez soi, son cœur restait avec Peter tandis que son corps appartenait à Joel. Que devait-elle faire ? Cette question la hantait depuis des semaines.

Quand elle poussa la porte de la maison, Joel était en train de sortir des papiers de son attaché-case, signe qu'il venait de rentrer. Autour d'eux, tout n'était que poussière et travaux, la rénovation ayant commencé depuis peu.

— Tu étais où ? demanda Joel en levant les yeux à son approche.

Il avait bu quelques verres à la réunion et parlait d'une voix guillerette, reflet de son caractère globalement aimable. Joel était quelqu'un d'humeur égale, il chérissait plus que tout passer de bons moments. Il détestait la tragédie, les dissensions et les peines de cœur – il en avait eu plus que sa dose avec son ex-femme, à qui il avait laissé une fortune au moment du divorce. Il se félicitait de n'avoir pas eu d'enfants et avait décidé que ce n'était pas son truc. Laisser une descendance derrière lui ? Très peu pour lui. Il vivait l'instant présent et ne voulait rien connaître des nuits sans sommeil à cause de bébés en pleurs ni des prises de tête vécues par les parents d'adolescents.

— Je suis allée déposer quelque chose à Meredith, mentit Ava, qui se détesta aussitôt pour cette fausse excuse.

Jamais elle n'avait fait ça auparavant ! Dans leur relation, elle avait toujours joué franc jeu et voilà que pour protéger les sentiments qu'elle éprouvait pour Peter, elle devenait une autre.

— Et ta réunion ? préféra-t-elle enchaîner.

Elle s'était toujours intéressée à ses affaires et restait impressionnée par la créativité de Joel : c'était vraiment un génie dans son domaine.

— Super ! On est en train d'acheter trois nouvelles sociétés qu'on va absorber de manière à balayer la concurrence. Tout le monde est ravi, dit-il avec un sourire. Au fait, on va à Londres et à Berlin la semaine prochaine, avec arrêt à New York sur le chemin du retour.

S'il l'informait toujours, il ne demandait pas son avis : elle n'avait pas voix au chapitre et le suivait partout. En contrepartie, il la laissait faire du shopping à sa guise, ce dont elle n'avait jamais abusé pour autant. Ce genre de programme faisait partie des avantages à être avec lui. Mais l'un de ces jours, ce serait fini.

À l'annonce de ce voyage, le cœur d'Ava se mit à battre plus fort. Quelle excuse trouver pour ne pas y aller et ainsi passer plus de temps avec Peter ? Elle en profiterait pour réfléchir à la façon de régler cette situation.

— Ce n'est pas l'idéal vu le chantier actuel, dit-elle. L'un de nous devrait rester ici pour garder un œil dessus, sinon les ouvriers ne finiront jamais.

— C'est gentil de ta part, mais tu n'as pas besoin de te sacrifier et de rester pour surveiller les équipes. On paie un professionnel pour ça.

— Je crois quand même que ce serait mieux que je sois là, insista-t-elle.

Il s'avança avec un sourire pour l'embrasser, puis ils montèrent dans leur chambre. Cela aussi devenait de jour en jour plus pénible. Elle traînait désormais en permanence un sentiment d'imposture. Joel ne méritait pas qu'elle lui mente : Peter occupait son cœur et son esprit. Elle ne pourrait pas continuer longtemps comme ça.

— Tout va bien ? demanda-t-il.

Dernièrement, il avait remarqué qu'elle était plus silencieuse qu'à l'accoutumée, comme distraite. Approchaient-ils du moment fatidique où ça devenait sérieux et où les filles oubliaient ses avertissements du début concernant le mariage ? Ça arrivait en général quand elles approchaient la trentaine, c'est-à-dire l'âge d'Ava. Pourvu que ce ne soit pas déjà le cas, car il l'appréciait plus que la plupart de ses précédentes conquêtes. Pas assez cependant pour envisager un avenir commun. Si elle lui mettait la pression, il prendrait ses jambes à son cou.

— Je suis juste fatiguée, répondit vaguement Ava. La poussière me donne mal à la tête. C'est un tel foutoir.

— Ils auront bientôt fini. Peut-être qu'on devrait passer par Paris le temps d'un week-end, avant New York, suggéra-t-il gentiment.

Il faisait attention à elle, et se souciait de ses besoins. Jusqu'à un certain point seulement, puisque tout tournait finalement autour de lui. N'était-elle pas là pour le divertir ? En retour, il respectait sa part du contrat en lui offrant une vie dorée.

— Voyons d'abord où en seront les travaux, dit-elle, se raccrochant désespérément à la seule excuse qui lui venait à l'esprit pour ne pas partir.

Joel ne répondit rien et alla prendre une douche avant de se coucher. Pendant qu'il était à la salle de bains, Ava versa quelques larmes qu'elle masqua vite derrière un sourire de façade quand il ressortit, entièrement nu. Il avait un corps magnifique, grand, puissant et bien découpé, fruit d'un travail régulier avec un coach sportif. Peter était plus humain, et ce qu'elle adorait chez lui n'avait rien à voir avec sa sveltesse ni ses muscles, même s'il était beau garçon lui aussi. Il était authentique. Aussi satisfaisante qu'elle ait été pendant deux ans, sa relation avec Joel lui semblait désormais artificielle, voire hypocrite. Et la menteuse, en ce moment, c'était elle. Joel, lui, avait toujours été honnête et franc quant à ce qu'il n'offrirait jamais. Comme quand il faisait de la publicité pour ses boîtes : il ne promettait jamais ce qu'il n'avait pas l'intention de livrer. En bref, l'équation se résumait à ça : Peter avait du cœur, Joel non.

Quand il se fut glissé dans le lit, Joel resta silencieux une minute avant de lui poser une question.

— Ça y est, l'heure est venue ?

Ava jeta un coup d'œil à sa table de chevet, où se trouvait son réveil. Elle ne comprenait pas où il voulait en venir.

— Je veux dire, c'est fini entre nous ? dit-il.

Il connaissait les femmes.

— Oh !

L'espace d'un instant, elle ne dit pas un mot : il lui tendait une perche qu'elle avait peur de saisir. C'était trop tôt. Elle n'avait même pas encore couché avec Peter !

— Je ne sais pas… Peut-être…

— Je ne pensais pas que tu en étais déjà là, dit-il, attristé.

— Ça n'était pas le cas avant le tremblement de terre, mais je ne sais pas pourquoi, il a tout changé. Ça m'a ébranlée.

Apparemment, Joel n'avait pas soupçonné son attirance pour Peter ni considéré le jeune homme comme une menace. Il faut dire que, sans le sou, garde de nuit pour un vieillard aveugle et travaillant à un roman qu'il ne publierait jamais, l'individu manquait grandement d'arguments d'après les critères de Joel, qui ne prenait en compte ni le cœur ni le cerveau. Il aurait vu plus de danger du côté d'Andrew qui était bel homme, mais le chirurgien n'était pas de taille non plus dans le monde que Joel estimait être réel. En toute logique, l'étrange humeur de sa compagne venait donc d'elle-même et non de facteurs masculins extérieurs.

— Tu sais, à propos de la poésie du mariage, même si tu trouves quelqu'un et que vous restez mariés pendant cinquante ans, à la fin, il y en a toujours un qui se retrouve seul quand l'autre meurt. Alors, quel est l'intérêt ?

— Les cinquante ans de vie commune qui ont précédé, répondit-elle avec douceur.

— Mais on l'a déjà, cette vie commune, il n'y a pas besoin d'être marié pour ça. Sauf si on veut des enfants.

Et encore, ça n'est plus une raison aujourd'hui. Non pas que je veuille un bébé, ajouta-t-il.

Tous deux savaient à quoi s'en tenir à ce sujet. Il voulait une femme, point final. On aurait presque pu dire : peu importait laquelle. Il se tourna vers elle pour la regarder plus attentivement.

— C'est ça qui se passe ? Tu veux te marier et avoir des enfants ?

— Je crois. Oui, finalement. C'est une projection que j'ai toujours eue.

Il hocha la tête, déjà au fait de ce genre d'aveu : les autres aussi avaient exprimé ce même désir. À une différence près, et appréciable : Ava ne lui faisait pas de scène. C'était une fille sensée avec qui on pouvait discuter.

— Donc on en est là ? reprit-il.

— C'est probable, dit-elle d'une petite voix.

Elle avait l'impression d'être montée dans des montagnes russes et sentait la panique l'envahir à l'idée de ce qu'elle était en train de faire. Elle connaissait à peine Peter, c'était peut-être fou de risquer sa relation avec Joel pour lui !

— Peut-être qu'on devrait en rester là, pendant qu'on a encore un peu d'avance sur les assiettes brisées, dit-il d'une voix calme avant d'ajouter avec regret : Je ne l'ai pas vu venir.

— Moi non plus, avoua-t-elle, pensant à Peter.

Elle n'avait rien vu venir du tout, jusqu'à ce qu'elle sorte sur le trottoir, nue sous son peignoir, cinq minutes après le tremblement de terre, et qu'elle surprenne l'expression ébahie du jeune homme. Un vrai coup de foudre ! Le mois passé chez Meredith avait renforcé leurs sentiments mutuels. Et voilà que maintenant, elle mettait dans la balance sa vie facile et confortable avec Joel. Elle avait vraiment perdu la tête ! Et bientôt ce serait sa sécurité financière qu'elle perdrait. Elle avait bien un peu d'argent de côté, mais pas beaucoup.

— Je déteste faire traîner les choses jusqu'au pourrissement. J'ai déjà donné, et j'ai vu ce que ça a donné pour mes parents. Quand on en arrive à ton stade, c'est mort. C'est pour ça que tu ne veux pas venir en Europe avec moi ?

— Peut-être. Je ne sais pas. Ça me donnerait du temps pour réfléchir.

— Il ne faut pas trop réfléchir, Ava. Ça a été super. On n'a jamais pensé que ça durerait toute la vie. Je vais partir deux semaines. Ça te donnera le temps de définir où tu veux aller. De trouver un appartement sympa. Je paierai le loyer les six premiers mois et prendrai en charge la caution.

Il avait déjà fait ça auparavant. Et il paierait volontiers un an de loyer si elle le lui demandait. Mais elle ne le ferait pas : il s'était montré suffisamment généreux pendant deux ans, elle ne voulait pas profiter de lui.

— Veux-tu que je déménage pendant ton absence ? demanda-t-elle, terrifiée de ce qu'elle était en train de faire et se demandant si elle ne le regretterait pas.

En même temps, tôt ou tard, leur histoire se serait de toute façon terminée. Contrairement à elle, Joel ne lui avait jamais dit qu'il l'aimait. À l'époque, quand elle avait exprimé ses sentiments, elle était sincère, mais désormais, elle savait que ce n'était pas de l'amour, car elle aimait Peter comme jamais elle n'avait aimé auparavant.

— Ce serait sans doute mieux, répondit Joel tout en passant un bras autour de ses épaules. Tu vas me manquer.

Il dit cela comme s'il s'adressait à un vieil ami sur le point de partir en voyage.

— Je n'aurais jamais cru que ce qui s'effondrerait pendant le tremblement de terre, ce serait notre couple. Mais ça devait bien arriver, ajouta-t-il. La fameuse date de péremption. Un jour, tout à coup, ça vous rattrape.

Dans son monde, les choses fonctionnaient ainsi : aucune femme ne le posséderait jamais plus. Peu importait combien coûtait la relation, tant que la femme en question n'était pas son épouse et qu'il n'avait pas à lui verser une grosse somme ou une pension alimentaire. Son credo : pas d'histoires, pas d'enfants, pas d'implication. Merci pour les bons moments et attention à ce que la porte ne claque pas quand vous partirez. C'était sa vision des relations et Ava l'avait toujours su. Elle n'avait juste pas imaginé que ça se finirait si vite et si simplement. C'était un homme d'affaires, et pour lui, tout était contrat, ça marchait ou pas, mais les règles étaient fixées.

Une fois les lumières éteintes, il essaya de lui faire l'amour, mais elle refusa. Elle avait trop de choses en tête désormais. Il n'insista pas, comprenant que c'était bel et bien fini. Pour sa part, il s'en remettrait – une de perdue, dix de retrouvées. La fin de leur relation ne les tuerait pas. Mais c'était triste. Une larme atterrit sur l'oreiller d'Ava. Elle ne trouvait pas le sommeil. À côté d'elle, Joel ronflait comme un bienheureux.

Le lendemain matin, il était déjà parti pour la salle de sport quand elle émergea. Que s'était-il passé ? Qu'avaient-ils dit ? Que c'était fini et que dans une semaine, Joel s'envolerait pour Londres. Il faudrait qu'elle soit partie à son retour. C'était ça. Mais partie où ? Partagée entre son envie de prévenir Peter et la nécessité de digérer tout ça, elle ne composa pas son numéro. Elle avait besoin de faire son deuil, ne fût-ce qu'une minute.

À midi, elle manqua un appel de Peter qui était en pause déjeuner. Il ne la rappela qu'à 17 heures, à sa sortie de bureau. Elle était alors en pleine promenade et en pleine réflexion mais elle décrocha. Sans s'arrêter au ton sérieux de sa dulcinée, il lui annonça d'emblée la grande nouvelle :

— Arthur dit que tu peux passer la nuit avec moi quand tu veux !

Il jubilait littéralement, quand Ava riait jaune devant l'ironie de la situation. « Quand tu veux » ? Cela signifiait combien de nuits ? Elle avait trois semaines pour trouver un travail et un toit.

— Joel et moi, c'est fini. Depuis cette nuit, dit-elle d'une voix neutre, afin de masquer la panique qu'elle ressentait.

Mais elle avait rompu par amour, et aussi par souci d'honnêteté. Un mois de mensonges suffisait. Elle ne voulait pas se perdre.

— Quoi ?

— C'est fini. On a cassé. Je déménage.

— Tu lui as dit que c'était à cause de moi ? Il va me régler mon compte ?

— Tout va bien, dit-elle en riant à ce scénario. Tu sais, pour lui, ça a toujours été du temporaire. Il ne cessait de le répéter.

— Tu regrettes ?

Elle réfléchit avant de répondre : elle ne voulait pas lui mentir à lui aussi – ce n'était pas la meilleure façon de démarrer une histoire.

— En fait, non. Mais je suis tétanisée devant la prochaine étape. Je dois trouver où loger et ça fait deux ans que je n'ai pas travaillé, ce qui est dur à expliquer si je ne veux pas que les gens me croient sortie de désintox ou de prison.

— Je suis désolé. Je sais que ça fout les jetons, et encore, le mot est faible. Mais je t'aime, Ava. D'une manière ou d'une autre, nous nous en sortirons.

Il se trouverait un travail plus rémunérateur que le magazine. Même si ses espoirs et ses rêves se focalisaient sur son travail d'écriture, il lui fallait désormais être pragmatique aussi, pour le bien d'Ava.

— Au moins, nous démarrons notre histoire sans rien avoir à nous reprocher, dit-elle. Je ne voulais plus lui mentir. Ce n'était pas bien. Pour le reste, tu n'as pas à t'inquiéter pour moi, je peux me débrouiller. Ce qui est fou, c'est de penser que je te connais depuis un mois à peine, que nous n'avons pas fait l'amour et que moi aussi, je t'aime !

Ils étaient comme deux gamins fous et amoureux, qui auraient opté pour le grand huit à la fête foraine. Ils avaient pris place dans le wagon, avaient pris de plus en plus de hauteur, et maintenant, ils étaient sur le point de descendre à toute allure, terrifiés, accrochés l'un à l'autre… S'ils survivaient à cela, ça promettait d'être fantastique !

— Je passerai te voir tout à l'heure, si ça te va, dit-elle.

Dès le lendemain, elle comptait se mettre en quête d'un appartement. La descente du grand huit avait commencé. Tandis que chacun raccrochait, elle se sentait follement heureuse et en accord avec elle-même. Que demander de plus ?

8

Deux jours après leur dîner, Charles appela Meredith pour l'inviter à passer le samedi suivant dans la vallée de Napa. Il y avait une petite maison au milieu des vignes, sur un domaine que traversait une rivière.

— C'est là que je vais quand je peux m'échapper, histoire de me vider la tête.

— Ça a l'air charmant.

— On dirait l'Italie, ou la France. Il y a aussi d'excellents restaurants dans le coin.

— Je viendrai très volontiers, merci.

— En ce cas, soyez prête à 9 heures. On passera la journée là-bas et on reviendra dans la soirée, après avoir dîné au Bouchon. L'adresse devrait vous plaire. Prenez de quoi vous couvrir, il peut faire frais.

Suivant son conseil, le samedi matin, Meredith opta donc pour un pull à col roulé en cachemire blanc. Elle avait aussi sous le bras une parka chaude quand il se présenta devant la maison. Pendant l'heure et demie que dura le trajet, ils discutèrent agréablement et une fois arrivés à Yountville, ils achetèrent des sandwichs avant de prendre la direction de la petite maison de Charles. À perte de vue, ce n'étaient que des vignobles. Ils descendirent au bord de la rivière, se baladèrent à vélo dans les vignes puis firent un pique-nique avec une vue imprenable sur la vallée.

— J'adore, dit-elle, plus détendue qu'il ne l'avait jamais vue. À chacune de nos sorties, vous me rappelez ce que je manque. C'est le paradis ici ! Scott et moi sommes venus plusieurs fois à Napa quand nous avons emménagé à San Francisco. Ensuite, l'un de nous était toujours en tournage. C'était compliqué. Et puis, les gens nous suivaient où que nous allions. C'est d'ailleurs pour ça que nous avons acheté cette grande maison de ville : on s'était dit que nous aurions notre intimité, et ça a été le cas. Kendall détestait quand on nous arrêtait dans la rue pour avoir des autographes ou faire une photo avec nous, ou encore quand les paparazzis nous surprenaient dans nos moments en famille. Je pense que ça n'a pas été facile de grandir dans cet environnement. Elle avait en horreur tout ce qui touchait à nos carrières. Ça doit la rendre folle que sa fille choisisse cette vie-là. Personnellement, je me réjouis qu'elle-même n'ait pas voulu suivre cette voie : mener une vie normale n'est pas si simple avec tout ce tourbillon. Et j'imagine que les parents de ses amies à l'école parlaient de nous. Elle était déjà mariée et vivait à New York quand Scott m'a quittée, mais ça a été tout de même un cauchemar. La presse ne nous a pas lâchés d'un pouce. L'élément déclencheur a été le Festival de Cannes où il s'est rendu avec Silvana pour présenter le film dans lequel ils jouaient. Tout est parti en vrille. D'après Kendall, si j'avais été à la maison plus souvent au lieu de travailler tout le temps, ça ne serait pas arrivé. Moi, je crois que Scott aurait agi comme ça de toute façon. Il s'ennuyait, Silvana était jeune, j'étais fréquemment absente et ma réussite n'était pas facile à digérer pour lui. Si son aventure avec Silvana n'avait pas duré, il aurait trouvé quelqu'un d'autre. J'ai demandé le divorce juste après la mort de Justin. Pour moi, il en portait la responsabilité et c'était le point de non-retour. Kendall n'a pas supporté cette décision et elle ne me l'a jamais pardonnée. Mais les choses ont plutôt bien tourné pour Silvana et lui : quinze ans plus tard, ils sont toujours ensemble. Après un film, sa carrière à elle s'est enlisée, mais je pense qu'être mariée à Scott Price lui suffit. Pour ma part je me suis retirée à cause de mon fils, mais aussi parce que j'étais de toute façon fatiguée de l'hyper médiatisation de Hollywood. Et la pression du box-office... On ne sait jamais vraiment où est la vérité dans tout ça. Avec ou sans Silvana, notre mariage se serait essoufflé. J'ai mis des années pour m'en apercevoir. La mort de Justin a juste rendu tout ça plus dramatique. Et elle nous a achevés, au sens presque littéral du terme : les deux années qui ont suivi, Scott n'a pas dessoûlé ni décroché des drogues et moi, d'une certaine manière, j'ai disparu. Ça fait beaucoup pour un couple... Finalement, Scott a repris sa carrière en main après une cure de désintoxication. Ces dernières années, il a réalisé de très bons films. Il faut dire qu'il a du talent. C'est aujourd'hui une légende !

Meredith racontait tout cela sans amertume. C'était l'histoire de sa vie et elle en acceptait le déroulé. Elle avait appris à vivre avec les deuils. Scott faisait partie du passé désormais.

— Construire une relation stable et élever des enfants à Hollywood quand on est célèbre n'est pas chose facile, reconnut Charles avec empathie, soucieux de comprendre ce qui était arrivé à Meredith et pourquoi elle s'était tenue loin du monde pendant si longtemps.

Leurs trajectoires étaient tellement différentes !

— C'est ce qui a motivé notre installation à San Francisco. Nous voulions préserver notre mariage et notre famille, mais ça vous suit partout… La célébrité est difficile à vivre et le prix à payer, élevé. Pour les enfants aussi, même si nous avons essayé de les protéger. Afin de s'en éloigner au maximum, Kendall a épousé un jeune banquier très traditionnel, issu d'une famille collet monté bien établie, à la fortune ancienne. Je ne lui jette pas la pierre. Et voilà que maintenant, sa fille veut revenir à la source et être actrice ! Bon sang ne saurait mentir : les familles de Hollywood sont comme celles du cirque, elles adorent avancer sur la corde raide et sans filet. C'est dans leurs gènes.

La comparaison fit sourire Charles.

— Les gens envient cette existence, mais ils n'ont aucune idée de ce que ça recouvre, dit-il avec sagesse.

— Ils vous envient jusqu'à ce que vous deveniez trop célèbre, et alors ils vous haïssent. L'adoration ne dure qu'un temps.

Sur ces mots, ils rentrèrent se mettre au chaud et Charles alluma une belle flambée dans l'âtre. Meredith adorait l'odeur du feu de bois. Elle inspira profondément tout en se blottissant contre lui. La maison était petite et chaleureuse, dotée d'un salon avec une grande cheminée, de trois chambres et d'une cuisine rustique accueillante.

— L'endroit est parfait pour un week-end à la campagne ou bien pour mes enfants quand ils viennent. Mais ça n'arrive pas souvent, c'est plutôt moi qui vais les voir, dit Charles.

Le soleil d'octobre commençait à décliner, et avec lui la température. La soirée promettait d'être fraîche. Meredith avait emporté une jupe pour dîner au Bouchon, mais Charles lui annonça qu'elle n'aurait pas besoin de se changer. Elle resta donc allongée sur le canapé à côté de lui, complètement détendue. Il se pencha, l'embrassa puis s'écarta pour mieux l'admirer.

— Comment peux-tu être aussi belle ? s'étonna-t-il tout en prenant l'un de ses seins en coupe dans sa main.

— Daphné dit que je suis une gentille sorcière.

— Tu m'aurais donc ensorcelé… Je le crois volontiers.

Dans l'obscurité grandissante du salon, Charles déboutonna lentement son chemisier, dégrafa son soutien-gorge et lui embrassa la poitrine. Pour Meredith, faire l'amour était un lointain souvenir, mais elle avait envie de lui. Elle lui tendit une main qu'il prit et ils se rendirent dans la chambre à coucher. Là, il lui retira ses vêtements un à un. Ils s'allongèrent et s'aimèrent comme si chaque geste était nouveau pour eux. Le passé n'existait plus. Quand ce fut fini, Meredith le garda contre elle, en paix.

Charles avait beau s'évertuer à ignorer sa célébrité et se répéter qu'elle était simplement une femme à qui il tenait, quand il la regarda, il en eut à nouveau le souffle coupé : il venait de faire l'amour avec Meredith White ! Tous deux avaient l'impression de rêver.

— Je veux oublier qui tu es, murmura-t-il d'une voix rauque après de nouveaux ébats.

— Que veux-tu dire ? fit Meredith.

Elle semblait si heureuse et comblée. Elle avait enfin le sentiment d'être au bon endroit avec la bonne personne. Elle ne savait pas comment ils s'étaient trouvés, mais se félicitait que ce soit arrivé.

— Faire l'amour à la plus célèbre actrice de tous les temps, c'est intimidant.

— Charles, tu es au-dessus de ça et tu sais qui je suis désormais. C'est tout ce qui compte.

Meredith avait la sensation qu'ils étaient sur un pied d'égalité et cela lui plaisait. Aucun d'eux n'était plus important, meilleur ou plus puissant que l'autre. Ils étaient simplement un homme et une femme en train de tomber amoureux.

— Je n'arrête pas de me dire que je ne t'aurais jamais rencontrée sans ce tremblement de terre. Tu serais toujours ermite, et moi toujours en train de traîner à pas grand-chose.

— « Traîner à pas grand-chose » ? Je ne dirais pas ça, corrigea-t-elle avec un sourire.

Son agence de sécurité connaissait un succès pérenne auprès de clients importants et il avait d'autres engagements, comme le Bureau des services d'urgence.

— Je suis contente de ne plus être ermite, chuchota-t-elle à son oreille.

Ils refirent l'amour avant de prendre une douche ensemble. L'aisance qu'il y avait entre eux la surprenait, comme s'ils étaient ensemble depuis longtemps.

— Tu tournais nue dans tes films ? demanda-t-il tandis qu'ils sortaient de la douche, l'air d'être tellement bien dans son corps et avec lui.

La question la fit rire. C'était si loin, tout ça !

— J'avais une doublure pour ces scènes-là. Je n'ai jamais tourné nue, contrairement à Scott. C'est d'ailleurs ce qui explique comment il a fini avec Silvana : elle non plus ne se faisait pas doubler... Pour ma part, je ne voulais pas embarrasser mes enfants si un jour ils venaient à voir mes films. Voilà pourquoi mes contrats ont toujours mentionné une doublure. Peut-être devrais-je en avoir une maintenant avec toi ? le taquina-t-elle, alors qu'elle avait un corps magnifique grâce à l'activité physique et à l'alimentation saine qu'elle avait toujours respectées.

Charles aussi était resté svelte et athlétique, même une fois retiré de la vie militaire.

— Tu n'as pas besoin de doublure, Meredith. Tu es splendide.

Elle lui caressa le visage avec douceur et l'embrassa.

— Si tu recommences, nous ne serons jamais prêts pour le dîner, prévint-elle.

Dans un rire, Charles trancha aussitôt : ils retournèrent au lit et annulèrent le restaurant.

Ce fut une belle soirée, on ne peut plus romantique. Le retour à San Francisco se fit sous la lune des moissons. On aurait dit un décor de film. Charles commençait à oublier qui était à ses côtés. Meredith devenait progressivement une femme qu'il aimait, non une star de cinéma ou une légende.

Ils arrivèrent à 1 h 30 du matin après un trajet fluide. Meredith sortit sa clé et le fit entrer. Elle savait que le gardien de nuit suivait leurs mouvements sur l'un des écrans de surveillance.

— Veux-tu dormir ici cette nuit ? proposa-t-elle.

Il acquiesça d'un signe de tête.

Elle le guida alors jusqu'à sa chambre où ils se laissèrent tomber sur son immense lit à baldaquin. Blottis l'un contre l'autre comme deux enfants, ils sombrèrent rapidement dans un profond sommeil.

Le lendemain, ils descendirent tôt à la cuisine avec l'assurance de ne croiser personne. Le dimanche était jour de congé pour Jack et Debbie. Meredith tendit à Charles le *New York Times* puis elle entreprit de lui préparer des œufs au plat et du bacon pendant qu'il se plongeait dans la lecture du journal. Elle lui servit ensuite un mug de café brûlant et vint s'asseoir à côté de lui avec le sien.

— Merci pour ce festin ! dit-il en arrêtant sa lecture pour la regarder.

— On est bien là, non ?

— Oui.

Ils avaient l'air aussi sereins l'un que l'autre. Après le petit déjeuner, ils firent une balade sur la plage, balayée par le vent, jusqu'à ce que la faim les pousse à rentrer avaler quelque chose. Puis ils passèrent l'après-midi au lit.

Ce soir-là, Charles eut du mal à partir, mais il avait une réunion aux aurores le lendemain et il ne voulait pas s'infliger les regards noirs de Jack et Debbie dès le matin.

— Tu les gardes à l'œil, n'est-ce pas ? demanda-t-il à Meredith quand ils en vinrent à parler du couple.

— Pas besoin, répondit-elle, souriant de sa question. Ils sont aussi honnêtes que moi.

— J'espère, dit-il, toujours aussi peu convaincu.

Meredith n'argumenta pas. Ils avaient passé deux jours parfaits et elle ne voulait pas les gâcher. Même si cela aurait été difficile tant ils se sentaient faits l'un pour l'autre. Et Charles avait raison : les huit années de différence ne comptaient pas du tout !

— Le fils de pute ! explosa Debbie dès qu'elle franchit le seuil de leur salon où Jack regardait *Sunday Night Football.*

Cette véhémence arracha son mari à l'écran de télévision.

— J'ai parlé à Harvey, le gardien de nuit : il m'a dit que le colonel était rentré avec elle ! Ils sont revenus à plus d'1 heure du matin et le bonhomme vient seulement de partir. Merde ! On ne s'en débarrassera plus, maintenant.

— Pas possible, elle ne s'était pas envoyée en l'air depuis Scott ! s'exclama Jack, sous le choc.

— Ouais, eh bien maintenant, elle copine avec la moitié du quartier, elle donne des fêtes de voisinage et elle a un petit ami. Qu'est-ce qu'on est censés faire ?

Jack s'accorda une minute de réflexion avant d'asséner avec un haussement d'épaules :

— Ce qu'on a toujours fait : on arrose les gens avec des pots-de-vin ici et là, on est aux petits soins pour elle, et un jour, pleine de gratitude, elle nous couchera sur son testament.

— Ce n'est pas aussi simple, le contra Debbie en se versant le reste d'une bouteille de Château Margaux. Si le gars s'accroche, il aura un œil sur nous, et je te rappelle qu'il travaille dans la sécurité. La White ne sera plus aussi seule qu'avant. Et elle n'est pas si vieille. On risque de l'attendre longtemps, le testament.

— Attends, ça peut très bien ne pas durer. Elle est plus âgée que lui et elle mène une vie plutôt plan-plan.

— Il s'agit de Meredith White, lui rappela-t-elle. Quel type ne voudrait pas se faire mousser avec ça ? Et si jamais elle l'épousait ?

— À son âge ? Pourquoi elle se marierait ? Et lui, il trouvera tôt ou tard quelqu'un de sa génération avec qui prendre son pied. Le facteur célébrité, ça n'éblouit qu'un temps, dit-il en écartant le problème d'un revers de main.

— Ce type ne me revient pas. J'ai un mauvais pressentiment, dit Debbie d'une voix sombre.

— Moi non plus, je ne peux pas l'encadrer, mais il est trop occupé pour faire attention à nous. Il faut juste voler sous les radars pendant un moment, c'est tout.

Jack avait beau dire, Debbie n'aimait pas la tournure que prenaient les événements. Tout était tellement plus simple quand Meredith n'avait pas d'amis, pas d'homme dans sa vie, pas d'enfants, pas de famille ! Cela dit, c'était quelqu'un de loyal : elle n'oublierait pas les années passées avec eux. Ils avaient une énorme influence sur elle et Meredith lui demandait souvent conseil. N'empêche : que sa patronne élargisse ainsi son horizon la dérangeait. Désormais, Meredith pouvait leur échapper et tout le système de larcins qu'ils avaient mis en place avec tant de soin, de constance et d'efforts risquait de prendre fin. L'horreur ! songea Debbie.

Ce soir-là, Ava dînait avec Peter et Arthur. Ils avaient commandé des plats dans un restaurant vietnamien tout proche et ils étaient en train de les déguster à la cuisine quand le pianiste, qui maniait les baguettes avec dextérité, fit une suggestion qui laissa les deux jeunes gens pantois.

Plus tôt dans la journée, Peter l'avait mis au courant des derniers développements les concernant et Arthur avait pleinement approuvé la décision d'Ava : la jeune femme ne pouvait jouer sur plusieurs tableaux. Le fait qu'elle ait fait ce qu'il fallait, et cela dans un temps assez court, lui avait gagné son respect. D'où sa proposition :

— Peter, que dirais-tu si Ava s'installait ici avec toi ? Moi, je ne serais pas contre si vous êtes prête à suivre les mêmes règles que Peter. Ce serait mieux, plutôt que de chercher un logement hors de prix et que vous passiez de toute façon vos nuits ensemble.

Que ne ferait-il pas pour garder Peter ! De plus, les quelques conversations qu'il avait eues avec Ava chez Meredith lui avaient suffisamment appris de la personnalité de la jeune femme et celle-ci lui plaisait. Outre le fait que Peter était fou d'elle et qu'il trouvait qu'ils étaient parfaitement assortis, elle avait l'air intelligente. Maintenant qu'elle s'était débarrassée de son petit ami narcissique, il était prêt à leur donner un coup de pouce.

Son offre faisait littéralement planer les deux intéressés, qui avaient l'impression d'être en plein rêve !

— Vous pouvez emménager quand vous voulez, dit Arthur à Ava devant un Peter tout sourire, qui remercia le vieil homme d'une franche accolade.

Ava connaissait déjà les règles à respecter : ne pas empiéter sur l'espace d'Arthur, sur son temps de répétition ou de création, ni faire du bruit quand il jouait. Peter restait en haut la plupart du temps, dans sa petite chambre. Il devait par ailleurs être disponible pour leur hôte en cas de besoin. Tout cela semblait plus que raisonnable.

À leur grande surprise, après le dîner, Arthur fit une seconde proposition qui les stupéfia tout autant.

— Ava, il se trouve que je cherche quelqu'un pour organiser mes déplacements et traiter ma correspondance qui, pour beaucoup, n'est pas en braille. Il s'agirait aussi de prendre les appels, afin de me libérer du temps pour ma pratique. En fait, j'ai besoin d'un ou une secrétaire. J'allais proposer à Peter, mais je préfère qu'il termine son roman et il travaille déjà de jour. En revanche, vous cherchez un poste immédiatement. Seriez-vous intéressée ?

Le salaire était un peu plus important que ce qu'elle gagnait quand Joel lui avait demandé de démissionner, au début de leur relation. La jeune femme en resta sans voix. Elle ne put que hocher la tête. Arthur venait de résoudre tous ses problèmes ! C'était comme une récompense pour avoir fait ce qui s'imposait avec Joel.

— Vous ne dites rien. C'est non ? demanda Arthur devant le silence qui se prolongeait.

— Elle acquiesce de la tête, répondit Peter à sa place, et elle semble sur le point de s'évanouir.

— Interdit de s'évanouir ! Et ici, il faut parler, de manière à ce que j'entende, s'exclama Arthur.

Les deux jeunes gens éclatèrent de rire.

— Je ne sais pas quoi dire, monsieur Harriman. J'adorerais ça ! Et j'apprendrai le braille, évidemment, pour pouvoir répondre à l'intégralité de votre correspondance.

— Pourquoi pas ? Bonne idée, dit Arthur, ravi de pouvoir soutenir un amour naissant.

C'était un indécrottable romantique, et comme il n'avait pas eu d'enfants et avait pris Peter sous son aile, il voulait donner sa chance à Ava pour qu'elle fasse ses preuves, envers son protégé et envers lui-même.

— Quand pouvez-vous commencer ? lui demanda-t-il tout en se levant de table.

Comme il tendait la main vers sa canne, elle la lui donna.

— Demain, dit-elle sans hésiter.

C'était juste parfait, exactement ce dont ils avaient besoin ! Elle avait un travail et un toit, le même que Peter. Si tout se passait bien, ce serait une chance pour tous les trois. Dans le cas contraire, au moins, ils auraient essayé.

Arthur se retira et les deux jeunes gens rangèrent la cuisine avant de monter dans la chambre de Peter pour parler de l'avenir immédiat. Ils convinrent qu'elle ferait ses cartons quand Joel serait en Europe, c'est-à-dire d'ici quelques jours. En attendant, elle pourrait dormir avec Peter. Ainsi, elle ne recroiserait pas Joel, ce qui était aussi bien puisqu'il détestait les adieux et le mélodrame. Ava ne lui donnait pas longtemps pour la remplacer.

Ils s'émerveillaient encore de la générosité d'Arthur quand Peter vint s'asseoir à côté d'elle sur le petit canapé de sa chambre.

— Tu sais, dit-il, l'air jovial, il y a un point que nous n'avons pas abordé. Les aspects pratiques, ton travail, ton salaire, ton déménagement, les leçons de braille, c'est fait.

Elle le regarda, interloquée. À ses yeux, la liste était complète. Certes, elle passait du lit d'un homme à un autre, ce qui la mettait mal à l'aise, mais ils étaient amoureux.

— Qu'est-ce qu'il manque ?

— Nous, dit-il d'un air espiègle.

— Quoi, nous ?

Pour toute réponse, il l'embrassa tandis que sa main se glissait avec douceur sous son pull.

— Oh… Ça…, murmura-t-elle avec un sourire.

Ils avaient quelque chose à fêter, et plus rien pour les en empêcher. Joel avait mis fin à l'histoire simplement, sans douleur et, pour sa part, Ava s'étonnait encore que Peter et elle aient pu se projeter dans une vie commune sans avoir fait l'amour. Il l'attira lentement vers le lit et la déshabilla dans cette petite chambre qu'elle allait partager avec lui, au grenier. Un peu comme à une jeune mariée, il lui fit l'amour pour la première fois, d'abord avec douceur, puis avec passion, et elle se donna à lui comme s'il n'y avait jamais eu personne avant. C'était simple, doux, innocent et vrai. Tout ce que Joel et elle n'avaient jamais eu.

Elle passa la nuit avec Peter et prévint le lendemain Joel qu'elle ne rentrait pas, afin qu'il ne s'inquiète pas. Il ne répondit pas, mais elle n'attendait pas de réponse. Une porte s'était refermée. Joel appartenait au passé, Peter, à l'avenir.

Comme prévu, Ava resta avec Peter jusqu'à ce que Joel s'envole pour l'Europe, puis elle rassembla ses affaires. Au moment de fermer pour la dernière fois la porte de cette demeure où elle avait vécu deux ans, elle jeta un dernier regard autour d'elle. Ça ne lui manquerait pas. Sa vie avec Joel n'avait jamais été celle dont elle rêvait, plutôt une sorte d'interlude étrange.

Elle rejoignit la maison d'Arthur avec son dernier bagage et gravit les marches vers l'avenir. Peter l'attendait. Il lui prit son sac des mains et ils montèrent ensemble jusqu'à sa mansarde, le paradis pour elle.

9

Le lendemain de son premier week-end avec Charles, Meredith annonça à Debbie au petit déjeuner qu'elle comptait inviter ses voisins à dîner le samedi suivant. Tous ceux qui avaient résidé dans la maison à la suite du tremblement de terre étaient conviés. Chacun était avide de nouvelles, de pouvoir discuter des travaux et, plus simplement, de partager à nouveau un repas tous ensemble.

Charles partait pour trois jours à Seattle rencontrer un gros client, mais il serait de retour le vendredi. Comme Tyla et elle se parlaient presque quotidiennement, Meredith sut très vite que toute la famille viendrait. De leur côté, Peter et Arthur avaient accepté immédiatement ainsi qu'Ava, qui avait précisé que Joel serait à Londres à cette date-là, sans toutefois rentrer dans les détails… Meredith annonça donc à Debbie qu'ils seraient neuf.

— Ça ira pour vous ? s'enquit-elle. Nous pourrons dîner à la cuisine pour vous faciliter les choses.

Debbie rapporta la chose à Jack durant leur pause déjeuner.

— Bon sang, elle donne un dîner pour toute la clique des voisins. On va jamais se débarrasser de ces gens, surtout maintenant qu'elle couche avec le colonel. On dirait des pique-assiettes qui tapent l'incruste. Elle nous échappe, Jack.

— Relax. Sois patiente. Je te l'ai dit : ils vont finir par se lasser les uns des autres. Ils ne sont pas si intéressants que ça. Et le colonel aussi en aura marre d'elle.

— Au moins, je n'ai plus à faire la baby-sitter pour leurs mioches. Mais ils seront là pour le dîner.

Du point de vue de Meredith, Jack et Debbie semblaient de meilleure humeur depuis que leurs voisins avaient regagné leur logis. Moins de travail, de lits à faire, de repas à servir, et plus de souci à se faire quant aux vols dans la maison. À peine marquaient-ils une pointe de froideur lorsqu'elle mentionnait ses anciens invités. Cette semaine-là, Debbie fit un surcroît d'efforts pour se montrer agréable : elle lui prépara ses plats préférés, tout en se réjouissant secrètement de voir que le colonel ne donnait plus signe de vie. Et s'il avait déjà tourné la page ? D'ailleurs, aucun des voisins n'était passé voir Meredith non plus. Ils l'avaient donc pour eux seuls, comme au bon vieux temps. Plusieurs fois, elles avaient eu de longues conversations le matin, au petit déjeuner. Meredith lui avait dit faire des recherches sur un projet, sans préciser lequel. Juste que ça la hantait depuis qu'elle avait parlé à Kendall, dont elle n'avait pas de nouvelles bien que sa fille ait promis de rappeler, comme d'habitude.

Debbie avait l'impression qu'elles étaient à nouveau proches. La boîte Fabergé n'avait pas reparu, mais Meredith était sûre que ce n'était qu'une question de temps. Jack avait porté chez l'encadreur les toiles ayant souffert du séisme, moyennant en douce une commission importante sur toutes les réparations apportées.

Il avait aussi trouvé un spécialiste pour venir vérifier l'accrochage des lustres. Un seul présentait un danger et tous les autres étaient solidement arrimés. Compte tenu de la grande magnitude du tremblement de terre, ils avaient subi peu de dégâts contrairement à tant d'autres. Sans parler des corps que l'on continuait de sortir des décombres…

Malheureusement, les réparations prenaient du temps. Les entreprises étaient débordées, réservées pour des mois et des mois, y compris les encadreurs. Tous étaient assaillis de demandes identiques. En attendant le retour des tableaux, nombreux à être partis en restauration, les murs de la maison semblaient vides. À défaut de pouvoir y remédier, Jack et Debbie avaient recollé avec amour et un soin méticuleux quantité de bibelots fragiles, dont ils connaissaient la valeur aux yeux de Meredith. Celle-ci n'avait pas manqué de les en remercier.

Cette même semaine, Meredith fit des recherches sur sa petite-fille et trouva sur Internet le nom de son agent artistique. Elle prétendit être directrice de casting et demanda à voir tous les films et scènes dans lesquels elle avait joué. Quand c'était possible, elle téléchargeait les extraits ou se les faisait envoyer. Après plusieurs journées et soirées de recherches, le jeudi, elle avait en sa possession plusieurs heures à regarder : des auditions envoyées par l'agent de Julia, deux publicités tournées l'une à New York pour des jeans et l'autre à L. A. pour un shampooing, ainsi qu'un certain nombre de petits rôles dans des séries ou des téléfilms.

Elle visionna rapidement l'intégralité et s'en repassa certains. Sa conclusion fut que Julia avait un vrai talent. Pour nom de scène, elle avait choisi le nom de famille de son grand-père maternel. Julia Price. Meredith aurait préféré que sa petite-fille conserve son vrai nom, c'est-à-dire Julia Holbrook, au lieu d'employer celui de Scott. Mais les vidéos de ses auditions étaient excellentes, tout comme ses apparitions dans les deux séries.

Meredith avait laissé quelques bandes démo sur son bureau. Elle en parla à Charles et lui en montra certaines lorsqu'ils se virent le vendredi soir. Il fut fasciné. Julia était grande, comme Scott, et aussi belle que sa grand-mère, mais avec de longs cheveux roux ondulés. Du haut de ses 19 ans, elle avait déjà incarné des adolescentes aussi bien que des femmes sophistiquées, et dans les deux cas, elle crevait l'écran ! C'était une comédienne née, comme sa grand-mère.

— Que vas-tu faire de tout ça ? lui demanda-t-il après avoir regardé les extraits.

— Rien. Je voulais juste savoir si elle avait du talent ou bien si elle perdait son temps à Los Angeles. Elle est bonne. Elle pourrait même devenir excellente un jour, à condition de travailler dur et de cultiver son don. Ce que je veux vraiment, c'est la rencontrer. Peut-être que je peux l'encourager ou lui présenter certaines personnes. Kendall dit que Scott l'aide de son côté, mais j'aimerais aussi avoir mon mot à dire, si elle accepte qu'on se rencontre. Elle me connaît à peine. La dernière fois que nous nous sommes vues, elle avait 10 ans. Elle peut très bien refuser de me revoir.

— Tu vas l'inviter à venir ici ?

— Certainement. Mais j'aimerais d'abord descendre à L. A. Je ne sais même pas si elle répondra à un appel ou à un mail de ma part. Ça ne m'étonnerait pas que Kendall lui ait enjoint de ne pas le faire.

— Essaie. Le pire qui puisse arriver, c'est qu'elle refuse.

Jusqu'à quel point pareil refus serait douloureux pour Meredith, il l'ignorait, mais il trouvait que ça valait la peine d'être tenté. Il se réjouissait d'ailleurs intérieurement des confidences de Meredith. Elle osait de plus en plus ouvrir son cœur.

— Je t'accompagnerai, si tu veux. Il y a plusieurs clients que je pourrai aller voir pendant que vous vous retrouvez. Et on pourra nous-mêmes en profiter.

Il voulait qu'ils fassent des choses ensemble afin de la ramener dans le monde qu'elle avait abandonné. Il l'encourageait dans ce sens avec douceur, sans la brusquer.

— J'y ai déjà pensé, admit-elle. Je ne suis pas encore prête à lui écrire, mais bientôt.

Charles n'était pas sûr de savoir ce qu'elle attendait. Sans doute rassemblait-elle tout son courage en vue de cette rencontre. Ce n'était pas chose aisée après une si longue séparation. Et encore moins facile à expliquer.

Charles et Meredith étaient heureux de se retrouver. Tout s'était bien passé à Seattle. Il avait conçu une protection rapprochée de grande ampleur pour un important PDG. Ce dernier recevait des menaces de mort depuis plusieurs mois à cause de la position environnementale de l'entreprise qu'il dirigeait, et il craignait pour sa femme et ses enfants. Ceux qui le menaçaient avaient déjà plastiqué une maison, et il ne voulait pas que la même chose lui arrive. C'était exactement le genre de dossier dans lequel Charles excellait. Sa société faisait aussi du contre-espionnage industriel, ce que Meredith trouvait fascinant. Charles était modeste à propos de son travail, mais il avait reçu les accréditations les plus élevées en matière de sécurité de la part du gouvernement et il était hautement respecté dans son domaine. Il lui avait fait quelques suggestions, qu'elle prévoyait de mettre en application avec son propre personnel de sécurité. D'après lui, elle aurait eu besoin de plus de protection et sous-estimait le danger. Il avait bien tenté d'en parler à Jack, mais le bonhomme avait botté en touche en disant qu'ils avaient tous les systèmes nécessaires en place.

Samedi, jour du dîner, Meredith composa elle-même les bouquets à partir des fleurs du jardin. Le menu avait déjà été établi avec Debbie : pour les enfants, de la pizza margherita maison, des frites et des sundaes – les enfants raffolaient de ces crèmes glacées. Les adultes auraient une bisque de homard en entrée, du poulet de Cornouailles en plat principal et, pour terminer, un soufflé au chocolat accompagné de crème fouettée et de crème anglaise – c'était l'un des desserts que Debbie réussissait le mieux. Celle-ci avait finalement décidé de faire un effort afin de plaire à sa patronne. Ce qui n'avait pourtant pas été sa première intention...

— Dire que je gâche mon talent pour ces goinfres, avait-elle lâché à Jack. Je ne vais pas me gêner pour le faire savoir !

— Lâche du lest, lui avait-il conseillé.

Peut-être avait-il raison. Avec le séjour des voisins dans la maison, les choses s'étaient considérablement dégradées entre le sous-sol et l'étage noble, mais depuis leur départ, Meredith l'avait à plusieurs reprises remerciée et elle se montrait reconnaissante. Alors ça valait peut-être la peine de cultiver le lien. D'où ce menu si soigné. Meredith en était enchantée et Debbie en avait déduit qu'elle voulait émerveiller ses nouveaux amis. Il ne lui était pas venu à l'esprit que sa patronne désirait seulement passer du temps avec eux et que la bonne chère ainsi que le bon vin faisaient partie d'un tout.

Charles se montra impressionné par la beauté de la table et le soin apporté, que ce soit dans le choix des assiettes, dont les motifs floraux aux couleurs éclatantes faisaient écho aux bouquets de Meredith, ou bien dans la disposition des bougies. Tout cela avait un air très festif.

La fête commença vraiment lorsque les invités arrivèrent. Dans le salon et la bibliothèque, ils se virent proposer un martini, une margarita ou du champagne, accompagné des bouchées apéritives préparées par Debbie. Tyla remarqua tout de suite combien Ava et Peter semblaient proches : ils ne se quittaient pas d'une semelle et se parlaient à voix basse.

— Il y a quelque chose entre eux ? demanda-t-elle à Meredith, qui répondit par un sourire avant de lui souffler :

— Arthur a proposé à Ava un poste de secrétaire. Elle vit chez lui, maintenant. Joel et elle ont rompu.

— Mince, en voilà une révolution ! dit Tyla. Quand est-ce arrivé ?

— La semaine dernière, je crois.

— D'où l'absence de Joel ?

— Il est apparemment en déplacement, mais peut-être qu'il ne serait pas venu de toute façon. Ava dit que la rupture a eu lieu sans effusion de sang, de manière très civilisée.

Tyla savait qu'Andrew serait déçu de ne pas voir Joel. De fait, la première chose qu'il fit en arrivant, longtemps après tous les autres convives, fut de s'enquérir du millionnaire. Ava évoqua le voyage en Angleterre, sans mentionner le reste. Avec Peter, ils n'étaient pas prêts à annoncer quoi que ce soit et préféraient simplement confirmer quand les gens devinaient. Pour la jeune femme, faire de grandes déclarations si peu de temps après sa rupture avec Joel aurait été déplacé.

— Quelle pute, souffla Andrew à Tyla. Dès que Joel a le dos tourné, elle recommence à ramper aux pieds de Peter.

N'appréciant pas de l'entendre parler ainsi de son amie, Tyla tint à mettre tout de suite les choses au clair :

— Ils ont rompu. Elle est peut-être avec Peter maintenant.

Elle ne lui dit pas que les deux jeunes vivaient sous le même toit, mais il le déduisit tout seul quand Arthur mentionna qu'Ava était sa nouvelle assistante. Le regard d'Andrew brilla aussitôt de haine et d'envie.

Pendant le dîner, tous eurent la nette impression que Charles et Meredith sortaient ensemble : il rayonnait à chaque fois qu'il la regardait et elle irradiait la sérénité et la joie. D'un point de vue culinaire, le repas combla chacun des invités. Daphné précisa que c'était la meilleure pizza qu'elle ait jamais mangée. Will engloutit une assiette entière de frites. Ils dévorèrent les sundaes pendant que les adultes se régalaient du soufflé. L'assemblée porta ce festin aux nues !

Meredith tint à ce que Debbie vienne saluer. L'avalanche de compliments, plus que mérités, fit rougir de plaisir la gouvernante. Elle en était toute radoucie. Ils l'avaient même applaudie ! Debbie retourna en cuisine plus fière qu'un paon pour tout raconter à Jack. Et notamment que Meredith l'avait serrée contre elle pour la première fois depuis des semaines ! Progressivement, ils retrouvaient leur place.

Pendant ce temps, les invités se rassemblaient dans la bibliothèque autour d'un plateau d'argent sur lequel étaient disposés les digestifs. Aidée de Charles, Meredith apporta ensuite le café et la soirée se prolongea au-delà de minuit. Ils profitèrent de ces retrouvailles jusque tard puisque personne ne travaillait le lendemain.

Après le départ de tout ce petit monde, Charles et Meredith s'attardèrent dans la bibliothèque pour faire le bilan de la soirée – une chose que Meredith avait toujours aimé faire quand elle était mariée. En l'occurrence, tous deux trouvaient adorable de voir Peter et Ava si amoureux. Le sujet une fois épuisé, ils montèrent dans la chambre de Meredith, se mirent au lit et allumèrent la télé pour regarder un film. Ils n'en virent pas la fin, car le sommeil les rattrapa, mais ils s'étaient endormis heureux de cette agréable soirée.

Quelqu'un qui ne partageait ni cet état ni cet avis, c'était Andrew. Assis sur le lit, il regardait la télé pendant que sa femme couchait les enfants, repus et assommés de fatigue – Daphné dormait déjà quand sa mère la borda. Lorsque Tyla eut fini et revint dans leur chambre, Andrew se tourna vers elle en ricanant. Il avait pas mal bu ce soir-là : un martini à l'apéritif, beaucoup de vin pendant le repas et un cognac dans la bibliothèque – le verre de trop, réalisa soudain Tyla.

— Mais quelle petite pute, cette Ava, attaqua-t-il. Elle emménage, comme ça, avec Peter. Probable qu'elle baise avec les deux à la fois et même qu'elle taille des pipes à Arthur.

Tyla détestait son comportement. Comme Ava était désormais une amie, elle prit tout naturellement sa défense, ce qui, avec Andrew, était toujours une erreur.

— Elle avait rompu avec Joel avant qu'Arthur ne lui propose de s'installer avec eux, dit-elle avec raideur. Ava n'a pas revu Joel depuis leur rupture.

— Ça, ça reste à voir. Elle ressemble à une pute et agit comme une pute. Merde ! Le soir du tremblement de terre, elle était à poil sur le trottoir.

— Elle était en peignoir, corrigea Tyla.

— C'est ça. Et tu crois qu'ils faisaient quoi l'instant d'avant ? En tout cas, certainement plus que ce qu'on fait nous.

Mieux valait ne pas relever, surtout quand il avait bu. À jeun, il était capable de rentrer dans des rages froides, mais c'était pire chaque fois qu'il était ivre.

— C'est une vraie traînée. Comme toi, dit encore Andrew.

Tout en parlant, il roula sur lui-même à la vitesse de l'éclair et saisit Tyla à la gorge, l'écrasant de toute sa force. Elle étouffait. Sa première pensée fut qu'elle aurait des marques le lendemain… Si elle survivait à la nouvelle crise de rage d'Andrew.

— C'est toi qui baises avec Joel, maintenant ? C'est pour ça qu'il n'est pas venu ce soir ? Parce qu'il avait peur de me croiser ? Hein ?

Andrew resserra sa prise, souleva Tyla pour la remonter jusqu'à la tête de lit contre laquelle il commença à lui cogner le crâne. Le bruit parut assourdissant à Tyla, qui se débattait en tentant de ravaler ses cris pour ne pas réveiller les enfants. Acculée, elle lui expédia un coup de genou bien senti au niveau de l'entrejambe, le seul mouvement à sa portée.

Plié en deux par la douleur, Andrew ne l'en frappa pas moins au visage avec une force qui l'envoya encore plus brutalement contre la tête de lit. Il la fit ensuite tomber par terre et lui balança des coups de pied partout, aussi fort qu'il le pouvait, tout en hurlant :

— Ne refais jamais ça, salope !

Étourdie, le nez éclaté, Tyla déglutissait du sang. Pour faire bonne mesure, Andrew lui cogna le crâne par terre. Elle eut alors l'impression de plonger en eau profonde, avant de réaliser que si elle ne voyait rien, c'était à cause du sang qui lui obstruait la vue. Andrew continuait à lui envoyer des coups de pied et à la frapper tandis qu'elle oscillait entre lucidité et inconscience. Enfin, tout devint noir. Elle plongea profond, profond dans l'océan, fuyant à la nage dans un fleuve de sang. C'était la seule façon de lui échapper.

Une sonnerie d'interphone réveilla Meredith environ une heure après le départ des invités. À l'autre bout du fil, le gardien de nuit, un nouveau en raison du système de rotation organisé par l'entreprise de sécurité, s'excusa poliment de la déranger :

— Je suis désolé, madame, il y a une fillette au portail. Elle dit qu'elle habite en bas de la rue et qu'elle a besoin de vous. Sa mère est malade, je crois.

— Comment s'appelle-t-elle ? dit Meredith, tout en se levant aussitôt.

— Daphné. Elle est dans tous ses états. J'appelle le 911 ?

— Non… Oui… Attendez encore un peu. Dites-lui que je descends tout de suite.

Meredith secoua Charles, qui se réveilla immédiatement.

— Charles… J'ai besoin de toi. Daphné est en bas. Il y a un problème avec Tyla. Andrew a encore dû faire des siennes. On appelle la police ?

— Oui, dit-il.

Et il composa lui-même le 911 sur son portable. Il signala une personne blessée par un intrus, donna l'adresse des Johnson et se rhabilla en deux temps trois mouvements. Dans l'intervalle, Meredith avait eu le temps d'attraper un jean, des chaussures et un pull. Elle dévala l'escalier, Charles sur ses talons. Dans l'entrée, ils trouvèrent Daphné pieds nus, en chemise de nuit, et secouée de sanglots si violents qu'ils l'empêchaient de parler. Meredith la prit par la main et tous trois foncèrent en direction de sa maison.

— Raconte-moi ce qui s'est passé, lui dit Meredith.

— Il l'a tapée, encore et encore. Je crois que maman est morte.

Le temps qu'ils arrivent, les sirènes de police se rapprochaient déjà. Deux voitures de service provenant de directions opposées stoppèrent net devant la maison et des policiers en sortirent, l'arme au poing étant donné qu'on leur avait signalé une intrusion. À vrai dire, si Charles avait parlé de violences conjugales, ils auraient mis le double de temps à arriver, ce que le colonel savait parfaitement.

— Il y a un garçon de 11 ans à l'intérieur, leur signala Meredith.

Comme la porte s'était refermée derrière Daphné, les agents durent la fracturer, ce qu'ils firent aisément. Charles s'engouffra à leur suite dans la maison, non sans dire à Meredith de rester dehors avec Daphné. L'actrice passa un bras autour de la fillette et la serra fort contre elle, remerciant le Ciel que l'enfant ait eu la présence d'esprit de la prévenir.

— Ils vont tirer sur mon papa ? demanda Daphné entre deux sanglots.

Que répondre à ça ? Elles devaient attendre.

Deux agents arrivés sur ces entrefaites se ruèrent à leur tour à l'intérieur, leur radio vissée à l'oreille. Ils ressortirent deux minutes plus tard avec Andrew, menotté, la chemise et les mains couvertes de sang. L'espace d'un instant, Meredith eut peur que Daphné n'ait vu juste et que Tyla ne soit morte. Les policiers poussèrent Andrew dans une des voitures de patrouille et partirent aussitôt. Il n'avait pas jeté un seul regard à sa fille. Il ne l'avait même pas vue, se dit Meredith. Il fallait dire qu'il hurlait sur les agents et se débattait, les obligeant à le rudoyer pour avancer. Daphné avait caché son visage contre Meredith.

Une minute avait passé quand une ambulance se gara devant elles. Trois personnes en jaillirent pour se précipiter dans la maison. La tête toujours enfouie dans le pull de Meredith, Daphné sanglotait. Elles ignoraient quelle était la situation à l'intérieur. Tyla était-elle vivante ? Enfin, Charles émergea accompagné de Will, aussi pâle qu'un fantôme. Le garçon s'était caché sous ses couvertures, dans sa chambre. Il avait entendu les cris de sa mère pendant que son père la battait.

— Votre mère est vivante, annonça Charles aux deux enfants avant de se tourner, l'air sombre, vers Meredith : Je ramène Daphné et Will chez toi. Ce serait bien que tu restes avec elle.

Meredith hocha la tête et se retint de lui demander plus de détails. Pas devant les enfants.

Quelques minutes plus tard, Tyla, méconnaissable, sortait sur un brancard. Ce n'était qu'une masse informe, sanguinolente et inconsciente, à qui l'on avait appliqué un masque à oxygène et une perfusion à chaque bras. Meredith embrassa Daphné et la confia à Charles avant de monter dans l'ambulance. Le véhicule s'éloigna toute sirène hurlante. Meredith eut juste le temps d'apercevoir Charles fermer la porte d'entrée et remonter lentement la colline avec les deux enfants. Elle reporta alors toute son attention sur Tyla.

— Quel est le diagnostic ? demanda-t-elle à l'un des urgentistes présents.

L'homme secoua la tête. Le pouls était à peine perceptible et la respiration difficile. Ils craignaient une commotion cérébrale sévère. Conduite à l'hôpital le plus proche, Tyla fut immédiatement admise en traumatologie. C'est Meredith qui fournit au service les informations dont ils avaient besoin, du moins celles qu'elle connaissait. Quand ils lui demandèrent quel était son lien avec la blessée, elle répondit spontanément « sa mère » afin qu'ils ne la renvoient pas.

La première auscultation de Tyla dura une demi-heure, pendant laquelle sa tension se stabilisa un peu. Ils lui firent ensuite un scanner complet, une IRM et des radios, qui établirent que la boîte crânienne était intacte, mais que la commotion n'en était pas moins importante. Tyla souffrait par ailleurs de fractures au visage et au bras ainsi que d'une hémorragie interne au niveau du ventre, là où Andrew s'était acharné. Malgré tout cela, elle était vivante et s'en sortirait. Un chirurgien s'occupa de son nez, ses pommettes et sa mâchoire. On plâtra également son bras, si bien que lorsqu'elle rejoignit la chambre qu'on lui avait attribuée, Tyla ressemblait à une momie. L'équipe informa Meredith que des photos de chaque blessure avaient été prises en vue des poursuites judiciaires.

— Votre fille est sous sédatifs. Elle va dormir encore plusieurs heures. Vous pouvez rentrer chez vous et revenir vers midi. Attendez-vous à ce qu'elle soit un peu vaseuse dans les jours qui viennent. C'est à cause de la morphine qu'on lui donnera contre la douleur.

Comme elle s'apprêtait à partir, Meredith prit conscience qu'elle n'avait ni son sac ni son portable. Impossible donc d'appeler un taxi ou un Uber. L'hôpital lui permit de joindre Charles, qui réserva pour elle un taxi à distance. Il l'attendit ensuite devant la maison et régla lui-même la course au chauffeur. Cela fait, Meredith put le renseigner sur l'étendue des blessures de Tyla. Ils en étaient tous deux retournés tandis qu'ils montaient à l'étage. Les enfants s'étaient endormis dans le lit de Meredith, télé allumée. Elle ne les dérangea pas et alla avec Charles dans son bureau, où ils discutèrent encore un moment à voix basse. Il finit par rentrer chez lui pendant que Meredith s'installait sur le canapé de son bureau afin de rester à portée de voix de Will et Daphné.

À leur réveil, le lendemain matin, elle leur donna des nouvelles de leur mère, dans une version édulcorée, en leur promettant qu'elle se remettrait.

— On peut la voir ? demanda Will, visiblement tourmenté par l'un de ses fameux maux de ventre.

— Mon papa va aller en prison ? voulut savoir Daphné.

Meredith ne précisa pas qu'il y était déjà et qu'elle espérait bien qu'il n'en sortirait pas avant longtemps.

— Je ne suis pas sûre que vous puissiez la voir aujourd'hui. Elle va encore beaucoup dormir. Peut-être demain, répondit-elle.

Sur ces mots, ils descendirent prendre le petit déjeuner. Ils étaient en train de manger toasts et céréales lorsque Charles sonna. Meredith alla lui ouvrir. Le temps qu'ils reviennent à la cuisine, il lui glissa que sitôt le feu vert de la police obtenu, il ferait venir une entreprise spécialisée pour nettoyer la moindre trace de sang chez les Johnson. Un peu plus tard dans la matinée, il passa un coup de fil afin de connaître la situation d'Andrew.

— Apparemment, on le défère demain. C'est à ce moment-là que le juge fixera le montant de la caution. Le procès aura lieu plus tard, sauf si Andrew plaide coupable. En tout cas, les charges retenues vont être maximales compte tenu de l'état de Tyla. Coups et blessures volontaires, comportement délibéré entraînant des blessures traumatiques et menaces graves : s'il est condamné, il peut en prendre pour quatre ans. À court terme, même libéré sous caution, il risque fort de se voir retirer le droit de pratiquer la médecine et il lui faudra sans doute respecter une injonction d'éloignement vis-à-vis de sa femme, et probablement des enfants.

— Je veux que Tyla, Will et Daphné restent ici, déclara Meredith.

Une fois les enfants habillés, ils les emmenèrent passer une heure au parc. La journée se déroula tranquillement. Ce ne fut qu'après le dîner, une fois les enfants confiés à Charles, que Meredith se rendit à l'hôpital. Tyla dormait, toujours méconnaissable sous ses bandages. Son état était stable et les signes vitaux normaux.

Le lendemain, Charles fit venir comme promis le service de nettoyage. Ainsi, après l'école, Meredith et les enfants purent entrer dans la maison afin de rassembler quelques affaires. Elle leur prépara ensuite chez elle une chambre commune, avec deux lits doubles et une grande télé. De son côté, Charles avait pu se renseigner sur l'audition d'Andrew.

— Il plaide non coupable et il a été libéré sans versement de caution, puisque c'est un chirurgien respecté et seulement sa première arrestation. Son avocat, un pénaliste réputé, l'a bien défendu... Dans l'immédiat, Andrew est soumis à une mesure d'éloignement envers Tyla, les enfants et leur maison. La prochaine audition a lieu dans un mois.

À cet énoncé, Meredith se sentit au bord de la nausée, tout en se félicitant que Daphné soit venue l'avertir. Si elle ne l'avait pas fait, sa mère serait certainement morte à cette heure !

Les deux enfants trouvèrent vite une routine tandis qu'à l'hôpital les choses suivaient leur cours. Le mercredi, Tyla reconnut Meredith et put tant bien que mal lui parler malgré sa mâchoire immobilisée.

— Enfants ?

— Ils vont bien. Et vous allez tous rester chez moi, se contenta de répondre Meredith.

Ce qu'elle avait d'autre à lui dire devrait attendre que son amie se sente mieux.

Tyla tenta un sourire et n'argumenta pas.

Le week-end qui suivit, elle reçut la visite de Peter, Arthur et Ava, informés de la situation par Meredith. La nouvelle les avait horrifiés. Ava espérait même la prison à vie pour Andrew ! Toute leur sympathie allait à la blessée.

Celle-ci put sortir de l'hôpital la semaine suivante et s'installer chez Meredith, à condition de se ménager jusqu'à ce que la commotion se résorbe. Il lui fallait aussi se nourrir à la paille, le temps que sa mâchoire guérisse. Meredith prit soin d'elle comme si c'était sa fille et, petit à petit, Tyla récupéra ses forces, pour le plus grand bonheur de ses enfants, enfin rassurés.

Meredith l'avait encouragée à prendre un conseiller juridique, même si l'État se constituait partie civile dans l'affaire. L'homme de loi que Tyla consulta déposa une requête au juge des familles, avec en pièce jointe l'un des relevés de compte d'Andrew, afin de demander un soutien financier temporaire jusqu'à ce que la cour statue sur le cas. Le magistrat abonda immédiatement dans ce sens. Quant à l'avocat que Meredith avait trouvé pour Tyla, il suggéra de lancer une poursuite au civil pour obtenir une aide permanente si Andrew était condamné. Il proposait aussi de l'attaquer en justice pour la maison, car il supposait que Tyla divorcerait, quoi qu'il arrive.

— Bon sang, voilà qu'on se transforme en maison de convalescence ! dit Debbie le jour où Tyla arriva de l'hôpital. Après le tremblement de terre, c'était un centre d'accueil, et maintenant, ça ! Elle ne peut avaler que du liquide. Et il y a les morveux en prime. Il faut encore nourrir toute cette bande.

— Attention que Meredith ne t'entende pas, lui dit Jack. C'est au contraire l'occasion de lui montrer combien tu te soucies d'elle et de ses amis.

— Je dois vraiment ? fit-elle, implorante, car elle n'avait jamais aimé les enfants.

— Oui. Sauf si tu veux te retrouver en prison avec Andrew.

Depuis quinze ans, ils avaient détourné de l'argent de tous les comptes de la maison, volé des objets de valeur ainsi que du liquide, autant que possible et à la moindre occasion. Debbie l'oubliait peut-être, mais pas lui. Jamais. Il n'avait pas l'intention de retourner derrière les barreaux. Or, par son comportement, sa femme jouait avec le feu, au moment où il fallait regagner la confiance de Meredith, lui rappeler combien ils tenaient à elle. Ils ne pouvaient qu'attendre qu'elle se lasse de ses nouveaux amis, afin qu'ils puissent reprendre tranquillement leurs petites affaires.

10

Se remettre de l'agression d'Andrew prit plus de temps à Tyla qu'elle ne l'aurait cru. Du fait de la commotion cérébrale, lire ou regarder un écran lui donnait aussitôt la migraine. Consulter ses mails était difficile. Elle aurait bien voulu jouer avec ses enfants, mais ils l'épuisaient vite. Son bras cassé la gênait et cette mâchoire la rendait folle. Le seul point positif dans ce tableau plutôt sombre fut le jour où on lui retira ses bandages et où elle se vit dans le miroir.

— J'adore mon nouveau nez, parvint-elle à souffler.

— Ravie de l'entendre ! dit Meredith en levant les yeux au ciel. La prochaine fois, contente-toi d'appeler un chirurgien et prends rendez-vous, d'accord ?

Personne ne doutait un seul instant qu'elle avait frôlé la mort et qu'elle courait un grave danger auprès de cet homme. Pourtant, à plusieurs reprises, Tyla avait expliqué que c'était arrivé parce qu'Andrew avait trop bu au dîner.

— D'habitude, il n'est pas aussi violent, renchérit-elle.

— « Aussi violent » ? Ça veut dire qu'un peu moins violent serait acceptable ? Tyla, il faut mettre un terme à tout ça. Il est dangereux. Tu dois demander le divorce.

Tu ne peux plus jouer à ce jeu-là avec lui. Imagine qu'il s'en prenne à l'un des enfants ?

— Il ne le fera pas. C'est un très bon père.

Mais un homme exécrable.

— Il est dangereux ! insista Meredith.

Elle ne voyait pas comment le formuler autrement. Andrew téléphonait plusieurs fois par jour à Tyla pour la supplier de lui donner une autre chance. Il voulait la convaincre d'intervenir auprès de la partie civile, autrement dit l'État de Californie, pour qu'elle abandonne ses poursuites, car s'il était condamné, il perdrait son droit d'exercer la médecine.

Will ne parlait jamais de son père, au contraire de Daphné qui demandait après lui. Elle paraissait inquiète mais Meredith assurait toujours à la fillette qu'il allait bien.

Au moins, tous les trois étaient désormais à l'abri chez elle. Elle leur avait dit qu'ils pourraient rester aussi longtemps qu'ils le souhaitaient, en espérant bien être prise au mot. Les services de la protection de l'enfance étaient venus s'entretenir avec eux tous et étaient repartis satisfaits de savoir les enfants entre de bonnes mains. Andrew avait interdiction de s'approcher d'eux avant que les audiences aient lieu et qu'une évaluation psychiatrique soit faite.

Quand il appelait, Meredith essayait généralement de s'éclipser, mais ce n'était pas toujours possible, aussi elle l'entendait qui flattait, plaidait, suppliait, demandait pardon. Il ne cessait de rappeler à Tyla qu'il était docteur. Il lui jurait qu'il suivrait une thérapie pour gérer sa colère. Meredith détestait le voir manipuler ainsi Tyla et elle priait en secret pour que ça ne marche pas.

Les choses en étaient là lorsque survinrent plusieurs incidents préoccupants. À l'école, Will frappa un garçon qui l'avait insulté. C'était la première fois, mais il ne fallait pas chercher bien loin l'exemple qu'il suivait. Il fut renvoyé pendant trois jours. Vers la même période, Jack se plaignit de ne pas remettre la main sur son couteau suisse. Debbie le retrouva sous l'oreiller de Will. Malgré les dénégations de l'enfant et l'envie que Meredith avait de le croire, les preuves étaient contre lui. Le point d'orgue fut atteint lorsque la gouvernante trouva sur le sol de la bibliothèque le magnifique cheval en ivoire de Meredith éclaté en mille morceaux, comme si quelqu'un l'avait cassé délibérément. Tout le monde dans la maison savait combien elle y était attachée, car il lui venait de ses parents. Or voilà qu'il était irrécupérable. Cette fois, Meredith se posa la question. D'autant que Debbie jurait avoir surpris Will dans les parages. Celui-ci sanglotait piteusement, promettant qu'il n'avait rien fait.

Un matin où elles étaient seules, Meredith aborda le sujet avec Tyla.

— Je m'inquiète pour Will. Cela fait beaucoup d'incidents qui témoignent d'une certaine violence chez cet enfant…

— Meredith, veux-tu qu'on parte ? répondit Tyla, anéantie, car elle croyait en l'innocence de son fils. Je te jure que ce n'est pas son genre de faire des choses comme ça.

— Il a vécu des moments difficiles... Je ne veux évidemment pas que vous partiez. Mais peut-être aurait-il besoin de voir quelqu'un, parler avec une personne neutre.

— Il n'est pas dérangé.

— Il souffre. C'est différent.

Tous les trois souffraient. Ils avaient subi et partagé un traumatisme émotionnel indicible, qui s'était doublé de violences physiques pour Tyla.

Meredith s'en ouvrit à Charles. Lui aussi estimait que Will devrait consulter, ainsi que Daphné. Les deux enfants en avaient vu de toutes les couleurs et ce n'était pas encore fini : si Andrew était condamné, il irait en prison pour de nombreuses années, ce qui leur briserait le cœur.

— J'ajouterai cependant que, dans cette affaire de cheval cassé, je ne prendrais pas les dires de Debbie pour argent comptant.

— Tu ne lui fais toujours pas confiance ? s'exclama Meredith, choquée.

— Non. Ça lui ferait trop plaisir de voir Tyla et les enfants retourner chez eux. Si elle pouvait donner un coup de pouce au destin, je la crois capable de raconter presque n'importe quoi.

— Tu ne la connais pas, lui fit remarquer Meredith avec tristesse.

Il n'essaya pas de la convaincre. Meredith avait un faible pour ce couple et leur était loyale. En revanche, il aborda un point qu'il était bon de garder en mémoire :

— Tu sais, la plupart des femmes abusées par leur mari ou leur compagnon retournent vers eux, même s'ils sont séparés. C'est une vraie tragédie, car cette décision peut leur être fatale.

Cette simple idée arracha un frisson à Meredith. *Pourvu qu'il se trompe !* Malheureusement, des indices abondaient dans son sens. Tyla parlait souvent à Andrew, bien trop au goût de Meredith, qui trouvait qu'elle se montrait vraiment trop gentille après ce qu'il lui avait fait ! Il lui arrivait aussi de mentir en affirmant qu'elle n'avait plus aucun contact avec lui. Tyla n'était donc pas toujours franche. Au contraire de Will, que Meredith avait tendance à croire quand il proclamait n'avoir rien cassé. Sauf que Debbie n'était pas une menteuse non plus. En bref, les relations se tendaient dans la maison.

Une semaine plus tard, un autre incident survint : la disparition au salon d'un délicat bibelot en jade, de grande valeur. Quand elle remarqua son absence, Debbie en informa Meredith sur-le-champ. Mais cette fois, l'objet ne réapparut pas dans la chambre de Will. Il resta introuvable. Et Charles se montra plus que jamais sceptique – il ne croyait tout bonnement pas Debbie.

— Ce n'est pas le genre de chose qu'un enfant convoiterait, on ne peut rien en faire, affirma-t-il.

Ses soupçons semblaient se confirmer. Il se faufila un après-midi dans la cuisine, et glissa des objets manipulés au quotidien par Jack et Debbie dans des sacs de congélation : la salière au-dessus de la cuisinière, le mug dans lequel elle prenait son café, une paire de ciseaux de cuisine, un verre dans lequel Jack avait bu une heure plus tôt et qui attendait d'être lavé. Il récolta ainsi une douzaine de pièces qu'il emporta. De retour une heure plus tard, il trouva Debbie déjà en train de se plaindre qu'on lui avait pris ses ciseaux et sa salière. Il ne pipa mot, car personne n'avait remarqué sa petite chasse au trésor. Il avait confié cette dernière à l'un de ses employés pour la déposer au labo de la police. Il avait demandé que l'on relève les empreintes et qu'on les soumette à leurs fichiers, pour chercher d'éventuels antécédents criminels.

Le lendemain matin, un de ses contacts dans la police l'appela et ce qu'il lui apprit ne le surprit guère. Mais pas question dans l'immédiat d'en faire part à Meredith, qui le vivrait comme une véritable trahison.

Quand ils furent seuls dans son bureau et que Charles lui avoua ce qu'il avait fait, elle fut d'abord scandalisée, jusqu'à ce qu'il en vienne aux conclusions de l'enquête :

— Ça ne me fait pas plaisir de te l'annoncer, mais Jack et Debbie ont tous les deux fait de la prison pour fraude à la carte bancaire, vol à l'étalage, possession de drogue et peut-être trafic. Ils ont été soupçonnés de vol chez leurs deux précédents employeurs, mais rien n'a pu être prouvé et leurs familles ont décidé de ne pas engager de poursuites. Ces personnes que tu aimes, qui sont devenues tes meilleurs amis, sont des escrocs. Ce sont d'anciens détenus, des criminels notoires. Et je te parie que si tu passes les comptes de ta maison au peigne fin, tu t'apercevras qu'ils t'ont volée toi aussi. Ils ne sont pas ce que tu crois. Je suis vraiment désolé, Meredith.

— Ce n'est pas possible. Leurs références étaient dithyrambiques, dit-elle, les larmes aux yeux.

Elle semblait avoir le cœur brisé. Dieu qu'il détestait devoir lui annoncer de mauvaises nouvelles !

— Ils les ont certainement rédigées eux-mêmes. Tu avais vérifié auprès de leurs précédents employeurs ?

— Les lettres étaient tellement élogieuses que je ne pensais pas avoir besoin de le faire, dit-elle en secouant la tête.

— De ce que j'ai pu constater et d'après ce que tu m'as raconté, je pense qu'ils t'ont manipulée de manière à t'isoler pour mieux te contrôler, ou du moins tenter de le faire. Le fait que j'apparaisse dans le paysage et que tu te fasses de nouveaux amis t'a rendue moins vulnérable. Voilà pourquoi ils détestent nous avoir dans les parages, qu'il s'agisse de tes voisins ou de moi. Ils te veulent seule et sans personne qui puisse les observer. Dès le premier jour, leur comportement m'a mis la puce à l'oreille. Mais dans l'immédiat, il y a une chose que je voudrais vérifier avec toi. Où sont-ils en ce moment ?

— Je ne sais pas. Jack doit être à la quincaillerie et Debbie voulait acheter du lait. Les enfants ont tout bu.

— Le timing est parfait pour aller jeter un œil chez eux.

— Je ne peux pas te laisser faire ça ! Je respecte leur intimité. Ce sont des gens convenables.

Elle plaidait, poussée par quinze années de loyauté réciproque.

— Ils ont un casier judiciaire, lui rappela-t-il. Ce sont des criminels dont le dossier est long comme le bras.

Les faits étaient incontestables. Pourtant, Meredith restait persuadée qu'ils ne lui avaient rien pris. Elle l'aurait juré. Pour le prouver à Charles, elle finit par le suivre au sous-sol où se trouvait un tableau des clés à utiliser en cas d'urgence. Elle en décrocha une et ouvrit la porte de Jack et Debbie. Le geste la fit frissonner : elle violait leur intimité et avec elle, tant d'années de gentillesse à son égard.

Tous deux pénétrèrent dans le salon où Jack et Debbie se pensaient à l'abri, sachant pouvoir compter sur la discrétion de leur patronne, car depuis leur installation, jamais elle n'était venue. Là, sur une table basse, au milieu des journaux, entre un coupe-ongles et un paquet de cigarettes, trônait le bibelot en jade. Sur la commode de leur chambre se trouvait la boîte Fabergé disparue depuis le tremblement de terre. Meredith avait le souffle coupé tandis qu'elle parcourait la pièce du regard : au-dessus du lit étaient accrochées deux petites peintures françaises de grande valeur que Scott et elle avaient achetées à Paris. Quand avaient-elles disparu ? Elle ne s'était même pas aperçue de leur absence. Charles ouvrit le placard et révéla quatre sacs en crocodile qui lui appartenaient. Cela faisait des années qu'elle ne les avait plus vus. Elle était abasourdie.

Étaient-ce Jack et Debbie qui avaient volontairement cassé le cheval en ivoire, pour accuser Will ? Et le couteau suisse sous son oreiller, c'étaient eux aussi ? Quelle cruauté ! Ils étaient démoniaques et s'étaient joués d'elle comme d'une idiote. Charles avait-il raison ? L'avaient-ils sciemment isolée pour tenter de l'influencer et de la contrôler ou avaient-ils simplement profité du fait qu'elle s'était elle-même coupée du monde ? Ces tristes personnages avaient abusé d'elle de toutes les façons possibles.

— Je suis désolé, Meredith, dit Charles quand il aperçut son expression. Si tu es d'accord, je vais lancer une petite enquête auprès des boutiques et des entreprises où ils passent commande. Détourner des sommes anodines sur les comptes est un mode opératoire courant chez ce genre de petits escrocs. Les magasins auront du mal à l'admettre, mais confrontés à la police, ils seront bien obligés d'avouer. Tu as été une affaire juteuse pour Jack et Debbie...

Elle hocha la tête.

— Ils t'ont probablement volé beaucoup d'argent.

Soudain, Meredith repensa à la Mercedes flambant neuve que Jack s'était dernièrement achetée. Elle avait été impressionnée qu'ils aient pu épargner suffisamment pour se l'offrir.

— Je veux savoir, dit-elle d'une voix entrecoupée.

Et elle s'assit dans leur salon pour les attendre. Charles prit place dans un fauteuil face à elle. Ils restèrent ainsi, telles des statues, jusqu'à ce qu'un bruit de conversation et des rires les avertissent du retour de Jack et Debbie. Cette dernière poussa un hurlement quand elle les aperçut en entrant. On aurait dit qu'elle ne savait dans quelle direction s'enfuir. Son regard passait du bibelot en jade à Meredith. Elle finit par courir dans la chambre, avant de revenir dans le salon.

— La partie est finie, dit Charles d'une voix calme. Ça a rapporté, non ?

— Qu'est-ce que vous foutez chez nous ? aboya Jack tout en avançant d'une manière menaçante.

Charles le toisa d'un œil imperturbable, sans bouger d'un pouce.

— Je ne ferais pas ça si j'étais vous. J'ai consulté les fichiers de la police : ils ont vos empreintes et les comptes rendus de vos arrestations. Nous leur donnerons une liste de ce que vous avez volé ici, du moins, de ce dont on retrouve la trace. Nous recouperons avec les dossiers de l'assurance, pour déterminer ce qui a disparu au fil des années. J'imagine que vous avez dérobé un paquet de choses. Vous aviez aussi à disposition une gentille petite trésorerie, je me trompe ? Deux de mes employés sont en chemin. Ils vont s'assurer que vous pliiez bagage et ils vous escorteront dehors dès que vous aurez fini. Votre temps ici est révolu. Mme White va porter plainte et demander un audit intégral de tous les comptes de la maison.

Meredith venait en effet de lui préciser que Debbie disposait de la signature sur l'un des comptes. Il allait falloir changer aussi toutes les serrures.

— Vous êtes une salope de le laisser faire ça ! hurla Debbie à Meredith qui se tenait assise, ahurie, contemplant celle qui avait prétendu la réconforter pendant tant d'années.

— On a été les meilleurs amis que vous avez jamais eus, lui rappela d'ailleurs Debbie.

Meredith ne répondit rien, trop assommée pour réagir.

— Les amis ne se volent pas et ne cherchent pas à tromper l'autre. Ils ne se mentent pas et ne se manipulent pas, rétorqua Charles. Vous avez une demi-heure pour faire vos valises. Nous allons rester pour vous surveiller et nous contacterons la police dès aujourd'hui. Que vous soyez poursuivis ou non en justice dépendra de Mme White. Je vais lui recommander de le faire, et je vous conseille de quitter la ville, ajouta-t-il d'une voix coupante.

— Va te faire foutre ! cracha Debbie comme si elle s'adressait à un gardien de prison.

Ils n'avaient plus rien à perdre désormais. Ils se montraient sous leur vrai jour et Meredith ne les reconnaissait plus.

Jack se dirigea tranquillement vers leur chambre où il prépara une valise sous le regard attentif de Charles, qui avait déposé la boîte Fabergé devant Meredith de manière à ce qu'elle puisse garder un œil dessus. Charles s'assura aussi que les deux tableaux ne disparaissent pas. Toute l'opération se fit dans un silence de plomb. Les deux employés de Charles se présentèrent dix minutes plus tard. Meredith les fit entrer dans le petit appartement où chacun s'attacha à suivre le moindre déplacement de Jack et Debbie. Ils avaient compris qu'ils n'avaient désormais plus aucune marge de manœuvre. Charles avait raison. La partie était finie. Ils bouclèrent leurs bagages, jetèrent un regard autour d'eux et fixèrent Meredith, qui avait l'air en deuil. Aucune excuse, aucune gratitude ni regret ne transparaissait dans leur attitude. Ce n'était qu'une paire de sociopathes vicieux et dérangés qui avaient connu un âge d'or avec Meredith et su exploiter les tragédies de sa vie pendant quinze ans.

Les employés de Charles les accompagnèrent dans la rue où la voiture du couple était garée. Meredith n'esquissa même pas un adieu. Elle était sans voix. Charles envoya l'un de ses collaborateurs chercher un serrurier pendant qu'elle rassemblait sur le lit les objets volés qu'ils avaient récupérés.

— Je te les remonterai plus tard, lui promit Charles.

Ils quittèrent le petit appartement irrespirable, où Meredith venait de passer l'un des moments les plus désagréables et affligeants de sa vie. Toutes ses illusions sur l'humanité s'étaient envolées. Elle monta l'escalier en silence et tout ce qu'elle parvint à dire une fois arrivée à l'étage fut « merci ».

Laissant Charles l'attendre sur le palier, elle se dirigea droit chez Tyla à qui elle raconta l'histoire, debout, au pied de son lit.

— Je te dois des excuses ainsi qu'à Will. Je lui dirai d'ailleurs moi-même. Je suis sûre qu'il n'a pas cassé le cheval ni pris le couteau suisse : Charles a découvert que Jack et Debbie avaient des antécédents judiciaires et nous avons retrouvé un stock d'objets volés chez eux, dont le jade et la boîte Fabergé. Certaines pièces étaient là depuis un bon moment. Ils viennent de partir.

Alors qu'elle disait cela et que Tyla acquiesçait en silence, Meredith se sentait extrêmement triste et inutile. Une fois ce point réglé, elle sortit de la chambre et se rendit, toujours abasourdie, dans son bureau, où Charles vint la rejoindre. Il s'assit à côté d'elle et la prit dans ses bras tandis que des larmes de peine et de déception commençaient à couler. Quand elle eut retrouvé son calme, elle alla voir Will pour lui présenter officiellement ses excuses. Il se serra fort contre elle en lui jurant que jamais il ne lui prendrait quoi que ce soit.

Ce même après-midi, Charles vérifia auprès des fournisseurs de Meredith et là aussi, il avait vu juste : les deux escrocs s'étaient versé de généreuses commissions pendant des années. Ils maîtrisaient le système à la perfection, de vrais artistes dans leur genre, les rois de l'arnaque.

— Je suis navré, Meredith, lui dit-il en lui tendant la liste des fournisseurs qui leur avaient versé de jolis pots-de-vin à ses dépens.

— Et moi donc, répondit-elle avec un sourire empreint de tristesse. Mais je ne regrette pas de savoir. Ces gens ne font plus partie de ma vie. Ils n'en ont d'ailleurs jamais vraiment fait partie, j'imagine.

Leur véritable nature était un choc pour elle. La prise de conscience était rude. Charles l'enlaça à nouveau, mais cette fois, elle ne pleura pas : elle ne voulait plus jamais penser à eux, et il ne lui restait plus de larmes pour quiconque l'avait blessée.

Comme elle lui annonçait son intention de ne pas les poursuivre en justice, Charles se récria. Mais elle tint bon : identifier tout ce qu'ils avaient volé ainsi que l'argent qu'ils avaient détourné serait compliqué, entre les prescriptions concernant les vols remontant à plus de trois ans et l'impossibilité de tracer les pots-de-vin versés en liquide. Que Jack et Debbie soient partis lui suffisait. Grâce à Charles, elle avait pu sauver certains objets et mettre un terme à leurs malversations. Ils ne méritaient pas l'argent ni le temps que demanderait une action en justice. On n'arrêtait pas des gens comme eux. Ils recommenceraient. Charles et Meredith n'en doutaient pas et elle en était d'avance désolée pour les futures victimes. Dire qu'ils s'étaient montrés si gentils – « convaincants » serait plus juste. Elle avait gobé tout ce qu'ils disaient. Et ce n'était que mensonge et illusion, y compris leur prétendue amitié, simple stratagème pour mieux la manipuler.

Tout cela lui brisait le cœur. Elle ne voulait qu'une chose désormais : tourner la page et avancer. Il n'y avait pas moyen de les arrêter et on ne refaisait pas le passé. L'épisode était à classer dans la catégorie des très mauvaises expériences et des trahisons mémorables. À l'évidence, l'agence qui les lui avait adressés n'avait pas fait son travail. Des gens de leur espèce savaient comment tirer parti du système et ils excellaient dans la détection de victimes innocentes dans son genre. Avec les épreuves qu'elle traversait à l'époque, elle leur avait été servie sur un plateau. Sa propre naïveté la sidérait, ainsi que leur machiavélisme.

11

Charles attendit quelques jours après le départ du couple infernal pour reparler de tout ça à Meredith. Ils passaient dorénavant presque toutes leurs soirées ensemble. S'il avait déjà géré ce genre de problème pour ses clients, il ne l'avait jamais traité à titre personnel, si bien que la situation était en quelque sorte inédite pour lui. A contrario, pour Meredith, ce n'était pas nouveau. Au fil des années, des gens en qui elle avait confiance l'avaient trompée, volée, lui avaient menti. Jack et Debbie n'avaient jamais été ses amis, seulement des escrocs à la petite semaine. Ce qu'ils deviendraient, elle s'en lavait les mains.

Un soir, alors qu'ils étaient seuls dans son bureau, Charles saisit l'opportunité d'aborder la question. L'après-midi même, Meredith avait eu un entretien avec un couple dont ils avaient vérifié les références et elle les avait engagés. Ils commenceraient le week-end suivant. La femme, très chaleureuse, était guatémaltèque et son mari, péruvien. Tous deux avaient travaillé dans des familles sérieuses, la dernière basée à San Francisco. Ils étaient très polis et semblaient on ne peut plus scrupuleux. Leurs précédents employeurs déménageaient à Londres et avaient dû se résigner à leur donner congé.

— Meredith, je voudrais te parler de certains de tes systèmes de sécurité. Ce que tu as en ce moment est du dernier cri, mais la technique progresse vite et il serait bon d'actualiser un peu l'ensemble, de le peaufiner, sans que ça coûte beaucoup. Mais ce qui m'inquiète est ailleurs. En raison de ta célébrité, tu représentes une cible bien plus importante que ce que tu penses pour les arnaqueurs et les malfaiteurs. Sans devenir paranoïaque, je voudrais que tu sois vigilante. Je t'aime et je ne veux pas qu'on te blesse.

La référence à Jack et Debbie était implicite et elle la comprit à demi-mot. En revanche, qu'il lui avoue son amour était une bonne nouvelle ! Elle aussi l'aimait et le lui avait déjà dit au lit.

— Merci, dit-elle avec un sourire pour son aveu. Je dois te paraître bien stupide d'être ainsi tombée dans leurs filets. Six mois à peine après leur arrivée, mon monde s'écroulait. Pendant deux ans, je n'ai plus été moi-même, incapable de penser, me fichant de tout. J'étais une proie idéale. Dieu seul sait combien ils m'ont volé ou escroqué. Mais c'est fini maintenant. J'y vois clair. Ils m'ont cueillie quand j'étais au plus bas. Ils ont eu de la chance.

— Tu sais, j'ai vu des dirigeants de grosses boîtes involontairement devenir victimes et prisonniers de leurs employés. Il suffit de circonstances propices : un décès dans la famille, la perte d'une épouse, une maladie, un revers de fortune, un instant de faiblesse, un moment dur à passer, et soudain le rapport s'inverse. Je veux que tu saches que je suis là pour toi. Tant que je serai dans les parages, je ne laisserai pas la chose se reproduire.

— Je le sais désormais. Et tu avais raison pour eux. Je te croyais fou, alors que c'était moi qui l'étais.

— Du tout. Il s'agissait de gens retors et très futés dans leur approche : c'est généralement ce qui est simple qui fonctionne le mieux. Et le fait que la plupart d'entre nous ne pensent pas comme ça. C'est triste de devoir faire tellement attention, mais dans ta position, tu n'as pas d'autre choix.

Meredith hocha la tête et, peu après, ils se mirent au lit. Tout de suite, elle se lova dans ses bras. Charles était grand, puissant, dans tous les sens du terme, et elle se savait en sécurité avec lui. Il ne laisserait rien de mal lui arriver. Quelle sensation merveilleuse ! Jack et Debbie étaient partis. Elle s'en félicitait et se réjouissait aussi que Tyla et les enfants habitent toujours chez elle.

Le lendemain matin, elle déposa Will et Daphné à l'école. Deux heures plus tard, l'établissement la rappela pour venir chercher Will, terrassé par un terrible mal de ventre. Meredith s'inquiéta. C'était la première fois que ses douleurs stomacales le reprenaient depuis la nuit où son père avait failli tuer sa mère. Pendant le trajet du retour, il lui posa une étrange question :

— Tu crois que maman va retourner avec papa ? Ou qu'elle le retrouve quelque part ?

— J'espère que non. Du moins pas avant que ton père ne se fasse sérieusement aider. Le voir maintenant serait une grosse bêtise, répondit-elle.

Will hocha la tête et, sitôt arrivé, fila dans sa chambre en disant qu'il allait se reposer.

Meredith s'arrêta chez Tyla, qu'elle trouva de bonne humeur – cela faisait même longtemps qu'elle ne l'avait pas vue aussi enjouée. Quand elle lui annonça le retour de Will, son amie eut l'air surprise.

— Cette fois, c'est peut-être une indigestion.

— Je n'avais pas pensé à ça, dit Meredith à qui cela rappela son fils : Justin aussi avait des maux de ventre, généralement quand il se faisait du mouron. Mais il lui arrivait parfois de simuler pour échapper à l'école, quand il y avait un contrôle par exemple.

— C'est aussi arrivé à Will, encore qu'il soit très bon élève, sauf en maths. Andrew se montre toujours intraitable avec les notes. Peut-être qu'il a eu peur d'en avoir une mauvaise aujourd'hui.

— Peut-être, acquiesça Meredith qui la quitta pour se rendre dans son bureau où une montagne de papiers l'attendait.

Elle aimait bien emmener Will et Daphné à l'école. Ça lui rappelait des jours heureux et les deux enfants étaient adorables. Elle espérait que les choses s'arrangeraient bientôt pour eux.

Meredith était encore à son bureau quand Tyla se glissa hors de la maison. Elle était suffisamment remise pour aller se promener, histoire de prendre l'air. Ses forces lui revenaient et ses blessures guérissaient. Elle continuait toujours d'avoir Andrew au téléphone, et celui-ci lui affirmait suivre un atelier destiné à lui apprendre à contrôler sa colère. Il lui disait aussi qu'il voulait la voir, ainsi que les enfants. Tous les trois lui manquaient terriblement.

Et il n'avait même pas de photos d'eux, avait-il précisé une fois. Il habitait dans une chambre d'hôtel lugubre, leur maison lui manquait. Professionnellement, il était suspendu le temps que la justice décide de son sort, et tout ça le déprimait. Comme Tyla et les enfants recevaient une pension suite à la décision de la cour, Andrew était terrifié de ce qui se passerait s'il ne pouvait plus pratiquer la médecine. De quoi vivrait-il ? Et si jamais il allait en prison ? Il était tellement désolé de ce qu'il lui avait fait, lui disait-il. Il la suppliait de le reprendre ou au moins de le revoir et de lui parler en personne.

Depuis sa fenêtre, Will aperçut sa mère descendre la rue en direction de leur maison. Elle empruntait souvent cet itinéraire quand elle se promenait. Est-ce qu'elle regrettait leur maison elle aussi ? Lui, il aurait bien aimé retrouver tous ses jouets. Ils n'en avaient pris que quelques-uns pour ne pas encombrer leur chambre chez Meredith.

Celle-ci passa une tête à cet instant précis et le vit à la fenêtre. Ayant délaissé ses papiers pour poser une question à Tyla, qu'elle n'avait pas trouvée alors que son amie avait dit être fatiguée, elle avait poussé jusqu'à la chambre du garçon pour prendre des nouvelles.

— Alors, Will ? Comment te sens-tu ? demanda-t-elle avec un sourire.

— Ça va, répondit-il avec une infinie tristesse dans le regard.

— Tu sais où est ta maman ?

— Elle est partie se promener. Par-là, fit-il en indiquant leur maison.

L'estomac noué, Meredith referma la porte. Pourquoi cette euphorie chez Tyla ? Était-ce une coïncidence ou avait-elle une idée derrière la tête ? S'agissait-il d'Andrew ?

Décidée à en avoir le cœur net, mais surtout pour s'assurer que Tyla allait bien, elle saisit un manteau dans la penderie de l'entrée et sortit. Il faisait gris et brumeux. Alors qu'elle arrivait devant la maison des Johnson, elle aperçut de la lumière dans le salon et paniqua. Mon Dieu ! Tyla avait rejoint Andrew. Il avait voulu la revoir ici. Pourvu que ce ne soit pas ça ! pria-t-elle. Mais en ce cas, pourquoi cette lumière ? Peut-être que Tyla n'était venue que pour passer un peu de temps chez elle, pour essayer d'exorciser les fantômes.

Meredith sonna et c'est Andrew qui lui ouvrit la porte après un bref instant. Il était échevelé, mal rasé et en jogging, l'air dépenaillé, avec de grands cernes noirs sous les yeux. Son expression débordait de fureur.

— Tyla est là ? lui demanda Meredith avec froideur, afin de masquer sa surprise.

— Pourquoi ne pas vérifier par vous-même ? répondit-il tout en lui agrippant le bras.

Il la tira à l'intérieur d'un coup sec et elle aperçut alors Tyla recroquevillée dans un fauteuil, un filet de sang coulant de sa lèvre fendue. Il avait recommencé ! Il avait frappé Tyla. Le scénario allait se répéter. Il n'y avait qu'à voir ses yeux fous.

— Andrew, pourquoi ne pas laisser filer pour aujourd'hui, dit-elle d'une voix calme. Vous n'avez pas besoin de problème supplémentaire et Tyla non plus, ni vos enfants. Vous avez tous assez de soucis comme ça.

— Oh, écoutez Madame Perfection qui parle… Je ne serais pas dans cette mouise si vous ne lui aviez pas fourré dans le crâne toute cette merde. Avant, elle savait comment se comporter. Si elle n'abandonne pas les charges retenues contre moi, je ne pourrai plus pratiquer. De quoi je vivrai si ça arrive ?

Il sondait Meredith du regard, dévoré par la peur de redevenir pauvre.

— Alors n'aggravez pas la situation, répondit-elle posément.

Elle voulait que Tyla quitte la maison et s'enfuie avant qu'il n'explose et ne perde tout contrôle.

— Je ne suis pas venu ici pour créer des problèmes. Je suis venu pour récupérer des photos de mes enfants. Elle a dit qu'elle m'en donnerait. Je n'en ai même pas une avec moi et je vis dans un hôtel qui ressemble à un dépotoir. Grâce à elle, ajouta-t-il en pointant un doigt furieux vers sa femme.

C'était un fou et Tyla s'était laissé prendre à ses promesses, quelles qu'elles soient. Ou alors elle avait cédé à la culpabilité de le voir dans cette situation – une culpabilité absurde, mais entretenue par Andrew à chaque coup de téléphone. Pour lui, tout ça était cent pour cent sa faute. Elle en portait l'entière responsabilité. Et comme la plupart des femmes battues, elle le croyait. Meredith se rappela ce que Charles lui avait rapporté sur les femmes abusées.

— Je suis sûre que vous avez des choses à faire, et nous aussi, dit-elle distinctement, tout en faisant signe à Tyla.

Celle-ci était trop terrifiée pour bouger. Elle craignait ce qu'il pourrait lui faire si elle essayait d'atteindre la porte. Elle savait de quoi il était capable. Tous le savaient désormais.

Pendant ce temps, Will avait appelé Charles. Dès que Meredith avait quitté la maison, en fait. Il conservait en permanence sur lui le numéro de portable du colonel. Quand Charles décrocha, il ne lui laissa pas le temps de parler :

— Je crois que maman est allée retrouver papa chez nous et Meredith l'a suivie.

— C'est ce qu'elles t'ont dit ? demanda Charles, entendant l'urgence dans la voix entrecoupée du garçon.

— Non, j'ai deviné en les voyant partir.

Charles n'hésita pas une seconde. Il promit à Will de le rappeler et composa aussitôt un numéro donnant accès directement aux forces de l'ordre, numéro qu'il n'utilisait qu'en cas d'urgence. Il leur résuma la situation : un homme dangereux, sous injonction d'éloignement, en attente d'un procès pour violences conjugales, qui retenait potentiellement deux femmes captives à son ancien domicile.

— Viens, Tyla, répéta Meredith qui tentait de se rapprocher imperceptiblement de la porte, de manière à l'ouvrir avant qu'Andrew ne se déchaîne contre elles.

Elle avait à peine esquissé un geste que ce dernier la saisit à la gorge, la plaqua contre le mur et lui cogna brutalement la tête dessus.

— C'est ta faute tout ça, salope ! Tu lui as bourré le crâne avec ces conneries sur la liberté, l'indépendance.

Maintenant elle n'en fait qu'à sa tête ! Elle ne me laissera pas revenir ! Elle ne vit même pas ici. Elle habite avec toi, et ton petit copain facho qui croit diriger le monde.

Meredith ne répondit rien, focalisée sur le moyen de quitter toutes les deux cet endroit en un seul morceau. C'est alors qu'elle aperçut deux policiers approcher avec prudence de la porte d'entrée. Soudain, la vitre vola en éclats, projetant du verre partout. Les deux agents firent irruption dans la pièce, l'un par la fenêtre et l'autre par la porte principale qu'il venait de forcer. C'est celui-là qui ceintura Andrew. En deux secondes, ce dernier se retrouva face contre terre et menotté dans le dos. Tyla avait rejoint Meredith et passé ses bras autour d'elle. Les policiers traînèrent Andrew hors de la maison tandis qu'il injuriait sa femme. Il s'égosillait, hurlant tout ce qu'il lui ferait s'il remettait la main sur elle. Meredith regarda Tyla, qui essuyait le sang sur son visage. Andrew était déjà loin.

— Comment savais-tu que j'étais là ? demanda son amie, perplexe, car elle n'en avait parlé à personne.

— C'est Will, dit Meredith tout en se frottant le crâne. Il t'a vue partir dans cette direction et je pense qu'il savait. Quand il me l'a dit, moi aussi j'ai su et je suis venue voir si tout allait bien.

— Tu avais prévenu la police avant de partir ?

— Non. C'est peut-être Will. Mais, Tyla, tu ne peux pas revoir Andrew. Il va te tuer.

Tout le monde le savait, en était persuadé, sauf elle. Honteuse, Tyla baissa la tête.

— J'ai compris, maintenant. Mais je me sentais tellement triste pour lui que j'ai accepté de le revoir.

— Tu ne peux pas te permettre ça. Tu as deux enfants qui ont besoin de toi, or tu y resteras vraiment la prochaine fois. Et si ce n'est pas la prochaine fois, ce sera la suivante.

— Je ne le reverrai plus.

Quand Tyla éteignit les lumières et referma la porte, la police attendait dehors. La serrure était cassée ainsi que la fenêtre. Il faudrait que quelqu'un vienne réparer tout ça. Elle connaissait la chanson. Trop bien. Et les enfants aussi. Les agents lui dirent qu'ils passeraient plus tard chez Meredith prendre leurs dépositions. Elles rentrèrent à pied et furent accueillies par Charles, qui les réprimanda – comme il se trouvait chez lui quand Will l'avait appelé, il était venu aussitôt.

— Vous allez bien, toutes les deux ?

Elles hochèrent la tête, mais Tyla n'en avait pas moins la lèvre entaillée suite à la gifle reçue et Meredith une belle bosse sur le crâne.

— C'est toi qui as appelé la police ? demanda Meredith, ne comprenant pas comment il avait pu savoir.

— Will m'a averti et j'ai appelé la ligne d'urgence. Andrew était là ?

— J'ai accepté de le revoir pour lui donner des photos. Il avait l'air si mal, expliqua Tyla, à la fois embarrassée et pleine de remords.

— Andrew va retourner en prison et il n'y aura pas de libération sous parole cette fois, répondit Charles. Ils vont l'envoyer faire une évaluation psychiatrique dans un hôpital spécialisé. Il sera placé en isolement et il est possible qu'il ne ressorte pas avant le procès.

Ce qui serait un soulagement pour eux tous. Tyla monta rassurer son fils et ressortit presque aussitôt de sa chambre avec un mot écrit au crayon papier de la main de Will.

— Mon Dieu ! Il s'est enfui, dit-elle, les larmes aux yeux, à deux doigts de paniquer, tout en leur tendant la note qui disait : « Ne le laissez pas tuer ma maman. »

— Il a peur que tu retournes vers son père et qu'il te batte à mort, il me l'a dit l'autre jour. Il a dû surprendre une de vos conversations, dit Meredith.

Tyla se laissa tomber sur une chaise, au bord de l'évanouissement.

— Que fait-on maintenant ? demanda-t-elle, effrayée pour son fils.

— On part à sa recherche en voiture, répondit Charles, plein de bon sens et de sang-froid.

Ils retournèrent dans la cour où était garé son SUV et il mit le contact.

— Il n'a pas pu aller bien loin. Nous allons le retrouver, dit-il pour rassurer Tyla.

En revoyant Andrew, celle-ci avait déclenché un nouveau cataclysme.

— Je vous accompagne, dit-elle.

Et elle grimpa dans l'habitacle.

— Je vais chercher de mon côté, ajouta Meredith en se dirigeant vers sa voiture toute proche.

Ils se suivirent le temps de sortir de la propriété et tournèrent ensuite séparément dans le quartier. Deux heures plus tard, ils rentraient à la maison sans avoir pu retrouver Will. Meredith repartit presque aussitôt chercher Daphné à l'école. Quand elles revinrent, le petit garçon était toujours introuvable.

— Doit-on prévenir la police ? demanda Tyla à Charles.

— Ce serait mieux. Il ne faut pas qu'il fasse de l'auto-stop ou se retrouve seul en pleine nuit.

Will n'avait que 11 ans et avait mené une vie protégée, la violence de son père mise à part. Il ne connaissait rien de la rue et sa vulnérabilité faisait de lui la proie idéale pour les prédateurs en tout genre. Charles s'étonnait qu'ils ne l'aient pas retrouvé.

— Que portait-il aujourd'hui ? demanda-t-il, le téléphone à la main.

— Son uniforme : chemise blanche, pantalon gris et veste avec cravate marine, répondit Meredith dont le cœur battait à tout rompre.

Et s'ils ne le retrouvaient pas ? S'il lui était arrivé quelque chose ? C'était stupide d'avoir revu Andrew. Will en avait été si affecté qu'il s'était enfui. Mais peut-être avait-il prévu de fuguer quoi qu'il arrive ? Il s'était passé tellement de choses en si peu de temps, sans qu'il ait le contrôle sur rien.

Une demi-heure plus tard, la police débarqua pour récolter un maximum d'informations et prévenir toutes les équipes de la baie de San Francisco, car si de nombreux secteurs de la ville étaient encore bouclés et sans électricité, la majeure partie fonctionnait à nouveau et tous les ponts avaient rouvert. Il était donc facile pour un ravisseur de s'enfuir. La police allait lancer une alerte, juste au cas où, afin d'appeler les automobilistes à la vigilance. Le message serait publié sur tous les panneaux lumineux autoroutiers de l'État.

— Et maintenant ? s'enquit Meredith une fois la police partie.

— On attend, dit Charles.

Et on prie, ajouta-t-il en son for intérieur.

12

L'attente parut interminable. Tyla remuait ciel et terre pour retrouver son enfant, mais aucune piste ne permettait de savoir où il avait disparu. Elle appela toutes les mères des camarades de classe de Will. Pas une seule ne l'avait vu.

En revanche, cet appel semblait confirmer les rumeurs qui allaient bon train chez les parents d'élèves. Il y avait des problèmes chez les Johnson. Et Tyla vivait même désormais avec ses enfants chez une amie ! C'est du moins ce que Will avait dit après le tremblement de terre. Mais le bruit courait que ses parents étaient vraiment séparés et on s'interrogeait sur les détails. Heureusement, l'affaire n'était pas parvenue aux oreilles de la presse.

À 19 heures, il n'y avait toujours aucun signe de vie de Will. Avec Charles et Meredith, elle avait passé la chambre au peigne fin sans trouver le moindre indice. Même le téléphone portable qu'elle lui permettait parfois d'utiliser était resté dans la maison.

Ces dernières années, son fils avait trop souffert, et toujours en silence. Il y avait cette tension permanente à la maison, les colères de son père qu'il redoutait, les violences sur sa mère, et cette terrible agression dont elle avait été victime et dont il n'avait pu la protéger. Un secret trop lourd à garder. Enfin, il y avait sa crainte qu'elle ne retourne vers Andrew et que le cauchemar ne recommence, voire pire : qu'il se termine fatalement.

Tyla avait fini par attendre dans sa chambre, avec Daphné qu'elle tentait de rassurer, pendant que Charles et Meredith faisaient un point dans le bureau.

— Cette situation montre bien une contradiction dramatique, expliquait Charles. Les femmes victimes de violences conjugales se taisent et restent pour le bien de leurs enfants, afin de ne pas briser la famille, or ce qu'ils traversent s'avère pire que le plus dur des divorces. Cela les abîme profondément et les statistiques en la matière sont terribles, crois-moi. Pour les plus vulnérables, ça va même jusqu'au suicide. Ils se sentent tellement impuissants. C'est déjà difficile pour les adultes, mais pour les enfants… Ils sont littéralement emportés par les circonstances et n'ont aucune prise dessus.

— Tu ne crois pas que Will se ferait du mal ? s'alarma Meredith, dévastée à cette idée.

— Je ne le connais pas assez pour dire. Espérons que non. Il y a cependant plus de chances qu'il fasse une mauvaise rencontre et que ça tourne mal pour lui. Il est tellement innocent ! Il ne connaît rien de la rue, des drogués, des mauvaises intentions de certains… Alors si en plus il porte son uniforme de bon petit écolier du privé, il ne passera clairement pas inaperçu !

Will faisait plus jeune que son âge. Et s'il croisait par malchance le chemin d'un pédophile… Le monde extérieur était dangereux, et presque aussi néfaste que celui dans lequel il avait grandi, celui où la personne sur qui il aurait dû pouvoir compter, son père, s'était révélé la plus toxique et menaçante de toutes.

— Si Will est convaincu que Tyla est allée retrouver son père, il a pu en déduire qu'Andrew la tuerait, cette fois. Et comme il ne pouvait pas stopper sa mère ni la protéger, il s'est enfui, dépassé par son sentiment de culpabilité ou bien sa peur, poursuivait Charles. D'après Tyla, il doit tout au plus avoir 10 dollars sur lui, il n'ira pas loin avec ça. À cette heure, il doit déjà subir le froid, la faim et la fatigue. S'il se présente dans un centre pour sans-abri ou à une distribution de repas dans la rue, la protection de l'enfance sera avertie. Pour des fugueurs plus âgés, c'est différent, ils peuvent fermer les yeux, mais pas pour un enfant comme Will.

Quelle chance que Charles soit là ! se dit Meredith. Depuis qu'ils s'étaient rencontrés, leur vie à tous, et en particulier la sienne, avait tellement changé grâce à lui. C'était quelqu'un de bien, solide, responsable, intuitif et plein de ressources. La personne idéale en cas de crise. Et qui rendait la vie encore plus facile même quand tout allait bien.

Or, de tranquillité, il n'en avait jamais été question depuis le tremblement de terre. Depuis deux mois, la vie de chacun des voisins avait été chamboulée, souvent pour le meilleur, parfois pour le pire. Joel et Ava avaient rompu. Peter semblait avoir rencontré l'amour, et Arthur avait maintenant deux jeunes gens chez lui. Andrew risquait la prison pour tentative d'homicide et Tyla avait failli y laisser sa vie. Quant à Meredith, qui avait eu un flot ininterrompu d'invités sous son toit, elle avait découvert que les employés les plus fiables, sur lesquels elle se reposait entièrement et qu'elle considérait comme des amis chers, étaient des truands qui avaient vécu sur son dos pendant quinze ans. Même les enfants avaient été profondément affectés, et voilà que Will s'était enfui. Dieu sait ce qui pouvait lui arriver dans les rues ! Charles avait tout partagé avec elle, il avait abordé les défis de front et démontré que l'on pouvait compter sur lui. Si, par bien des aspects, Meredith avait beaucoup de chance, cela ne l'empêchait pas de s'inquiéter terriblement pour ses amis – notamment pour Tyla et ses enfants qui allaient encore affronter une véritable tempête avec le procès d'Andrew. Ça faisait beaucoup à gérer pour chacun d'entre eux, énormément de bouleversements d'un coup, à l'image de tous ceux qui avaient perdu des êtres chers et leur maison dans le séisme.

À 20 heures, Meredith n'y tint plus : même blessée et traumatisée par ce qu'elle avait vécu, il lui fallait agir. Tout plutôt que rester assise là, à imaginer les pires scénarios.

— On ne peut vraiment rien faire ? demanda-t-elle à Charles qui avait déjà appelé plusieurs fois ses contacts dans la police, sans résultat.

— Si tu veux, on peut toujours tourner avec la voiture, mais on ne sera pas plus efficaces que les agents. Tôt ou tard, quelqu'un le verra. On ne disparaît pas comme ça.

Sauf que chaque jour, des enfants disparaissaient « comme ça », des enfants qu'on ne retrouvait jamais parce qu'ils étaient tombés entre de mauvaises mains. Tous deux le savaient bien. Si Will était monté dans une voiture, il pouvait se trouver n'importe où et en grand danger. Il était prévu que les chaînes d'information diffusent l'alerte à 23 heures, avec une photo que Tyla avait transmise aux policiers. Ces derniers avaient jugé prématuré de mobiliser les médias, Will pouvant se trouver chez un ami auquel sa mère n'avait pas pensé. Cela lui laissait le temps de rentrer tout seul. Qu'il s'agisse d'un quiproquo était le vœu le plus cher de Charles, mais au fond de lui, il n'y croyait pas. Néanmoins, il faisait tout pour garder son anxiété pour lui, afin de ne pas faire empirer la situation.

— On peut aller voir du côté de South of Market, proposa-t-il. Peut-être aurons-nous de la chance. Il est possible qu'il traîne autour d'un fast-food en espérant que quelqu'un lui donne de quoi manger.

La simple idée d'un Will affamé en train de faire les poubelles d'un McDonald rendait Meredith malade. S'y ajoutait la crainte de le savoir seul dans une ville où l'un des dangers consistait à passer sans transition d'un coin sûr à une zone hostile : les boutiques de luxe d'Union Square n'étaient qu'à quelques rues de Tenderloin, l'épicentre du trafic de drogue, et l'artère commerciale de Market Street jouxtait l'une des rues les plus dangereuses de la ville, où des gens se faisaient tirer dessus tous les jours. À San Francisco, les quartiers tranquilles ou divertissants voisinaient avec de grands ensembles où traînait une foule de délinquants. Tout cela tenait dans un mouchoir de poche. Si Will errait dans l'un de ces secteurs, cela pouvait lui être fatal.

Pendant que Charles allait se changer, Meredith enfila un jean, un gros pull et des baskets, puis elle frappa chez Tyla pour la prévenir. Daphné était profondément endormie sur le lit, à côté de sa mère qui fixait la télé allumée sans la voir. Tyla se sentait coupable de ce que lui avait coûté ce rendez-vous avec Andrew. Elle s'en voulait de sa naïveté. Quelle idée d'être allée le retrouver toute seule ! Cette perspective avait dû terrifier Will. Heureusement qu'il avait eu la présence d'esprit de prévenir Charles avant de s'enfuir, sinon elle ne serait plus de ce monde. Et c'était sans doute ce que Will craignait d'apprendre.

— Nous partons à sa recherche, lui dit doucement Meredith.

— Merci..., murmura-t-elle, effondrée.

Tout en caressant les cheveux de Daphné, elle repensait à l'audition d'Andrew prévue pour le lendemain. Ce serait sa seconde comparution. Charles avait dit qu'ils ne le laisseraient pas ressortir, cette fois. C'était aussi bien. Il était trop dangereux pour qu'on le relâche dans les rues ou qu'on le laisse avoir des patients. Il cachait sa nature violente sous une fine couche de vernis social. C'était en fin de compte un homme profondément malade.

Jusqu'à sa dernière agression, elle s'était toujours sentie coupable de le mettre en colère et une partie d'elle-même le croyait quand il affirmait qu'elle en portait la responsabilité. Ce n'était plus le cas. Elle comprenait désormais qu'il l'aurait battue quoi qu'elle fasse, et malgré tous ses efforts. Andrew éprouvait le besoin pathologique de la punir de crimes qu'elle n'avait pas commis. Peut-être lui faisait-il payer les péchés de sa mère qui l'avait abandonné quand il était enfant. Quelle qu'en soit la cause, le problème existait et le danger les dépassait tous, même Andrew. Il avait en lui un démon que rien ne pouvait stopper. Will l'avait peut-être compris plus vite qu'elle, même s'il n'était qu'un enfant.

Charles et Meredith prirent la voiture de Meredith, un SUV ordinaire qui n'attirerait pas l'attention du côté de South of Market, où le trafic de drogue battait son plein. Les sans-abri y traînaient en nombre et les bagarres étaient monnaie courante. Le cœur de Meredith se brisait en imaginant Will là-bas.

— Tu as un pistolet avec toi ? demanda-t-elle soudain tandis qu'ils roulaient vers le sud de la ville.

Elle n'y avait jamais pensé avant, mais avec le type de travail qu'il faisait, ce ne serait pas surprenant. Il sourit.

— On n'est pas au Texas et je ne suis pas un cow-boy, la taquina-t-il. Certains de mes employés en ont, à la demande du client, mais personnellement j'évite, même si ça m'est arrivé. Je préfère me fier à l'improvisation plutôt qu'à une arme. Pourquoi, tu voudrais que je sois armé ?

L'idée lui semblait incongrue tant Meredith était d'un tempérament pacifique.

— Non, non. Je me posais juste la question. Je suis ravie que tu n'en aies pas.

Mais tous deux savaient qu'ils allaient être confrontés à un milieu dangereux. Dans la rue, n'importe qui pouvait se procurer une arme volée pour 25 dollars. Will n'avait pas les codes pour réagir face à ça. Avec sa coupe impeccable et ses vêtements proprets, c'était la proie idéale.

Quelques minutes plus tard, ils passaient Market Street, pleine de sans-abri côtoyant les citadins venus faire leurs courses du soir. En parallèle s'étendaient Tenderloin et ses trafics, qui occupaient le moindre recoin ou encoignure de porte miteuse. Ils traversèrent Mission Street et Charles commença à quadriller rigoureusement le quartier, descendant une rue puis remontant l'autre. Certains amas de poubelles faisaient penser à des corps tandis que des gens effondrés, inertes, dans les embrasures de porte ressemblaient à des tas d'ordures, jusqu'à ce qu'ils bougent. Drogués et ivrognes inconscients étaient affalés à même le trottoir. Autrefois, la police les envoyait à l'hôpital ou en cellule de dégrisement pour la nuit, mais il y en avait tellement désormais que la majorité restait dans la rue. Quelques-uns semblaient y avoir élu domicile avec leur caddie et leurs cartons, un chien galeux ou un couple de chats pour toute compagnie. Le cœur de Meredith se serrait à leur vue. La saleté qui les recouvrait, leurs cheveux emmêlés et leur tenue faite de bric et de broc rendaient leur âge ou leur sexe impossibles à identifier.

— Mon Dieu, c'est déprimant. J'espère qu'il est ailleurs, dit-elle, imaginant mal Will survivre à une nuit dans cet environnement.

— Si tu veux, on ira voir au parc du Golden Gate. C'est là où se rendent les ados drogués et les fugueurs, proposa Charles, qui ajouta : Mais Will ne se fondra pas plus dans le paysage là-bas.

L'endroit dont il parlait se trouvait à la lisière du quartier de Haight-Ashbury, siège des hippies dans les années 1960. Le secteur s'était grandement détérioré depuis cet âge d'or et n'était plus que crasse, drogues, population ravagée par les coups du sort et fugueurs pour qui la rue et ses dangers restaient moins rudes que la vie chez eux.

— Les plus jeunes tendent à se regrouper en bandes et peuvent devenir violents s'ils se sentent menacés. La police les laisse plutôt en paix, tant qu'ils n'importunent pas les passants ou ne se battent pas. Beaucoup prennent des drogues dures.

Charles mettait un point d'honneur à s'arrêter à chaque lieu de restauration possible. Meredith, une photo de Will à la main, courait alors à l'intérieur se renseigner. Elle vérifiait même les toilettes. Mais personne n'avait vu le garçon.

Ils venaient de repartir après leur cinquième arrêt quand une voiture de police les interpella pour savoir ce qu'ils faisaient. Charles sortit ses certificats, sa carte du BSU ainsi que son badge du Pentagone, que l'agent lui rendit avec le plus grand respect.

— Qu'est-ce qui vous amène par ici ? demanda-t-il.

Charles lui résuma la situation, qu'il présenta comme une malencontreuse mésaventure ou un quiproquo, pendant que Meredith sortait la photo de Will.

— Dès qu'on voit un gamin de cet âge-là, on appelle la protection de l'enfance, parce que ça peut vite chauffer pour eux dans le coin. La plupart des gens sont des sans-abri de longue date qui connaissent la rue comme leur poche. Beaucoup se droguent et ils ne veulent pas de gosses dans les pattes. Quelquefois, ils nous préviennent quand ils voient un nouveau gamin. Si votre garçon se pointe dans les parages, il rentrera en courant à la maison, dit le policier avec un sourire rassurant tout en rendant la photo à Meredith. J'ai moi-même un gosse de cet âge-là. Je lui ai fait faire un petit tour du quartier, pour qu'il réalise que les choses ne sont pas si mal à la maison. Entre le commerce sexuel et le trafic de drogue, on ne veut pas qu'ils tombent entre de mauvaises mains.

Meredith n'en revenait pas et son désespoir allait de mal en pis. Charles tendit sa carte au policier en lui demandant de le prévenir si la moindre piste se présentait. L'agent le lui promit.

Deux rues plus loin, alors que ce même policier prenait le pouls d'un ivrogne allongé face contre terre sur le trottoir, un jeune sur un vélo en sale état s'arrêta pour lui parler – ils se connaissaient de vue, mais ne s'étaient jamais adressé la parole. Pris d'une soudaine intuition, l'agent lui demanda s'il avait croisé un garçon d'environ 11 ans.

— Y a un nouveau gamin quelque part sur un pas de porte de Mission Street. Apparemment tout droit sorti des quartiers riches. Les gars de là-bas voulaient appeler la protection de l'enfance avant qu'il lui arrive quelque chose, mais en même temps ils ne veulent pas avoir les flics sur le dos alors qu'ils viennent de s'installer pour la nuit.

Les sans-abri campaient généralement dans l'embrasure de porte des boutiques, des banques, des bureaux, et ils partaient au petit matin.

— Merci, dit l'agent. J'irai jeter un œil.

Le jeune s'éloigna tandis que le policier attendait une ambulance pour l'ivrogne qui était manifestement dans le coma. L'équipe de secours arriva quelques minutes plus tard. L'agent remonta alors dans son véhicule et prit la direction de Mission Street, très éclairée et un peu moins dangereuse que les ruelles adjacentes ou les grandes avenues plus au sud. Il comptait patrouiller des deux côtés de la rue. Devant chaque boutique, des sans-abri reposaient dans des sacs de couchage ou sous des couvertures. Le policier appela Charles afin de combiner leurs efforts. Avant, ils patrouillaient par deux dans la zone, mais à cause des coupes budgétaires, la plupart des voitures n'avaient plus qu'un seul agent, ce qui était dangereux.

— Alors ? demanda Meredith quand Charles raccrocha.

— C'était l'agent qui nous a arrêtés. On lui a signalé un garçon à la rue dans Mission Street, et qui n'est pas du milieu. Les sans-abri ne veulent pas que la police les dérange ou les chasse à cause d'un petit nouveau. L'agent est en route. On peut nous aussi aller jeter un œil.

Aussitôt dit, aussitôt fait. Quand ils arrivèrent dans la partie la plus peuplée de Mission Street, Charles roula à l'allure d'une voiture de patrouille pour permettre à Meredith de sonder du regard chaque renfoncement de porte. Soudain, elle leva une main.

— Arrête-toi. Là-bas, au milieu du groupe, je crois voir un enfant.

Elle ouvrit la portière, prête à aller voir, mais Charles lui demanda de l'attendre le temps de couper le moteur et de mettre les warnings. Ils s'approchèrent ensemble : cinq personnes s'agglutinaient là, dans des sacs de couchage, quatre hommes et une femme. Blotti contre la femme se trouvait un garçon avec un bonnet de laine. Il avait le visage sale et semblait avoir froid malgré le carton dans lequel on l'avait roulé pour lui tenir chaud. Quand il releva la tête, Meredith en pleura presque : c'était Will. Comme il avait l'air effrayé de les voir, l'un des hommes présents, une bouteille de vinasse à la main, se tourna vers lui pour lui demander avec gentillesse :

— C'est tes parents ?

Will secoua la tête.

— Tu les connais ?

Devant l'acquiescement silencieux de Will, l'alcoolo adressa un grand sourire édenté à Charles et Meredith :

— Soyez pas trop durs avec lui, c'est un bon garçon, dit-il avant d'ajouter à l'adresse de Will : Allez, gamin, rentre à la maison. Et reviens pas. Fais ce qu'ils te disent si tu veux pas finir comme moi.

Et il leva sa bouteille en guise de salut à l'intention de Charles et Meredith. Will s'extirpa du carton et le remercia à voix basse afin de ne pas réveiller les autres.

Il remercia aussi la femme, à qui il rendit le bonnet. Tous deux avaient le corps meurtri, le visage marqué par leurs conditions de vie, et ils auraient pu avoir aussi bien 35 que 70 ans.

Will marcha jusqu'à Charles, qui passa un bras autour de ses épaules avant de remercier encore ceux qui l'avaient recueilli. Puis ils retournèrent à la voiture, suivis de Meredith, débordante de gratitude devant cet heureux dénouement. Alors qu'ils ouvraient leurs portières, la voiture de police passa au ralenti à leur hauteur. Charles salua de la main en articulant un « merci » silencieux. L'agent, tout sourire, leva un pouce et lança par la fenêtre tout en s'éloignant :

— Je préviens la hiérarchie !

Charles opina. Il était 22 h 30, la photographie de Will n'avait pas encore été diffusée aux informations. En revanche, il leur faudrait parler avec la protection de l'enfance le lendemain, car Will avait fait l'objet d'un signalement. Ils allaient devoir l'interroger sur la raison de sa fugue, pour vérifier s'il y avait maltraitance et donc nécessité de le retirer de son foyer. De toute façon, il y aurait un suivi de la famille suite à l'arrestation d'Andrew et sa tentative d'homicide. Si les services sociaux le jugeaient nécessaire, Will et Daphné risquaient d'être placés en famille d'accueil. Mais cela semblait peu probable. Will aurait simplement quelques explications à fournir à la protection de l'enfance, mais c'était pour son bien.

Tout en se glissant sur la banquette arrière, l'intéressé les observait. Frissonnant dans son uniforme trop léger, il n'en menait pas large. Sa chemise était maculée de saleté et Meredith crut apercevoir du sang sur son blazer – en réalité du Ketchup.

— Comment va maman ?

Ce furent ses premiers mots.

— Bien, mais elle se fait un sang d'encre pour toi. Comme nous tous, répondit Charles qui ne voulait pas dédramatiser trop vite la situation malgré l'immense soulagement qu'il ressentait.

Will leur avait fait très peur et il était hors de question que fuguer devienne pour lui une habitude, ce qui arrivait chez certains enfants, chaque nouvelle fuite rendant la suivante plus facile. Meredith s'occupait déjà d'appeler Tyla pour la rassurer.

— Je me disais que papa allait la tuer et je ne savais pas quoi faire, expliqua Will, l'air abattu, comme sonné.

Il avait côtoyé ce soir-là un monde dont il ignorait tout et qu'il espérait ne jamais revoir.

— S'enfuir n'est jamais la solution. Mais tu as très bien fait de m'appeler avant de partir, dit Charles d'une voix posée. Tu avais vu juste : ton papa était chez vous avec ta maman. Il n'a pas eu le temps de lui faire de mal parce que tout de suite après ton coup de fil, j'ai joint la police, qui a vite rappliqué. Tu l'as sauvée, mon grand !

Will écarquilla les yeux sous le choc de la nouvelle.

— Je suis désolé de m'être enfui, répondit-il avec sincérité avant de se tourner vers Meredith : Tu étais là-bas, toi aussi ?

Elle hocha la tête, peu désireuse de lui donner des détails que sa mère ne souhaiterait sans doute pas voir aborder, comme le fait que son père était retourné en prison avec de nouvelles charges retenues contre lui.

— Les gens de tout à l'heure se nourrissaient en faisant les poubelles du McDonald. Ils m'ont donné un Big Mac, dit Will.

Charles retint un sourire. Voilà qui expliquait le Ketchup sur son blazer ! Mais le visualiser en train de manger des restes collectés dans les poubelles était profondément déprimant.

Le chemin du retour se fit en silence. Tyla les attendait dehors quand ils franchirent le portail. Dès qu'elle le vit, elle prit Will dans ses bras et tous deux laissèrent cours à leur émotion – une émotion partagée par Charles et Meredith. Ce moment de retrouvailles passé, ils se dirigèrent vers la cuisine pour manger un morceau, mais Will n'avait pas faim. Il avait surtout froid et sa mère l'emmena à l'étage prendre un bon bain chaud. Exténués, Charles et Meredith s'attablèrent seuls. Quelle soirée ! C'était une première pour eux. Aucun de leurs enfants respectifs n'avait jamais fugué. Mais aucun n'avait subi le même traumatisme que Will.

— Je n'arrête pas de penser à tout ce qui aurait pu lui arriver, dit Meredith, qui donnait l'impression d'être revenue d'entre les morts maintenant que la tension retombait.

— Moi aussi, reconnut Charles. Il aurait pu vivre des choses vraiment horribles dans la rue. Dieu merci, il a été épargné.

— Tu avais raison : il savait que Tyla allait retrouver Andrew et il n'a pas pu gérer la perspective de ce qu'elle allait subir.

Ils éteignirent les lumières et montèrent. Trop fatiguée pour prendre un bain malgré son envie de se délasser, Meredith enfila tout de suite une chemise de nuit et s'effondra sur le lit. Charles prit une douche avant de se glisser à côté d'elle, déjà à moitié endormie.

— On va bien dormir ! dit-il. Au fait, comment va ta bosse ?

Leur inquiétude au sujet de Will avait fait passer cette blessure au second plan.

— Ça va, dit-elle d'une voix ensommeillée. Un peu douloureux, mais le principal est d'avoir retrouvé Will sain et sauf.

Elle enroula ses bras autour de Charles, posa sa tête sur son épaule et deux minutes plus tard, elle sombrait dans un profond sommeil.

À quelques chambres de là, Will aussi dormait comme un bébé, à côté de sa mère, dans le grand lit chaud et confortable. Mais avant de fermer les yeux, il avait repensé aux gens qu'il avait croisés ce jour-là dans la rue. Jamais il ne les oublierait.

13

Quand Daphné apparut en bondissant dans la cuisine, le lendemain matin, elle rayonnait.

— Je savais que tu étais une bonne sorcière ! Tu l'as retrouvé ! dit-elle en riant à Meredith.

— Avec l'aide de Charles, et aussi de la police, rappela cette dernière.

Ce jour-là, aucun des deux enfants n'irait à l'école, car ils attendaient la visite de la protection de l'enfance. Tyla confia à Meredith sa nervosité à la perspective de cette rencontre. Elle craignait qu'ils ne lui retirent Will et Daphné.

— Ils ne le feront pas, dit Meredith. Charles et moi pouvons témoigner quelle mère fantastique tu es.

— Mais je les ai laissés vivre dans un environnement abusif toute leur vie ! dit Tyla, bourrelée de remords.

La veille au soir, Will lui avait déclaré qu'il ne voulait plus jamais revoir son père et qu'il espérait que ce dernier finirait ses jours en prison.

— Daphné a peur d'Andrew. Nous avons tous peur, ajouta-t-elle.

— Il est en garde à vue, donc la question ne se pose pas, dit Meredith tout en songeant qu'elle se poserait un jour, car cet homme était trop malade pour changer.

De cela au moins, Tyla était désormais consciente. Elle avait intégré le fait qu'elle n'était pour rien dans son comportement.

— Quand les choses se calmeront, je veux retourner en école d'infirmière, pour me remettre à niveau. Ensuite, je passerai un diplôme en pratique avancée pour ne pas rester simple infirmière de bloc.

C'était justement au bloc qu'elle avait rencontré Andrew.

— J'aurais dû le quitter il y a des années, dit-elle avec tristesse. Comment ai-je pu fermer les yeux pendant si longtemps ? Je n'arrêtais pas de me dire que ça s'arrangerait. Il le promettait et je le croyais. Mais aujourd'hui, moi non plus, je ne veux plus le revoir.

L'heure du rendez-vous approchait. Charles, qui avait dû s'absenter avant le petit déjeuner pour son travail, avait promis de revenir à temps pour parler avec l'assistante sociale.

La femme qui se présenta chez Meredith s'appelait Jane Applegate. C'était une jeune Afro-Américaine vive d'esprit et intelligente, dotée d'un excellent contact avec les enfants. Avec les adultes, elle se montrait plus directe. Tyla l'apprécia instantanément. Elle lui raconta avec franchise ce qu'ils avaient traversé durant les années passées et ses efforts pour préserver ses enfants de la violence que lui infligeait leur père. L'assistante sociale ne semblait pas choquée que Tyla soit restée si longtemps accrochée à ce mariage ni qu'elle ait accepté de retrouver Andrew la veille pour lui donner une dernière chance de s'expliquer. Qu'il n'ait pas pu gérer ne l'étonnait pas non plus.

— Sortir de l'abus est la chose la plus difficile qui soit. C'est pire que la drogue. On reste pour les convaincre qu'on n'est pas une mauvaise personne.

Ces mots furent un énorme soulagement pour Tyla. C'était exactement ce qu'elle avait ressenti.

— Mais on ne peut pas argumenter avec quelqu'un comme ça. La seule chose à faire, c'est couper les ponts et fuir sans se retourner. C'est finalement mieux pour les enfants, pour vous et pour tout le monde.

Après avoir décroché son diplôme à l'Université de Californie à Los Angeles, elle avait été recrutée par la protection de l'enfance. Cela faisait déjà quinze ans, si bien que plus rien ne pouvait la surprendre, comme si elle avait tout vu des misères de ce monde.

— J'ai vérifié avec le tribunal ce matin et il est toujours en garde à vue. Le juge ne veut pas fixer de caution pour l'instant. Il le gardera peut-être en détention jusqu'au procès, mais un bon avocat arrivera certainement à le convaincre du contraire. Le point positif, c'est que dans l'immédiat il n'y a pas à s'inquiéter d'une visite de sa part.

— Andrew n'a jamais porté la main sur les enfants, dit Tyla pour le défendre.

— Ça ne veut pas dire qu'il ne le fera pas, rétorqua Jane. S'il obtient un droit de visite, celle-ci se fera en présence d'une tierce personne désignée par la cour.

Cette mesure sembla rassurer Tyla.

— Mon fils dit qu'il ne veut pas le revoir. Jamais.

— Je verrai ce qu'il me dira quand on discutera tous les deux.

Jane ne prenait pas parti. Elle était là pour protéger les intérêts des enfants, pas ceux des parents.

— Pourquoi vivez-vous chez quelqu'un d'autre ? demanda-t-elle. Même si cette maison est magnifique… !

— La nôtre est en pleins travaux suite au tremblement de terre. Nous sommes retournés y vivre, mais c'est un vrai chantier, et même si les enfants l'aimaient bien, elle est remplie de mauvais souvenirs maintenant. Pour ma part, je compte la vendre une fois la demande de divorce déposée. Je ne peux plus me projeter dedans. Meredith a été assez gentille pour nous accueillir ici et prendre soin de moi après… quand Andrew…

— Après l'agression, compléta Jane.

— Oui. Elle est très bonne pour nous. Elle adore les enfants et nous aimons beaucoup habiter ici.

— Ça ne me pose aucun problème, commenta Jane. Je ne dirais pas non moi-même si l'occasion se présentait, ajouta-t-elle avec un grand sourire. Qui d'autre vit sous ce toit ?

— Personne, à part Meredith et de temps à autre son ami. Ce sont eux qui ont retrouvé Will hier soir. Lui possède une agence de sécurité. Sinon, il y a aussi un couple d'employés.

— Aucun enfant à elle ?

— Une fille à New York, d'à peu près mon âge.

Ça devait être bien solitaire de vivre seule dans cette immense demeure, mais c'était sans conteste une chance pour Tyla et ses enfants.

Jane prit soin de noter que Tyla comptait reprendre ses études pour devenir infirmière praticienne spécialisée.

Après quoi, elle demanda à s'entretenir avec Will. Ce dernier répéta ce qu'il avait déjà dit à sa mère.

— Je ne veux plus jamais revoir mon père. Je le déteste. Il n'arrête pas de faire du mal à maman. Ils pensaient qu'on ne savait pas, mais on pouvait les entendre.

— Tu l'as déjà vu la frapper ?

— Des fois. Elle essayait tout le temps de l'empêcher de s'énerver contre nous.

— Ça a dû être très stressant, dit Jane avec beaucoup d'empathie.

Elle aurait voulu en savoir plus, mais Will était profondément marqué par les événements et se montrait très méfiant.

— A-t-il déjà levé la main sur toi ? lui demanda encore l'assistante sociale.

— Un peu. Mais c'était surtout maman qu'il frappait. Papa est un grand docteur, il n'est pas censé faire ça !

— Personne n'est censé frapper autrui, docteur ou non. Et ça te plaît de vivre ici, chez Mme White ?

— J'aime bien, dit-il avec un sourire. C'est mieux que chez nous. Je ne veux pas retourner à la maison. Mon père pourrait nous retrouver et recommencer à battre maman.

— Pourquoi t'es-tu enfui hier, Will ?

— Parce que je l'avais entendue dire qu'elle le rejoindrait et j'ai pensé qu'il allait la battre. J'aurais dû y aller pour arrêter mon père, mais je ne l'ai pas fait. J'avais peur. Trop peur pour l'arrêter, comme la nuit où il lui a vraiment fait mal et où je me suis caché dans ma chambre, dit-il la tête baissée, sans la regarder.

— Tu ne peux pas arrêter un homme de cette taille, fit remarquer Jane. Personne ne s'attend à ce que tu protèges ta mère physiquement. C'est aux adultes de faire ça.

Will secoua la tête.

— J'aurais dû essayer. Mais hier aussi, j'ai eu peur. Alors je me suis enfui.

— Il ne te fera plus de mal, maintenant, Will. Il est en garde à vue.

— Mais il sortira un jour, et alors il s'en prendra encore à elle. Je le déteste !

Il faudrait que Will voie un psychologue, c'était évident. Mais dans l'immédiat, rien de ce qu'il disait ne surprenait Jane. C'étaient des propos normaux vu le contexte dans lequel il vivait depuis des années.

— Je vais te donner ma carte, avec mon numéro dessus. La prochaine fois que tu veux t'enfuir, je veux que tu m'appelles, et je viendrai te chercher si tu le souhaites. Songe que si tu t'enfuis, tu peux toi aussi te mettre en danger. Tu as eu de la chance hier. Il ne faut pas recommencer, d'accord ?

Il hocha la tête et empocha la carte qu'elle lui tendait. Ils discutèrent encore un peu, puis ce fut au tour de Daphné d'entrer, avec sa poupée bien serrée contre son cœur.

— Comment s'appelle-t-elle ? demanda Jane pour briser la glace.

— Martha. Elle a mal à la tête aujourd'hui.

— Ah oui ? Comment ça se fait ?

— Elle est tombée et elle s'est cognée.

Ça ressemblait à un scénario déjà vu ou une excuse qu'elle aurait donnée pour expliquer les blessures de sa mère.

— Je suis désolée de l'entendre. Ça lui arrive souvent de tomber comme ça ?

— Quelquefois. Un jour, elle s'est cassé le nez.

— Ça a dû faire très mal.

Jane avait eu accès aux dossiers d'hospitalisation de Tyla, et connaissait l'ampleur de ses blessures.

— Ma maman aussi s'est cassé le nez. Elle préfère son nouveau nez.

Jane dut se retenir de rire devant ce commentaire que Daphné avait dû entendre de la bouche même de sa mère.

— Hier, mon frère s'est enfui. Il a mangé un Big Mac pris dans la poubelle d'un McDonald et maintenant il a du Ketchup sur son uniforme.

Cette fillette, très amusante, était une vraie mine d'informations. Pour l'instant, elle fixait avec attention les Converse roses de Jane.

— J'aime bien vos chaussures. Moi, j'ai des baskets qui clignotent quand je cours. J'aime bien danser avec. Je fais de la danse classique !

Daphné bavardait facilement, très à l'aise malgré les épreuves traversées. Des deux, c'était Will qui semblait le plus affecté et qui se sentait plus responsable de ce qui était arrivé à leur mère.

— Et tu aimes bien vivre chez Meredith en ce moment ?

— J'aime beaucoup. Et Martha aussi. Meredith est une gentille sorcière, mais sans baguette magique. Quand ma maman s'est fait très mal, je suis venue la chercher et elle a appelé la police. Et une ambulance avec des lumières bleues et une sirène est venue pour l'emmener.

— Tu es venue chercher Meredith toute seule ? dit Jane, impressionnée par un tel courage chez une enfant si jeune.

— Elle est comme notre mamie, même si c'est une sorcière. J'ai sonné au portail et ils sont allés la chercher.

Voilà qui pouvait aussi expliquer la culpabilité de son frère aîné, qui se cachait dans sa chambre pendant que sa petite sœur courait chercher de l'aide.

— Pourquoi penses-tu que Meredith est une sorcière ?

— Mon papa a dit que c'est une sorcière, mais moi, j'ai dit à Meredith qu'elle est une gentille sorcière, sans baguette. Et je sais que c'est une sorcière parce qu'elle répare tout, et elle nous aide toujours, comme quand elle a trouvé Will hier soir.

— Dis-moi, c'est une chance d'avoir une amie comme elle ! Qu'en pense Martha ?

— Elle l'adore ! C'est un peu aussi sa mamie à elle, dit Daphné en souriant de tout son sourire enfantin édenté.

Jane ramena Daphné à sa mère et s'entretint ensuite brièvement avec Charles et Meredith.

— Vous avez un sacré fan-club ici, dit-elle avec un sourire à Meredith. Les trois Johnson, plus Martha ! Et j'ai cru comprendre que vous étiez une gentille sorcière.

— Ah ! Ça, c'est le père de Daphné qui l'a dit, mais je ne sais pas si c'était très flatteur de sa part ! répondit l'actrice dans un rire communicatif.

— On dirait bien que vous avez été merveilleuse avec eux.

— Je les aime énormément. Ils ont été durement éprouvés.

Meredith répondit du mieux qu'elle put aux questions de Jane sur les enfants, disant qu'ils encaissaient bien la situation et que Tyla était une très bonne mère, et Charles abonda dans son sens. Lui-même exprima ses inquiétudes quant au danger que représentait Andrew.

— J'espère qu'il n'aura pas l'occasion de blesser à nouveau Tyla ou les enfants.

— Il devrait rester en détention jusqu'au procès, affirma Jane.

Elle les appréciait tous les deux et se retint de dire à Meredith que sa propre mère était sa plus grande admiratrice – ça n'aurait pas été professionnel, mais elle imaginait déjà sa réaction quand elle lui raconterait qu'elle avait rencontré Meredith White et que cette dernière était toujours aussi belle. Ainsi qu'adorable.

— Je repasserai de temps à autre, en essayant de faire en sorte que ce soit à des moments qui vous arrangent.

— Vous êtes la bienvenue quand vous voulez !

L'assistante sociale partit peu après, plus que satisfaite de ce qu'elle avait vu : Tyla était une mère responsable, les enfants ne manquaient pas de soins et se débrouillaient bien, et ils avaient sur place des « grands-parents d'adoption » tout dévoués à leur cause, tout ce petit monde vivant dans une maison de rêve. Elle espérait juste qu'Andrew Johnson ne parviendrait pas à passer entre les mailles de l'accusation et qu'il irait en prison pour ses crimes.

— Comment ça s'est passé ? demanda Meredith à Tyla après le départ de Jane.

— Je ne sais pas, mais elle était très gentille. Pas effrayante du tout, contrairement à l'image que je m'en faisais. J'étais terrifiée à l'idée qu'elle emmène mes enfants et les place en famille d'accueil.

— Je ne pense pas qu'il faille t'en faire à ce sujet.

Charles les interrompit pour embrasser Meredith. Il retournait vite au bureau, une journée chargée l'attendait.

Cet après-midi-là, Peter appela Meredith.

— On a vu la police hier devant la maison des Johnson et Ava dit que la fenêtre du salon a été cassée. Il y a eu un cambriolage ?

— Non. C'était Andrew, avoua Meredith avec un soupir. Tyla avait accepté de le retrouver là-bas, ce qui était une erreur, et il a à nouveau perdu le contrôle. Il a été assigné à comparaître ce matin et il est en détention. Sans possibilité de caution, cette fois.

— Tyla est blessée ? demanda-t-il, horrifié.

— Rien de grave. La police est intervenue à temps, mais il était moins une. Ce sont les agents qui ont dû fracasser la fenêtre pour entrer. Andrew l'a piégée en la suppliant de lui donner une dernière chance, et il a perdu la tête sitôt qu'il l'a vue.

— J'espère qu'ils le garderont en détention, cette fois, dit Peter, certain qu'Arthur et Ava s'inquiéteraient comme lui de ces nouvelles.

— Comment ça va de votre côté ? s'enquit Meredith.

Cela faisait des semaines qu'ils ne s'étaient pas vus, depuis le séjour de Tyla à l'hôpital.

— Très bien ! Ava a transformé ma chambre en véritable dressing. Pour l'instant, nous avons loué un garde-meuble pour y stocker le reste de ses affaires. Arthur adore avoir une assistante, Ava aime son nouveau boulot et je suis le plus heureux des hommes. Et vous alors ?

— Ça va bien. Mais dis-moi, pourquoi ne viendriez-vous pas tous les trois dîner demain soir ? Nous avons une nouvelle cheffe en cuisine. Elle cuisine très bien, notamment les spécialités mexicaines.

L'argument ne pouvait que faire mouche : Peter raffolait de cette cuisine, Meredith le savait bien, après un mois de cohabitation avec lui.

— On serait ravis ! remercia-t-il, sachant d'avance qu'Arthur serait enchanté lui aussi de les revoir. Jack et Debbie sont partis ?

— En effet. C'est une longue histoire, mais pour faire court, il y a eu quelques découvertes désagréables.

— Je les croyais là depuis toujours ?

— En effet, mais on s'est aperçus qu'ils me volaient. Depuis des années. Ça a été très perturbant.

— Oh, non ! Je suis désolé, dit Peter avant d'ajouter : Alors, on se voit demain ?

Sitôt raccroché, il alla informer Arthur et Ava de l'invitation ainsi que du nouvel incident avec Andrew.

Quand il rentra ce soir-là, Charles informa Meredith qu'il s'était renseigné sur la mise en examen d'Andrew. Ce dernier avait été envoyé dans un hôpital psychiatrique pour une évaluation de trente jours, afin de déterminer s'il était apte à être jugé.

— C'est bon ou mauvais signe ?

— Les deux. D'un côté, ça veut dire qu'il ne va pas errer dans les rues pendant le mois à venir, mais ça peut aussi signifier que les charges retenues pourront être abandonnées et qu'il finira dans un hôpital psychiatrique et non en prison. Cela dépendra de ce qu'ils décideront. S'il a un bon avocat, ils feront probablement tout pour plaider la folie et ensuite le faire sortir plus tard de l'hôpital psychiatrique en disant qu'il est guéri.

Ce scénario ne disait rien qui vaille à Meredith, pas plus qu'à Charles.

Le lendemain matin, au petit déjeuner, ce que Tyla avait craint depuis le début sauta aux yeux de Meredith quand elle ouvrit le journal : les charges retenues contre Andrew faisaient la une. Une photo le montrait l'air distingué et intelligent, très beau. L'article rappelait quel éminent médecin il était, tout en listant les accusations portées contre lui et les blessures infligées à sa femme. Il mentionnait aussi le second incident. Plusieurs journaux et une chaîne de télé avaient laissé des messages sur le portable de Tyla pour recueillir ses commentaires avant 9 heures. Cela signifiait que tous les parents de l'école des enfants allaient être au courant de l'inculpation d'Andrew pour tentative d'homicide. À la douleur de leurs récentes épreuves s'ajoutait maintenant le sordide.

— Je suis désolée, dit Meredith à Tyla une fois les enfants partis à l'école.

— Je le suis surtout pour Will et Daphné, soupira Tyla, une tasse de café à la main. Mais ça devait arriver. Andrew est un chirurgien renommé, à l'agenda bien rempli. Ça ne pouvait pas rester secret très longtemps.

Deux fourgonnettes restèrent stationnées toute la journée devant leur maison, ignorant heureusement que la famille n'y habitait plus pour le moment. Tyla filtra soigneusement ses appels.

Comme convenu, Peter, Ava et Arthur vinrent dîner ce soir-là. Quand les enfants sortirent de table, ils évoquèrent inévitablement le sujet. Arthur ne cacha pas le choc qu'il avait ressenti à savoir que derrière un homme intelligent et éduqué, si charmant et intéressant, se cachait un démon.

— Il devrait être pendu ! s'exclama-t-il d'un ton sans appel.

Comme Ava venait de confier à Tyla et Meredith qu'elle avait aperçu Joel quelques jours plus tôt en train d'aider une jolie blonde aux allures de mannequin à porter une montagne de bagages chez lui, la conversation dévia vers elle.

— Voilà, j'ai été remplacée, conclut Ava.

— Ça te fait quelque chose ? demanda Tyla avec gentillesse.

— Pas vraiment, convint Ava avec un sourire. C'est juste bizarre. Il ne lui a pas fallu longtemps et la fille a l'air d'avoir 18 ans... Ce qui est curieux, c'est d'habiter presque à côté. Mais on ne se croisera sans doute jamais.

— Il t'a dit bonjour ? interrogea Meredith.

— Non. Il ne m'a pas vue. J'étais dans la voiture... en train de l'espionner, reprit Ava en riant. La fille est très jolie.

— Toi aussi, rétorqua Meredith. Mieux que ça : tu es belle, intelligente et intéressante. Tu étais trop bien pour lui.

— Je ne me plains pas. Si je n'avais pas vécu avec lui, jamais je n'aurais rencontré Peter et vous tous.

Ils paraissaient heureux ainsi, à nouveau réunis.

Ils abordèrent ensuite la question de Thanksgiving. Peter, Ava et Arthur restaient à San Francisco, tout comme Tyla et les enfants. Meredith, elle, avait jusque-là passé cette fête ainsi que Noël, les vacances ou son anniversaire seule avec Jack et Debbie, étant donné que Kendall ne lui faisait jamais signe pour ces occasions-là.

— Pourquoi ne pas fêter Thanksgiving tous ensemble ? suggéra-t-elle. Ça pourrait se faire ici.

L'idée les séduisait tous : aucun d'entre eux ne rentrait habituellement dans sa famille et ce serait plus amusant de se réunir. De son côté, Charles se rendait normalement au Texas chez sa fille, mais il verrait avec elle s'il pouvait lui faire faux bond cette année afin d'être avec Meredith – cette demande ne surprendrait pas sa fille, elle était au courant de sa relation et s'en réjouissait pour lui.

Comme toujours, ils passèrent une excellente soirée. Tyla se sentait soutenue de manière inconditionnelle par ses amis. Elle essayait de ne pas penser à Andrew, dont le prochain Thanksgiving s'écoulerait soit dans un hôpital psychiatrique soit en prison. Se souvenant des propos de l'assistante sociale quant à la difficulté de casser les mécanismes de l'abus, elle s'efforça de revenir à l'instant présent. Elle avait ses enfants, elle avait des amis, elle résidait dans une maison somptueuse et, malgré les efforts d'Andrew, elle était miraculeusement en vie !

Le lendemain matin, Charles et Meredith s'éveillèrent avec une sensation de fatigue. La semaine avait été éprouvante entre le chaos provoqué par Andrew, la fugue de Will, la visite de la protection de l'enfance, les réunions habituelles auxquelles Charles devait assister et l'embauche de ce nouveau couple d'employés pour Meredith, sans oublier la présence d'une famille de trois personnes.

— Que dirais-tu si je t'emmenais dans mon château de Napa, histoire de se requinquer un peu ? proposa Charles.

Sa petite maison douillette avait une signification spéciale pour eux, puisqu'ils y avaient fait l'amour pour la première fois.

— Je dirais que c'est le paradis, répondit-elle avec un sourire, soulagée que sa bosse ne la lance plus que légèrement. J'ai besoin de passer des moments tranquilles avec toi.

— Moi qui croyais que les recluses menaient une vie ennuyeuse. Nous n'avons pas arrêté une seconde, les drames se sont enchaînés ! Ta carte du club est sérieusement périmée, dis-moi. Tu peux être prête en combien de temps ?

— Donne-moi vingt minutes et je serai dans la voiture.

Elle était enchantée. Même si le week-end s'annonçait frais et venteux, la maison au milieu des vignes marquerait une pause bienvenue dans leur existence citadine, bouleversée par tous les événements de la semaine.

Fidèle à sa parole, vingt minutes plus tard, elle montait dans la voiture, non sans avoir prévenu Tyla de leur départ. Charles prit aussitôt la direction du Golden Bridge.

Le trajet fut un moment de détente. Ils arrivèrent à Napa sous un franc soleil et déposèrent tout de suite leurs sacs dans la maison avant de partir pour une longue balade dans les vignes. Ils s'emplirent les poumons de l'air qui fleurait bon le feu de bois et la terre mouillée.

— J'adore cet endroit, dit-elle en inspirant profondément. Quelle chance que tu aies cette maison !

Celle où il habitait à San Francisco et qu'elle avait visitée était aux antipodes : une sorte de garçonnière spartiate et juste fonctionnelle, idéale pour un homme seul. Charles ne s'était pas beaucoup soucié de la décorer. Il voyageait beaucoup et préférait se faire plaisir au restaurant. Depuis qu'ils étaient ensemble, il y dormait rarement – ce dont elle se réjouissait, car elle aimait qu'il passe ses nuits avec elle. L'endroit lui servait donc désormais plutôt de bureau en journée. À l'inverse, la petite maison de Napa avait du charme et changeait agréablement de la somptuosité de sa propre demeure, avec tous ceux qui la fréquentaient ou l'habitaient au quotidien – le personnel de sécurité, les employés de maison, les ouvriers et le nouveau couple d'intendants.

— Je prévois de descendre à L. A. la semaine suivant Thanksgiving, dit-elle une fois de retour de leur balade. Je voulais y aller plus tôt, mais ça n'a pas arrêté.

Charles alluma le feu et lui tendit un verre de vin.

— Tu veux que je t'accompagne ?

— J'aimerais bien, répondit-elle en souriant. Mais j'y vais avant tout pour passer du temps avec ma petite-fille. Si tu veux t'occuper de ton côté…

— J'ai des clients à voir.

— Ça m'a l'air parfait, dit-elle, heureuse que leurs plans s'imbriquent aussi bien. Reste à savoir si Julia acceptera de me voir. La réponse est en suspens, car je ne la préviendrai qu'une fois sur place. Je ne veux pas lui mettre la pression. Si j'essaie de tout planifier à l'avance, elle risque de refuser. Et si elle ressemble un tant soit peu à sa mère, elle ne débordera sans doute pas de chaleur ni de tendresse. On ne se connaît pas. La dernière fois que nous nous sommes vues, c'était lors d'une visite à San Francisco et elle avait 10 ans. Mais j'aimerais faire connaissance. Elle a un talent étonnant et ne manque pas d'intérêt.

Que Meredith doive y réfléchir à deux fois et prendre des pincettes pour entreprendre pareille démarche attristait profondément Charles. Sa relation avec sa propre fille était si naturelle et simple. La fille de Meredith lui faisait penser à un client difficile refusant de lâcher le morceau. Elle semblait même avoir une dent contre sa mère, si bien que Meredith se retrouvait sans enfant ou presque. Et elle s'attendait à ce que sa petite-fille soit comme Kendall.

De son côté, Meredith avait hâte de connaître les enfants de Charles. Leur relation paraissait détendue et chaleureuse. Ils l'appelaient une ou deux fois par semaine, souvent pour un conseil, et il était évident que Charles les aimait beaucoup. Mais chaque famille était différente et certains membres se montraient plus difficiles que d'autres... Déjà enfant, Kendall était toujours froide et distante, voire réservée – même avant le divorce et l'accident de son frère. Pour ce qui était de son gendre, Meredith l'aimait bien mais n'avait jamais eu l'opportunité de lui parler vraiment. Elle espérait pouvoir sauver au moins un semblant de relation avec sa petite-fille. C'était la seule famille qui lui restait.

Les deux jours à Napa furent exactement ce dont ils avaient besoin. Le dimanche, ils firent un tour à vélo, une autre longue balade à pied, et achetèrent du fromage et des terrines à l'épicerie fine d'Oakville. Quand ils prirent le chemin du retour le soir venu, Meredith avait la sensation d'avoir passé deux semaines de vacances. Ils avaient fait la grasse matinée, l'amour au réveil, sans que l'interphone ne sonne toutes les cinq minutes ni que quelqu'un requière son attention.

Depuis le départ de Jack et Debbie, Meredith avait géré seule la maison – et découvert combien c'était facile ! Dire que le couple en faisait tout un plat… Elle avait réalisé qu'ils avaient procédé ainsi afin de se rendre indispensables. Mettant son nez dans les comptes, elle avait aussi pris la mesure des économies qu'elle faisait maintenant qu'ils n'étaient plus là. Quels escrocs ! Elle se sentait embarrassée de ne pas s'en être rendu compte plus tôt. Leurs remplaçants étaient tout leur opposé, simples et d'un abord direct.

— Comment s'est passé le week-end ? demanda Tyla en les voyant rentrer les joues roses, l'air en pleine forme et détendus dans leurs jeans et gros pulls.

— Par-fait ! s'exclama Meredith, enchantée.

— Je savais bien que j'avais cette maison pour une bonne raison, dit Charles tout en aidant à préparer des sandwichs pour le dîner. J'avais fini par croire qu'elle ne servirait jamais.

— Et toi, tu as passé un bon week-end ?

— Très bon. J'ai emmené les enfants au musée de la Science et au cinéma.

Quelle merveille de ne pas avoir à se soucier de l'heure de retour d'Andrew ni d'une éventuelle crise de sa part ! Les enfants étaient clairement plus sereins.

Une semaine passa, puis ce fut Thanksgiving. Arthur, Peter et Ava vinrent dîner comme prévu chez Meredith. Tous s'étaient bien habillés, qui en costume-cravate, qui en robe, et le repas fut servi dans la grande salle à manger. Meredith avait fait appel à un chef cuisinier et la dinde fut à la hauteur de ce choix. La conversation, pleine d'humour, resta animée du début à la fin. Arthur allait bientôt s'envoler pour un autre concert, et puisqu'il avait quelqu'un pour l'accompagner dans ses déplacements, Peter et Ava auraient du temps pour eux. Le jeune homme avait pris des places de théâtre pour faire la surprise à sa dulcinée. Ils vivaient chichement comparé au train de vie qu'elle avait connu avec Joel. Mais tous deux appréciaient les plaisirs simples et rouler en Ferrari ne manquait pas à la jeune femme. Quand celle-ci repensait à Joel, ce qui lui arrivait rarement, elle se demandait s'il avait parfois une pensée pour elle. Leur histoire lui semblait si lointaine. C'était comme si elle avait toujours été avec Peter. Entre eux, l'entente était parfaite et il y avait une vraie considération mutuelle, ce qui la changeait de sa relation avec Joel.

Le lundi suivant Thanksgiving, Meredith et Charles prirent l'avion pour Los Angeles. Ils prévoyaient de descendre au fameux Beverly Hills Hotel où ils avaient réservé un pavillon. Situé sur le Sunset Boulevard, on y sentait encore le charme du vieil Hollywood des années 1950. Sommités, célébrités et grandes stars du cinéma continuaient d'y venir. En leur temps, Scott et elle y avaient souvent séjourné et ils avaient à chaque fois adoré. Meredith n'y était pas revenue depuis leur séparation : à l'époque parce qu'elle essayait d'éviter les paparazzis qui s'en seraient donné à cœur joie et, depuis, parce que rien ne l'attirait à L. A.

À son arrivée, on l'accueillit comme une reine enfin de retour. À ses côtés, avec sa crinière blanche, ses yeux d'un bleu intense et sa silhouette svelte et athlétique, Charles était aussi beau qu'un acteur.

— Eh bien ! Jamais ils ne m'ont traité comme ça avant ! dit-il pour la taquiner.

Dans leur chambre les attendaient un magnum de champagne, trois énormes bouquets de roses rouges, tous ses magazines préférés, des pâtisseries, des petits-fours, des chocolats et du caviar – le tout offert par la maison !

— C'est la Mecque des vieilles stars de cinéma. Elles viennent toutes ici pour mourir, comme les éléphants, ironisa Meredith, dont l'humour enchantait toujours son compagnon.

Ils déjeunèrent au Polo Lounge, fréquenté ce jour-là par deux stars et une flopée d'agents artistiques. Charles partit ensuite honorer le premier de ses rendez-vous.

De son côté, Meredith retourna au pavillon où elle ouvrit l'épais dossier qu'elle avait constitué sur Julia. Il comportait des articles, des photos, les coordonnées de son agent ainsi qu'une biographie trouvée sur Internet. Elle avait même consulté son compte Instagram, plutôt bien fait. Alors qu'elle passait tout ça en revue, Meredith commença à tergiverser. Les mêmes interrogations revenaient en boucle : et si Julia ne la rappelait pas ? Si elle ne prenait pas ses appels ou lui raccrochait au nez ? Peut-être ferait-elle la diva ou se comporterait-elle comme sa mère ?

Elle choisit finalement de passer par l'agent de Julia. Une femme, apparemment jeune, qui avait travaillé pour l'une des agences artistiques les plus importantes du monde avant de lancer la sienne. Elle s'occupait principalement de nouveaux talents.

Une standardiste décrocha. Meredith prit alors sa plus belle voix hollywoodienne, ce qui ne lui était pas arrivé depuis des lustres.

— Le numéro de Julia Price, s'il vous plaît, demanda-t-elle comme si c'était une requête parfaitement naturelle.

— De la part de… ?

— Meredith White. Je suis sa grand-mère, annonça-t-elle d'un ton grandiloquent qui l'amusa beaucoup.

— Meredith White. Meredith *White* ? répéta la pauvre fille, comme frappée par la foudre. Bien sûr… Oh… Oui, tout de suite, madame White. Un instant, s'il vous plaît, ça ne sera pas long.

Un morceau de rap se fit entendre en guise de musique d'attente et trois minutes plus tard, une voix au timbre jeune, direct et cassant retentit.

— Bonjour, Sarah Gross à l'appareil. Je suis l'agent de Julia Price. Qui est à l'appareil ?

À l'évidence, elle ne croyait pas la standardiste. Meredith ne pouvait lui donner tort : beaucoup de gens dérangés ou ambitieux passaient des appels fallacieux sous les prétextes les plus incongrus. Mais le fait qu'elle ait elle-même répondu surprit Meredith.

— Merci beaucoup d'avoir pris mon appel, dit-elle d'une voix enjouée, redevenue normale. Je m'appelle Meredith White et je suis la grand-mère de Julia Price. Comme je suis en ville pour quelques jours, j'aimerais beaucoup prendre contact avec elle, mais je n'ai pas son numéro.

L'approche était simple et directe et l'agente fut assez fine pour en reconnaître la sincérité.

— Mon Dieu, c'est vraiment vous ! Je croyais à une plaisanterie. C'est un honneur de vous parler. J'avais oublié que vous étiez sa grand-mère, bien que ce soit marqué quelque part dans notre dossier de presse. Je vous donne son numéro de ce pas.

Quelques secondes plus tard, l'agente reprenait la ligne.

— Si vous avez du mal à la joindre, n'hésitez pas à nous le dire. Vous savez comment sont les jeunes aujourd'hui, ils ne décrochent plus. Tout se fait plutôt par textos.

Meredith n'avait pas pensé à ça.

— Je vous donne aussi son adresse mail, ajouta Sarah Gross.

— Merci infiniment. C'est très gentil de votre part, dit Meredith, touchée de l'accueil chaleureux reçu jusqu'à présent à Hollywood.

Cette agente lui paraissait d'ailleurs très bien, jeune, énergique et investie.

Vu ce que Sarah Gross lui avait dit sur l'usage des portables, quand Meredith composa quelques minutes plus tard le numéro de Julia, elle s'attendait à tomber sur sa messagerie, mais sa petite-fille décrocha tout de suite.

— Oui ?

— Julia ? dit Meredith, prise de court. C'est ta grand-mère. Ça faisait longtemps que je voulais t'appeler.

Que dire d'autre en introduction ? Au moins, c'était une vérité.

— Mamie ?

La question de Julia reflétait davantage l'incrédulité que la confusion, car Meredith était la seule aïeule qui lui restait depuis le décès de sa grand-mère paternelle.

— C'est bien moi, confirma Meredith, se sentant un peu idiote à surgir ainsi dans la vie de sa petite-fille après neuf ans de silence. J'ai suivi ta carrière et regardé tout ce que j'ai pu trouver. Tu es superbe et je tenais à te le dire de vive voix.

— Où es-tu ? À San Francisco ? demanda Julia d'une voix aussi ravie qu'excitée.

Elle n'en revenait pas de l'entendre.

— Non, à Los Angeles. J'en ai donc profité pour t'appeler.

Meredith ne précisa pas qu'elle était l'unique raison de sa présence sur place, afin de ne pas lui mettre de pression.

— Je me disais qu'on pourrait se voir.

— J'adorerais ! J'ai tout le temps qu'il faut. Où es-tu ?

— Au Beverly Hills Hotel, répondit Meredith, que l'enthousiasme de Julia déstabilisait un peu.

— Je peux venir maintenant ? Je voulais t'appeler, tu sais, mais maman disait que tu ne parlais jamais à personne, alors je ne voulais pas t'importuner.

— Si je suis là, c'est pour te voir, dit alors Meredith en toute franchise, n'en revenant pas de la facilité avec laquelle tout cela se déroulait.

— J'habite à West Hollywood. Le temps de sauter dans un Uber et je suis là dans un quart d'heure ! Je suis tellement contente que tu aies appelé.

— Et moi donc ! À tout de suite.

Quand elle raccrocha, Meredith se regarda dans la glace. Ses cheveux toujours blonds lui donnaient l'air plus jeune, mais elle sentit soudain le poids des années. Devait-elle se changer ? Enfiler quelque chose de plus élégant que son jean, ce cachemire noir et les mocassins Hermès ? Elle ne s'était pas attendue à la voir si vite. Le temps manquait pour s'habiller et ressembler à une grande dame. De toute façon, elle ne le souhaitait pas. Elle voulait se montrer telle qu'elle était et non intimider Julia.

Meredith fit donc les cent pas, grignotant quelques fruits secs et des petits-fours. Elle se recoiffa deux fois, se mit du rouge à lèvres et se tracassait encore quand la sonnette retentit. Elle ouvrit. Devant elle se tenait sa petite-fille, incroyablement belle, grande, magnifique avec sa crinière rousse, sans maquillage, habillée presque comme elle hormis des baskets. Avant qu'elle puisse dire quoi que ce soit, Julia se précipita sur elle et la serra fort. Toutes deux étaient émues aux larmes. Leurs retrouvailles étaient plus bouleversantes que ce qu'elles auraient cru, pourtant elles avaient l'impression de s'être quittées la veille.

— J'ai toujours les poupées que tu m'as offertes. Je les garde précieusement. Et je voulais que tu saches que je suis moi aussi actrice maintenant, du moins j'essaie.

— Laisse-moi te dire que tu joues sacrément bien. Je t'ai adorée dans la deuxième série que tu as faite.

— On tourne une autre saison et ils vont donner plus d'importance à mon personnage.

Il y avait tant à dire ! Et presque neuf ans à rattraper. Meredith sortit son dossier et lui montra tous les articles qu'elle avait réunis. Julia eut l'air profondément touchée. Elle contempla sa grand-mère :

— Tu n'as pas changé.

— Tu exagères ! Mais merci pour le compliment. Je suis désolée de ce long silence.

— Je sais, moi aussi.

— C'est ma faute, dit Meredith, prenant par-là même la responsabilité de cet état de fait, même si sa petite-fille n'était pas dupe.

— Non. En tout cas, pas entièrement. C'est maman. Rien n'est jamais simple avec elle. Ça doit toujours être compliqué, dramatique, et on doit sauter à travers des cerceaux enflammés pour l'atteindre. C'est d'ailleurs pour ça que je suis ici. Je n'en pouvais plus à la maison. Elle déteste mon choix de carrière. Elle déteste tout ce qui touche à Hollywood. Papi m'a trouvé quelques jobs et ça l'a mise hors d'elle, mais bon, il fait ce qu'il veut de toute façon. Moi, je dis que mon père est un saint. Je ne sais pas comment il fait. Elle décortique tout, et elle est tellement aigrie. C'est triste. Elle a empoisonné notre relation.

Ce qu'elle racontait correspondait à la propre expérience de Meredith, qui se livra à sa petite-fille :

— Ta mère ne m'appelle que rarement. Il peut s'écouler des mois entre deux coups de fil. Elle est toujours en colère à propos de choses qui sont arrivées quand elle était petite ou il y a quinze ans. Pour une raison que j'ignore, quand son frère nous a quittés, elle a décidé que je l'aimais davantage qu'elle. C'est dur de venir à bout de sa carapace et d'établir un lien avec elle. Du coup, je la laisse m'appeler quand elle le souhaite et je l'appelle à l'occasion en espérant que ça s'arrange. Mais je t'ai perdue en route, conclut Meredith avec tristesse.

— Quand je suis venue en Californie, je lui ai dit que je voulais te voir : on aurait dit que je l'abandonnais ! Je crois qu'elle feint l'indifférence, mais qu'elle est très jalouse. Ça la rend dingue que je sois là et que ça me plaise. Elle n'arrête pas de répéter que je suis comme toi, comme si c'était un crime. C'est plutôt un compliment ! D'après papi, tu es la plus grande actrice de tous les temps. Il dit que ta retraite a été une grande perte. Mon rêve serait un jour de tourner avec toi.

Tout en sachant que ça n'arriverait jamais, Meredith n'en était pas moins heureuse de l'entendre. Ce qui l'intéressait, c'était tout connaître de sa petite-fille, laquelle rencontrait apparemment le même genre de problème qu'elle avec Kendall – c'en était presque réconfortant.

— Ta maman m'a reproché notre divorce, alors que ce n'est pas moi qui suis partie, et aussi d'avoir été trop dure avec ton grand-père quand ton oncle est mort.

C'était étrange de mentionner Justin sous cet angle alors qu'il n'avait que 14 ans à sa mort.

— J'ai l'impression que maman a passé sa vie à être en colère. Mon père est si patient avec elle ! C'est lui qui m'a laissée venir ici. Elle était furieuse. Elle a tellement détesté grandir à Hollywood qu'elle ne veut plus rien avoir à faire avec cette ville et ce milieu.

— À l'époque, j'étais tout le temps sur les plateaux. Mais Scott et moi nous arrangions pour alterner nos tournages, donc il y avait toujours l'un de nous avec elle. Du moins le plus possible. Elle a oublié ce détail.

— Maman ne retient que ce qu'elle veut et rien n'est jamais de sa faute. Mais il faut quand même que je te le dise : quand nous avons parlé de toi il y a quelques années et que j'ai demandé pourquoi elle ne faisait aucun effort pour reprendre contact avec toi, elle a déclaré qu'il était trop tard, qu'elle s'était montrée infecte et qu'on ne pouvait pas rattraper ça.

— Mon Dieu, elle a dit ça ? Je n'en reviens pas.

— Oui, mais elle préférera être malheureuse et en colère plutôt que de chercher à rattraper quoi que ce soit, dit Julia en prenant un petit-four. Elle m'en veut toujours d'être venue ici, tu sais. Pour elle, que je ne sois pas à New York, à l'université et maquée avec le fils d'une de ses amies, c'est l'ultime trahison. Dieu sait pourtant que j'en mourrais d'ennui. Ça ne me correspond pas du tout. Résultat des courses, elle ne m'appelle jamais et quand c'est moi qui le fais, on dirait un iceberg au bout du fil.

— Ta mère a la mémoire courte, dit Meredith avec un sourire nostalgique. Elle-même a laissé tomber l'université après avoir rencontré ton père à Florence. J'ai pourtant tout fait pour qu'elle reprenne ses études, mais elle n'en a fait qu'à sa tête et elle s'est mariée. À sa décharge, je reconnais que tout a très bien tourné. Je ne vois pas pourquoi elle se montre si dure envers toi aujourd'hui. Tu as un vrai talent, Julia.

C'était dit avec fierté.

— Elle est dure avec tout le monde, mamie. Tu la connais : avec elle, soit on s'aligne, soit on prend la porte. Et elle peut rester accrochée à sa rancœur pendant des lustres.

Meredith en savait quelque chose : Kendall ne lui avait jamais rien pardonné.

— Je ne sais pas pourquoi elle est comme ça, mais c'est ainsi, enchaînait Julia. Ça a ruiné notre relation il y a belle lurette. Papi est le seul qui ne fasse pas attention quand elle se comporte ainsi. Peut-être qu'il a le même tempérament. En tout cas, toi, tu ne donnes certainement pas l'impression d'être comme ça, sinon, on ne serait pas assises là aujourd'hui.

Meredith sourit.

— Au fait, comment va ton grand-père ?

— Ça va. Il travaille comme un dingue. Il a eu quelques soucis de santé l'année dernière, mais là, tout est rentré dans l'ordre. Je crois qu'il s'ennuie quand il ne tourne pas. S'il arrive à se poser cinq minutes, c'est bien le maximum, ensuite, il retourne sur les plateaux.

— Il a toujours été comme ça.

— Quant à Silvana, c'est l'ennui même. Elle passe beaucoup de temps en Italie, il lui a acheté une maison là-bas, et comme elle mange des pâtes à tous les repas, elle a beaucoup grossi.

Ce persiflage arracha un petit rire à Meredith.

— Tu as l'air bien plus en forme qu'elle, constata Julia.

Silvana avait pourtant vingt ans de moins – Meredith était bien placée pour s'en rappeler –, c'était un peu jeune pour se laisser aller.

— Je n'ai pas parlé à ton grand-père depuis longtemps, dit-elle tout en songeant au lien existant entre Scott et Kendall.

Celle-ci avait étrangement pardonné à son père d'avoir brisé leur famille et d'avoir épousé une très jeune femme, alors qu'elle ne lui avait jamais rien laissé passer, lui attribuant même des crimes qui n'étaient pas les siens. Kendall avait toujours eu un faible pour son père et apparemment, ça durait encore. Néanmoins, il était bon de savoir qu'elle estimait s'être montrée « infecte » avec elle. Julia lui avait donné matière à penser.

Sa petite-fille avait passé toute leur discussion assise par terre. Elles échangeaient ainsi depuis trois heures quand Charles entra dans le pavillon. Une expression ravie se peignit sur son visage quand Julia, surprise, se leva.

— Tu es remariée, mamie ?

— Non, c'est un ami très spécial. Je te présente Charles Chapman.

Ils se serrèrent la main et Julia secoua sa crinière rousse en gloussant :

— J'adore ! Tu as un petit ami. C'est trop cool !

Meredith rougit légèrement.

— Nous nous sommes rencontrés pendant le tremblement de terre.

— C'est génial pour toi ! Quand est-ce que je te rends visite à San Francisco ?

— Tu viens quand tu veux. Tu auras ta chambre et tu pourras aller et venir à ta guise. Tu peux aussi venir accompagnée si tu le souhaites.

Julia pencha la tête sur le côté et réfléchit.

— Maman va penser qu'on se ligue contre elle. C'est dommage. Elle ne peut simplement pas se réjouir pour nous qu'on se soit retrouvées. Elle va y voir je ne sais quel affront. Mais je m'en fiche ! J'irai à San Francisco.

— Tu sais que ma maison est la tienne.

Charles se servit un verre de vin et tous les trois papotèrent une heure de plus avant que Julia ne prenne congé. Elle devait retrouver des amis pour le dîner.

— Tu es là pour combien de temps ? demanda-t-elle à sa grand-mère avant de franchir le seuil.

— Encore deux jours.

Meredith s'en était donné trois au cas où renouer avec Julia prenne du temps, mais tout s'était fait instantanément. Le plus naturellement du monde. L'enfant vive et espiègle qu'elle avait adorée à l'époque avait grandi et c'était encore mieux qu'avant. Elles allaient dorénavant pouvoir se connaître en tant qu'adultes. Julia, qui débordait de qualités, avait beaucoup à lui apporter.

— On peut déjeuner ensemble demain ? J'ai une audition le matin mais ensuite, je suis libre, sauf le soir. On me paie pour aller à une sorte d'événement de mode : ils veulent toucher à mes cheveux, mais je ne les laisserai pas faire. Ma crinière, c'est moi, dit Julia.

— Tu as bien raison. Alors retrouvons-nous au Polo Lounge pour le déjeuner, proposa Meredith, qui la serra bien fort et l'embrassa sur la joue pour lui dire au revoir.

— Eh bien, on dirait que ç'a été un franc succès. Personne n'aurait pu dire que vous ne vous étiez pas vues depuis presque dix ans, dit Charles.

— C'est un succès, confirma Meredith avec un grand sourire avant de redevenir sérieuse. Tu sais qu'avec sa mère, elle rencontre les mêmes difficultés que moi ? Kendall aurait reconnu avoir été « infecte » avec moi, mais comme elle ne rattrape jamais les choses, elle aurait aussi ajouté qu'il était trop tard. Et voilà que maintenant, elle s'aliène sa fille de la même manière qu'avec moi. Si elle ne fait pas attention, elle va la perdre également. Kendall se montre tellement dure et rancunière. Elle place la barre trop haut, pour tout le monde. Personne ne peut atteindre son niveau d'exigence.

— C'est triste pour elle.

Meredith hocha la tête avant de l'embrasser et de revenir à Julia.

— Elle est belle, non ?

— Époustouflante. En fait, elle te ressemble un peu. Les cheveux roux font diversion, mais on retrouve chez elle la même finesse de traits. Tu pourrais être sa mère.

— J'espère qu'elle viendra me voir à San Francisco comme elle l'a dit.

— Elle avait l'air ravie de reprendre contact.

— Moi aussi, dit Meredith, les yeux pétillants et le sourire éclatant.

Elle était venue à Los Angeles pour ça et son entreprise était une réussite. Son seul regret était de ne pas l'avoir fait plus tôt. Quand elle s'en ouvrit à Charles, il fit valoir que Julia n'aurait pas été assez mature pour développer sa propre relation avec sa grand-mère. Elle avait aujourd'hui l'âge parfait, sans compter qu'elles avaient une carrière en commun, ce qui créait un lien.

Ils allèrent dîner chez Giorgio Baldi, à Santa Monica. Quand Meredith entra dans le restaurant, des gens la reconnurent. Certains ne la lâchèrent pas du regard. Apparemment, personne ne l'avait oubliée et l'un des vieux maîtres d'hôtel en pleurait presque d'émotion en l'accueillant.

— Quel plaisir de vous revoir ! Vous tournez à nouveau ?

— Moi, non. Mais ma petite-fille, oui, répondit-elle avec fierté.

— Vous devriez refaire des films. Vous êtes toujours aussi belle !

— Je suis bien d'accord, commenta Charles quand ils prirent place à leur table. Tu es belle.

— Et toi, aveugle. Mais je t'aime.

Meredith et Julia se retrouvèrent pour le déjeuner. Elles passèrent à nouveau trois heures à discuter et convinrent de se revoir dès le lendemain matin. Le vol de Meredith était à 17 heures. Pour cette dernière journée à Los Angeles, elle alla se promener avec Charles, mais aussi visiter le minuscule appartement de Julia à West Hollywood, qui lui rappela ses débuts – même si sa carrière avait très vite atteint une dimension hors normes. À l'époque, les choses se passaient différemment : quand un jeune talent était repéré par les studios, ceux-ci lui faisaient tourner film sur film avec des vedettes et ils dépensaient une fortune en publicité. Ils contrôlaient tout. Tout ça avait changé, mais Meredith ne doutait pas que Julia deviendrait une star le moment venu. C'était déjà bien engagé et elle avait le talent nécessaire pour se maintenir au top une fois qu'elle l'aurait atteint, à condition de travailler dur.

Meredith quitta l'appartement de sa petite-fille avec un pincement au cœur. Elle la serra très fort contre elle.

— Je t'aime, Julia. Viens me voir quand tu veux. Au fait, as-tu un petit ami ?

Elles avaient parlé d'un milliard de choses, du métier, de Kendall, de Scott, de Silvana et surtout des rêves de Julia pour sa carrière, qu'elle voyait en grand, mais elles n'avaient pas abordé ce sujet-là.

— Non. J'en avais un l'année dernière, mais nous avons rompu. C'était un abruti. Il y a bien un acteur que j'aime bien, mais lui aussi est un salaud.

— Ce n'est pas ce qui manque dans ce milieu ! confirma Meredith, amusée. Le plus important, c'est de te faire plaisir et de travailler dur. Autre chose, Julia. Ne tire pas encore un trait sur ta mère. Je sais combien elle est difficile, mais on n'en a qu'une.

— Je sais. Je t'adore, mamie.

Quelle douce musique aux oreilles de Meredith ! C'était la relation qu'elle aurait rêvé avoir avec sa fille. Et voilà qu'il y avait maintenant Julia, comme une grande étoile brillant dans le ciel.

— Moi aussi, je t'adore.

Meredith prit un taxi pour retourner à l'hôtel. Son séjour à Los Angeles était une réussite. Charles et elle en discutèrent pendant tout le vol du retour. Ils venaient à peine d'atterrir que Julia appelait pour la remercier ! Meredith avait le sourire quand elle raccrocha. Cela avait pris beaucoup de temps, le temps que sa petite-fille grandisse, mais elle valait bien cette attente.

14

De retour chez elle, Meredith conta son séjour par le menu à Tyla.

— Julia a l'air incroyable, commenta cette dernière. J'ai du mal à croire que vous ne vous soyez pas vues pendant toutes ces années. Tu es vraiment douée avec les enfants ! Ta fille est folle de t'avoir tenue à l'écart.

— Kendall est rancunière. Elle peut se montrer aussi dure qu'injuste. Elle perçoit tout au travers de son prisme. Ça me désole pour Julia que sa mère ne se soit pas adoucie avec le temps. Julia m'a confié avoir pris ses distances, mais le problème, c'est que Kendall ne reconnaît jamais ses erreurs.

Meredith était même étonnée que son mariage ait tenu jusque-là. George devait vraiment être un saint, comme disait Julia.

La joie de ce voyage se prolongea pendant des jours. De temps en temps, Meredith souriait toute seule au souvenir de certains propos de sa petite-fille. Celle-ci l'appela deux fois, pour lui raconter ce qu'elle faisait et entretenir le lien qu'elles avaient créé – une chose que Kendall n'avait jamais appris à faire. Peut-être que la mort de son frère avait tué quelque chose en elle. Mais elle avait 26 ans à l'époque, et elle était mère elle-même, ce qui aurait dû la rendre plus chaleureuse, ou du moins plus compatissante et prompte au pardon. Mais c'était comme s'il lui manquait quelque chose, qui l'empêchait de se lier aux autres.

Meredith y repensa pendant toute la semaine qui suivit son retour, jusqu'à parvenir à une décision qui ne changerait peut-être rien, mais qu'importe ! Puisque Kendall ne ferait en aucun cas le premier pas – elle l'avait bien dit à sa fille –, alors elle allait lui montrer qu'il n'était jamais trop tard. Un cœur brisé pouvait toujours guérir. En gardant des cicatrices, certes. Mais après tout, la vie entière est ainsi : elle puise sa beauté et trouve son harmonie dans cet ensemble de fils rompus et de morceaux cassés que l'on fait tenir conjointement. Ce sont les déchirures, les larmes et les ruptures qui font l'identité d'une personne. Et Kendall n'avait pas encore compris cela.

Meredith réfléchit tout le week-end et annonça à Charles, le dimanche soir :

— Je vais passer quelques jours à New York.

— New York ! J'aurais bien aimé t'accompagner, mais malheureusement, je ne peux pas, dit-il avec regret.

Noël approchait et c'était toujours une période chargée pour lui, car il fallait recruter les meilleurs agents de sécurité pour les vacances de ses clients.

— Tu y vas pour le plaisir ? Pour faire du shopping avant les fêtes ? demanda-t-il, sentant au fond de lui qu'il s'agissait d'une affaire plus sérieuse.

— C'est aussi au programme, répondit-elle gaiement avant de l'embrasser et d'ajouter : Je te raconterai tout à mon retour.

— Il y a du mystère dans l'air !

Sa curiosité était piquée mais il respecta néanmoins son silence. Elle avait réservé un billet d'avion pour le surlendemain.

— Je rentrerai jeudi ou vendredi. Ça dépendra de la façon dont se passe le séjour.

Peut-être ferait-elle machine arrière et serait-elle de retour dès le mercredi !

Cette interrogation ne la quitta pas de tout le vol pour New York. Elle réfléchit aussi à la surprise qu'elle avait promis de rapporter à Daphné ainsi qu'à Noël qui approchait – les deux enfants s'en faisaient d'ailleurs une joie particulière ! Leur père demeurait en isolement dans un établissement psychiatrique. Le diagnostic allait être posé. En attendant, il refusait toujours de plaider coupable.

À peine arrivée à New York, au grand hôtel du Four Seasons, Meredith décrocha le téléphone de sa chambre et composa le numéro de sa fille. Elle se demandait combien de jours seraient nécessaires pour la joindre. Trois tentatives suffirent.

— Maman ?

Kendall avait l'air surprise d'entendre la voix de sa mère associée à un numéro inconnu. Cela faisait trois mois qu'elles ne s'étaient pas parlé. Depuis le tremblement de terre. Elle n'avait bien sûr pas rappelé.

— Je suis à New York, annonça Meredith.

Silence au bout de la ligne – on était loin de l'enthousiasme de Julia !

— Veux-tu qu'on déjeune ou qu'on dîne ensemble, si tu as le temps ? proposa Meredith.

Kendall était aussi farouche qu'un animal sauvage : il ne fallait pas l'approcher trop vite ni qu'elle se sente acculée sinon, telle une panthère sur la défensive, elle attaquerait ou disparaîtrait dans les fourrés.

— Un déjeuner demain est peut-être possible. Je t'enverrai un texto pour te dire, répondit-elle froidement. Qu'est-ce que tu fais à New York ?

Ça faisait une éternité que Meredith n'était pas venue, mais ça n'avait pas l'air de causer un plaisir démesuré à sa fille.

— J'avais des choses à faire.

Une heure plus tard, Kendall lui envoyait un texto lui donnant rendez-vous à midi le lendemain, au Harry Cipriani, le restaurant chic de l'hôtel Sherry-Netherland. Elle avait choisi un endroit bruyant, où il leur serait impossible d'avoir une vraie conversation. L'intimité n'était décidément pas son fort.

Meredith passa une soirée tranquille à l'hôtel, à préparer ce qu'elle souhaitait dire à sa fille. Elle appela Charles pour lui confirmer qu'elle était bien arrivée et envoya par texto un petit coucou à Julia, qui répondit immédiatement sur le même ton enjoué.

Le lendemain, à midi, Meredith attendait comme convenu au restaurant lorsque Kendall arriva, en robe noire et collier de perles sous un manteau de vison qui la vieillissait – l'image même de la respectabilité. Celle dont elle avait toujours rêvé et que Julia rejetait, tout comme sa mère avait rejeté en son temps ce qu'incarnait Meredith. La vie était ainsi faite. Meredith serra contre elle une Kendall figée, peu à l'aise avec les marques d'affection.

Elles en étaient à la moitié du repas lorsque Meredith aborda la raison de sa venue.

— Je suis là pour te dire que je t'aime. Quelle qu'ait pu être notre difficulté à entrer en relation, quelles que soient les nombreuses fautes que tu m'attribues, à juste titre ou non, je t'aime. C'est tout. Je sais que tu m'en veux pour les reproches que j'ai faits à ton père après la mort de Justin. Je ne le déteste pas pour ça. C'était le destin. Tu m'en voulais aussi pour le divorce, mais il faut se souvenir qu'il n'était pas de mon fait.

— Tu aurais pu laisser papa revenir, répliqua Kendall, le regard noir.

— Ton père ne l'a jamais voulu, Kendall. Il voulait épouser Silvana. Il me l'a dit quand il est parti. Et après la mort de Justin, ce n'était plus le sujet. Mais je ne l'aurais de toute façon pas repris : il s'était trop affiché avec Silvana. Il fallait couper les ponts. Par ailleurs, il est toujours marié avec elle, donc il ne doit pas être si malheureux que ça. Tu désirais peut-être qu'il revienne, mais lui ne l'a jamais souhaité.

— Peut-être que si tu avais été davantage présente, il ne serait pas allé voir ailleurs.

Quinze ans plus tard, le sujet était visiblement toujours aussi sensible pour Kendall. Meredith doutait que ce le soit pour Scott. Tous deux étaient passés à autre chose. Mais pas leur fille. Jamais. Elle traînait tellement de vieux griefs qu'il n'y avait pas de place pour le pardon ou l'amour. Meredith l'aurait bien aidée à se détacher de tout ça, si c'était possible. Pour son bien, celui de Julia et le sien.

— Peut-être que tu as raison, concéda-t-elle. Mais la relation de ton père avec Silvana et la façon dont il l'a gérée ne dépendaient que de lui. Malgré tout, je me suis opposée au divorce. C'est après la mort de Justin que j'ai signé les papiers. Il m'était impossible de rester liée à un homme auquel je ne pouvais pas pardonner. Cela n'aurait été ni bien ni juste vis-à-vis de lui.

— Tu serais encore mariée avec lui autrement ? insista Kendall.

— Je ne sais pas. Je ne crois pas que ton père a jamais regretté notre divorce, et ça me va aujourd'hui. En tout cas, cette affaire n'a jamais été ton combat : tu étais à l'époque déjà adulte, mariée, avec un enfant. Nous n'avons pas ruiné ta vie. Tu nous as connus au mieux de notre couple quand tu étais petite.

— « Au mieux », c'est vite dit. Tu étais tout le temps partie, tellement occupée à être une grande star.

— Ton père aussi. Nous alternions nos absences, tu sais. Pourquoi est-ce toujours à moi seule que tu présentes l'addition ?

— Je voulais que tu sois différente, reconnut Kendall avec une franchise désarmante. Je voulais que tu sois comme toutes les autres mères, et non pas spéciale, celle à qui tout le monde demandait des autographes où que nous allions.

Meredith hocha la tête : elle ne pouvait pas revenir en arrière, et n'aurait de toute façon pas pu changer ça à l'époque non plus.

— Quand tu as tout laissé tomber et que tu t'es isolée, j'étais déjà passée à autre chose. C'était trop tard pour moi.

— Si je me suis retirée de la vie, c'était à cause de ton père et de Justin, pas de toi. J'ai fait de nombreux efforts pour être présente à tes côtés malgré mon travail. Si ce n'était pas assez pour toi, très bien. Tu as le droit de le ressentir ainsi. Je n'essaierai pas de te convaincre du contraire.

— Pourquoi fais-tu ça maintenant ? dit Kendall, toujours furieuse. Tu es malade ?

La question choqua Meredith.

— Non, absolument pas. Je voulais clarifier les choses, et essayer de nous rapprocher un peu. Mais il n'y a aucune obligation. Nous pouvons continuer comme avant. C'est juste que ne pas avoir une vraie relation avec toi me manque. Et peut-être que c'est réciproque. Je voulais nous donner cette chance.

Il lui revenait d'essayer de faire ce que sa fille n'aurait jamais entrepris.

— Je n'ai pas besoin de toi. J'ai Julia et George, répondit crûment Kendall. Tu n'étais pas ce dont j'avais besoin quand j'étais petite et je n'ai pas plus besoin de toi aujourd'hui.

Meredith la regarda bien en face. Kendall était cruelle, mais elle avait toujours été ainsi, même enfant. Une tendance à la méchanceté. Elle était dure, sauf avec son frère.

— Bien, cela a le mérite d'être clair. Fais juste attention de ne pas reproduire avec Julia ce que tu as fait avec moi, c'est-à-dire l'écarter.

— Si elle ne répond pas à mes attentes, c'est ce qui arrivera, rétorqua-t-elle froidement.

— Kendall, on ne parle pas d'une voiture qu'on va acheter mais du lien unique qui relie une mère et sa fille. C'est une relation spéciale, se défendit Meredith, désireuse de tendre une dernière perche.

Une perche que Kendall ne saisirait pas, Meredith le comprit soudain. Quand sa fille disait qu'il était trop tard, elle n'exprimait pas le regret d'une occasion perdue avec sa mère. Elle voulait dire qu'elle ne ferait rien pour rattraper les choses. À ses yeux, le chapitre était clos depuis des années.

Meredith la contempla. Elle ne ressentait ni échec ni désespoir, mais plutôt de la pitié. Quelle qu'en soit la raison, Kendall était incapable de pardonner, donc d'aimer – car l'amour impliquait le pardon. Sa fille ne possédait pas cette aptitude. Son âme était aussi dure et froide qu'un diamant. Elle n'avait pas l'intention de saisir la main tendue, car sa mère ne signifiait rien pour elle. Meredith se demanda si une part de Kendall n'était pas morte avec son frère, voire son âme entière. Elle comprenait désormais contre quoi butait Julia et pourquoi elle avait fui à Los Angeles avec la bénédiction de son père : ce dernier voulait sans doute sauver sa fille. Meredith les plaignait tous les trois.

Elles ne finirent pas leur déjeuner. Meredith régla l'addition et elles sortirent ensemble du restaurant. Meredith regarda alors Kendall avec un regard empli de tendresse :

— Je ne sais pas si tu peux l'entendre, mais je t'aime vraiment.

Elle avait tant souffert de la perte de Scott et de Justin que cela avait accru sa capacité à l'amour, tandis que le manque de compassion et de pardon avait asséché le cœur de Kendall. Celle-ci se contenta de regarder sa mère en secouant la tête.

— Je ne peux pas, maman. Désolée.

Et elle s'éloigna. C'était une femme aigrie. Meredith se demanda si elle aurait de nouveau de ses nouvelles un jour – cela faisait tant d'années que leurs contacts étaient forcés. En tout cas, sa fille ne souhaitait pas établir de lien et ce constat soulevait en elle une étrange sensation tandis qu'elle regagnait son hôtel. Elle ne regrettait pas d'être venue. Non. C'était plutôt l'impression d'assister à la levée d'un corps, ce moment où l'on voit une dernière fois le défunt avant que le cercueil ne soit fermé : ce n'est plus la personne qu'on connaissait et qu'on aimait mais une coquille vide.

De retour dans sa chambre, Meredith annula son vol de vendredi pour attraper le dernier de la journée à destination de San Francisco. Son voyage n'avait duré qu'un jour et elle n'était pas d'humeur à faire des courses. Elle envoya un message à Charles pour le prévenir qu'elle rentrait à la maison, et un autre à Julia qui répondit par un simple :

Je t'aime, mamie. C'était la seule chose que Meredith avait besoin de savoir et d'entendre. Quand elles s'étaient revues à Los Angeles, elles avaient créé un pont entre générations. Dommage pour Kendall, mais c'était son drame, plus le leur. Désormais, grand-mère et petite-fille étaient là l'une pour l'autre. Meredith avait perdu Kendall mais trouvé Julia.

Charles lui fit la surprise de l'attendre à l'aéroport à son arrivée. Dès qu'il croisa son regard, il comprit qu'il s'était passé quelque chose. Il ne chercha pas tout de suite à savoir, mais se contenta de faire remarquer, tout en lui prenant son sac :

— Ç'a été un voyage express, dis-moi !

Il était tard et ils prirent aussitôt le chemin de la maison. En route, Meredith finit par lui expliquer.

— Je suis allée voir Kendall.

— Je m'en doutais. Comment ça s'est passé ?

Il se permettait de poser la question car Meredith avait l'air sereine et forte. Il espérait une réponse positive.

— Comme elle le souhaitait, et peut-être moi aussi. Il fallait mettre un point final.

Il hocha la tête et Meredith n'en dit pas plus. Elle se rendait compte qu'elle avait perdu Kendall depuis longtemps. Ce n'était pourtant pas un sentiment de perte qu'elle éprouvait, mais plutôt de libération. Elle était libérée de la douleur que sa fille lui avait infligée pendant des années.

15

Quand Daphné descendit le lendemain pour le petit déjeuner, elle trouva contre son bol un ours en peluche rose et un autre plus petit à côté.

— C'est quoi ? demanda-t-elle avec un grand sourire.

— Je t'avais promis une surprise de New York, répondit Meredith. Le plus grand est pour toi, le second est pour Martha.

— Elle va adorer ! s'écria la fillette en les serrant tous les deux contre son cœur.

Sur l'assiette de Will était posée une casquette de base-ball à l'effigie des Yankees de New York. C'étaient les seuls achats de Meredith lors de son séjour, et encore les avait-elle faits à l'aéroport. Déjà qu'elle écourtait le voyage, alors si en plus elle décevait ses deux jeunes amis… ! Pour ce qui était des courses de Noël, elle les avait terminées avant son départ pour la côte Est.

Comme Charles passait le 25 décembre au Texas, ils fêtèrent tous les deux Noël en avance. C'était mieux ainsi. Meredith estimait qu'il n'aurait pas été approprié de l'accompagner pour faire la connaissance de sa fille lors d'une fête aussi familiale. Ils iraient la voir ensemble pour un week-end dans les mois à venir. Quant au fils de Charles qui venait d'être muté en Allemagne, ils lui rendraient visite plus tard dans l'année. De toute façon, Charles serait de retour pour le nouvel an, qu'ils prévoyaient de passer à Napa, dans sa petite maison.

De son côté, Julia retrouvait son père à Aspen pour skier. Sa mère ne viendrait pas : elle n'aimait pas les vacances, ne skiait pas et détestait Aspen. Meredith n'avait pas dit un mot à sa petite-fille de son voyage à New York et n'en avait pas l'intention. Cela ne concernait que Kendall et elle.

Avant le départ de Charles, elle donna un dîner pour la petite bande du tremblement de terre. Les voisins portèrent un toast au séisme qui les avait réunis et se firent de petits cadeaux. Chacun développa le programme de sa fin d'année : Tyla et les enfants passaient Noël avec Meredith, Arthur s'envolait pour le Japon le lendemain de Noël et, pendant son absence, Peter et Ava allaient au lac Tahoe, dans la Sierra Nevada.

Pour Meredith et ses trois convives, Noël fut une fête enchantée, un joli moment de paix. Tous les quatre assistèrent à la messe de minuit. Le lendemain, ils allèrent patiner à l'Union Square. Ils firent aussi ces biscuits sandwichs à la guimauve qu'on appelle des « s'mores », et se régalèrent de la dinde préparée par Tyla et Meredith. Bien évidemment, ils regardèrent des films de Noël en mangeant du pop-corn. Charles appela Meredith pour lui dire qu'elle lui manquait et qu'il avait hâte de la revoir. Elle passa un bien meilleur Noël que tous ceux vécus avec Jack et Debbie.

Lorsque Charles rentra le matin du 31 décembre, ils filèrent directement vers la vallée de Napa où ils trinquèrent au champagne à minuit. Charles avait avoué à sa fille Pattie être sérieusement amoureux de Meredith et elle était heureuse pour lui. Ils comptaient lui rendre visite au début de la nouvelle année.

— Tu vas adorer le Texas, assura Charles à Meredith, qui le crut volontiers.

Elle avait hâte de rencontrer ses enfants.

La deuxième semaine de janvier, Julia vint leur rendre visite. Elle fut surprise de trouver Tyla et ses enfants sur place, mais sa grand-mère lui expliqua la situation et elle s'adapta instantanément. Tout en se coulant dans le confort de la maison comme si c'était un édredon géant en plume d'oie, elle joua au base-ball avec Will dans le jardin, aida Daphné à habiller ses poupées et elle passa du temps avec Tyla. À la fin de son séjour, elle s'entendait mieux avec celle-ci qu'avec sa propre mère ! Elle lui avait même fait promettre de la tenir au courant de sa formation d'infirmière praticienne spécialisée. Cerise sur le gâteau, Charles lui plut beaucoup. Il lui rappelait son père, ce qu'elle ne manqua pas de lui dire. Tous les deux étaient des hommes très gentils. Meredith se réjouissait de sa présence.

Julia resta le temps d'un long week-end et promit de revenir bientôt. Elle était sincère : même s'il n'y avait pas de liens du sang avec les autres habitants de la maison, elle se sentait en famille. Elle avait aussi beaucoup apprécié Ava, Peter et Arthur, venus en voisins faire sa connaissance. C'était fantastique de voir que sa grand-mère avait réussi à créer un monde où les gens se sentaient aimés et chez eux. Sans Jack et Debbie, sa maison faisait penser à un cocon chaleureux et hospitalier.

Une semaine après la visite de Julia, Meredith eut un choc en ouvrant l'édition du matin. Dans les pages intérieures, un court article mentionnait un couple engagé comme gestionnaires d'une propriété de renom à Woodside, près de San Francisco. Ledit couple avait orchestré un casse avec des malfrats, chargés de ligoter les autres employés. Plus de vingt millions de dollars en œuvres d'art, joaillerie et objets personnels avaient disparu. Grâce à un indic, la police avait pu mettre la main sur le butin. Les deux cerveaux du larcin avaient été arrêtés et se trouvaient en détention sans possibilité de libération sous caution. Meredith fixait les noms d'un œil incrédule : Jack et Debbie Speck ! Manifestement, ils s'étaient retrouvés dans le besoin ou bien avaient eu les yeux plus gros que le ventre. En tout cas, c'était fini pour eux. Ils allaient retourner en prison. Une bonne chose de faite ! Quelle chance qu'ils ne l'aient pas volée davantage – même si elle ne saurait jamais tout ce qu'ils lui avaient dérobé. Elle y pensait encore quand elle montra l'article à Charles le soir.

La première semaine de février, elle reçut un appel des plus étonnant de la part de Sarah Gross, l'agent de Julia :

— Excusez ce coup de fil, mais c'était le seul moyen de vous joindre comme vous n'avez pas d'agent.

Meredith n'avait même plus de carte au syndicat des acteurs. Comme si elle en avait encore besoin !

— C'est Julia qui m'a demandé de vous appeler, car elle vient de décrocher un rôle dans un film qui l'enthousiasme beaucoup. Et je crois en effet qu'il marquera une grande avancée dans sa carrière. Elle voudrait que je vous envoie le script.

— Avec grand plaisir ! Vous savez qui d'autre est retenu dans la distribution ?

Sarah énuméra une liste impressionnante de stars, propres à affoler le box-office.

— Et son rôle ? Ce sera celui d'une ingénue ?

De son temps, c'est ce qu'on aurait proposé à quelqu'un de l'âge de Julia.

— Du tout, elle partage la tête d'affiche ! annonça fièrement Sarah. Elle l'a décroché à la loyale, en passant une audition où elle a vraiment assuré. Ses cours de théâtre ont payé. Elle a énormément progressé.

— Je vous en prie, envoyez-moi le script, j'adorerais le lire ! la pressa Meredith.

Savoir que la réalisatrice était une actrice avec qui elle avait travaillé autrefois l'amusait aussi beaucoup. Elle faisait de bons films et avait réussi sa reconversion derrière la caméra.

— Je vais être honnête avec vous, ajouta Sarah, nous avons une idée derrière la tête : il y a un rôle de femme plus âgée à pourvoir. L'intrigue repose entièrement sur elle. C'est un personnage clé et il faudra une actrice expérimentée pour le porter.

Quand Sarah lui indiqua à qui ils pensaient pour le rôle, Meredith comprit en effet toute son importance.

— Celle qui incarnera le personnage ne sera pas sur le plateau très longtemps. Trois semaines tout au plus. Mais ses scènes sont cruciales. Julia voudrait que ce soit vous. La tranche d'âge correspond, le physique aussi, et Dieu sait que vous avez le talent nécessaire. Je sais que vous n'avez pas tourné depuis longtemps, mais Julia me dit que son rêve absolu serait de travailler avec vous, au moins une fois. Eh bien, s'il ne devait y en avoir qu'une, ce devrait être celle-ci. C'est un rôle digne de vous. Un rôle de composition. Et si vous n'avez pas d'agent, je serai heureuse de vous représenter et de négocier pour vous. En raison de votre stature, je pense pouvoir vous mettre en tête de casting, avant tout le monde. Imaginez quel retour extraordinaire ce serait, si cela vous intéresse d'en faire un, ou quelle inoubliable dernière apparition sur les écrans pour vos fans !

Au bout du fil, Meredith était médusée, autant par ce qu'elle entendait que par le fait que Julia ait été l'instigatrice de cet appel. L'espace d'un instant, elle fut incapable de dire un mot.

— Cela fait des années que je n'ai pas travaillé, ni même n'en ai eu envie, finit-elle par dire. Je ne suis même pas sûre d'être encore capable d'apprendre un texte. Après quinze ans de retraite, mes réflexes sont loin d'être aussi affûtés qu'avant.

— Vous y réfléchirez ?

— Je ne sais pas... J'en ai fini avec tout ça, depuis bien longtemps.

— Ce serait incroyable de vous avoir, Julia et vous, dans le même film.

L'idée fit rire Meredith.

— Julia fait son entrée et moi, ma sortie.

— Qui parle de sortie ? Vous pouvez revenir n'importe quand et à votre guise. Vos fans vont devenir fous.

— Je ne veux pas faire de grand retour, dit Meredith d'une voix ferme. Laissez-moi lire le script sous l'angle du personnage de Julia et pour le simple plaisir de la lecture. Je vous donnerai mon avis, mais ne donnez pas d'espoir à ma petite-fille. Je ne pense pas que je le ferai.

— Merci beaucoup, dit tout de même Sarah, reconnaissante.

Elle envoya le script par mail quelques minutes plus tard et Meredith y consacra son après-midi. Le rôle de Julia constituait en effet une opportunité fantastique et celui qu'on lui proposait était aussi intriguant qu'exigeant. En d'autres temps, elle aurait été heureuse de se lancer dans cette aventure, mais elle ne se voyait pas refaire un film, même pour Julia. Charles remarqua le soir sa tablette de lecture sur son bureau.

— Qu'est-ce que c'est ?

— Un film dans lequel Julia va jouer, répondit Meredith avec un regard un peu mélancolique. C'est une aubaine pour elle. Après ça, elle sera une grande star, ou en bonne voie de le devenir.

— J'ai l'impression que tu ne me dis pas tout à ce sujet…

— Ils m'ont proposé un rôle à moi aussi, expliqua-t-elle avec émotion. Très intéressant. Mais tout ça est derrière moi. Je ne veux pas faire mon retour comme une vieille antiquité pathétique qui s'accroche à la gloire par tous les moyens.

Dans l'après-midi, elle avait reçu un mail de Julia la suppliant d'accepter.

— La gloire, tu l'as déjà. Il te faudrait partir en tournage ?

— Juste à Los Angeles. Ils peuvent me faire tourner en trois ou quatre semaines.

— Je crois que tu devrais le faire, dit-il, enthousiasmé par l'idée.

Meredith doutait davantage.

— Je leur ai dit que j'y réfléchirais. Mais il me semble que c'est une mauvaise idée. Peu importe l'excellence du rôle. Les critiques me passeront à la moulinette pour avoir voulu revenir à l'écran. Je ne veux pas me ridiculiser. Même pour Julia.

— Je peux le lire ?

Et joignant le geste à la parole, Charles se plongea dans la lecture du texte pendant toute la soirée. Il éteignit finalement la tablette.

— Meredith, tu dois le faire ! s'exclama-t-il aussitôt. Le succès de ce film est garanti. La distribution ne liste que des vedettes. Ta petite-fille joue dedans. Et je veux te voir aussi !

— Tu es fou, répondit-elle en riant.

Il l'embrassa.

— Ça ne change rien, je ne le ferai pas, s'entêta-t-elle, bien décidée à ce que ce soit clair : elle n'était plus actrice.

Il ne releva pas.

Durant trois jours, Meredith multiplia les longues promenades, les bains chauds, les ruminations et l'analyse de toutes les bonnes raisons qu'il y avait de ne pas y aller. Pour finir, ce fut Julia qui fit pencher la balance. Si son plus grand rêve était de jouer dans un film avec sa grand-mère, comment résister ? Le quatrième jour, elle envoya un texto à Sarah Gross.

C'est d'accord, je vais le faire. Tête d'affiche ou nom figurant seul à l'écran. Pas en invitée.

On ne revenait pas après quinze ans pour faire juste une apparition. Elle n'était pas encore morte ! Charles poussa une exclamation de joie quand elle lui annonça sa décision. Sarah Gross la représenterait – elle aimait bien cette femme et ce serait plus simple que de chercher un nouvel agent, puisque le sien était mort voilà des années.

Les producteurs traitèrent Meredith comme une reine quand ils apprirent qu'elle avait accepté : elle était faite pour le rôle. Charles se disait fier qu'elle ait eu le courage de faire son retour. Quant à Julia, elle hurla d'excitation au téléphone. Une fois la machine officiellement enclenchée, Meredith s'en réjouit elle aussi. Cela offrait une perspective merveilleuse : en juin prochain, elle serait en train de tourner un film à Los Angeles ! Sortie prévue à la fin de l'année. Le retentissement promettait d'être énorme. Le meilleur dans tout ça était qu'elle réalisait le rêve de Julia, celui de travailler ensemble. Daphné avait raison : elle était une bonne sorcière, finalement.

Meredith engagea un célèbre coach d'acteurs pour la faire travailler durant le trimestre précédant le tournage. Elle voulait parfaire son jeu et tester des nuances pour le rôle. Avec la réalisatrice, elles partageaient la même vision du personnage et Meredith eut l'impression de livrer l'une des meilleures performances de sa carrière. Ses scènes furent bouclées en trois semaines, dont trois jours en commun avec Julia. Meredith n'en revenait pas d'assister à l'envol de sa petite-fille et à ses progrès depuis le bord du plateau. Ce fut l'un des films les plus gratifiants dans lesquels elle ait jamais tourné, et elle était fière de son interprétation.

En juillet, une fois le tournage terminé, Charles et elle passèrent trois semaines en Europe – l'occasion pour eux de voir Jeff, le fils de Charles, en Allemagne. Ils rendirent aussi visite à Pattie et à sa famille au Texas. Des gens adorables. Puis ce fut le mois d'août et la vallée de Napa, au gré de leurs envies. D'un bout à l'autre de l'été, ils passèrent d'excellents moments.

L'ambiance changea en septembre avec le procès à venir d'Andrew, déclaré apte à être jugé. Onze mois s'étaient écoulés depuis sa première arrestation. Pour sa défense, il avait engagé un as du barreau, connu pour son aptitude à semer le doute dans l'esprit des jurés. La sélection de ces derniers était programmée pour la semaine suivant le Labour Day et la rentrée des classes, autrement dit le premier lundi de septembre. Le procureur avait maintenu sa proposition de revoir les charges à la baisse si Andrew plaidait coupable. Pareil scénario sous-entendait qu'il écoperait alors de deux ans de prison, mais perdrait pour toujours le droit d'exercer la médecine, ce qu'Andrew n'était pas prêt à accepter. Pour l'instant, il n'était que suspendu, son droit d'exercice ne lui serait retiré qu'en cas de condamnation, c'est pourquoi il préférait aller au procès et parier sur une victoire. Il oubliait que, lors de toutes les auditions, il s'était montré arrogant et que si le jury populaire le déclarait coupable, il pouvait en prendre pour huit ans, toutes peines confondues, avec interdiction de pratiquer la médecine. C'était un gros risque et Charles s'étonnait que son avocat le laisse courir sa chance, car une tentative d'homicide et des violences conjugales à répétition n'étaient pas des actes susceptibles de lui gagner la sympathie du jury durant le procès.

Tyla redoutait ce moment. Outre le cirque que ça représentait, tous savaient qu'Andrew allait se défendre bec et ongles, quitte à utiliser tous les moyens possibles. Afin de se préparer au procès, elle rencontra tout au long du mois d'août la substitut du procureur en charge du dossier. En tant que principal témoin, elle devrait tenir bon à la barre. L'anxiété lui avait fait perdre plus de 4 kilos. Meredith serait à ses côtés pendant tout le temps que durerait le procès. Peter, Arthur et Ava avaient promis d'être là eux aussi pour la soutenir. Tyla n'en dormait presque plus. Sans compter qu'en juin, l'avocat d'Andrew avait obtenu sa libération contre une caution de 500 000 dollars. Andrew avait donné l'acte de propriété de leur maison en garantie puisqu'il avait toute latitude pour le faire : le prêt était à son nom, c'est lui qui honorait les remboursements et Tyla n'avait pas encore signé l'acte de divorce. Sur conseil de son avocat, elle ne le ferait qu'après le procès, car on obtenait plus facilement gain de cause en cas de divorce si l'un des conjoints était condamné par la justice. Dans l'intervalle et par décision du tribunal, elle percevait pour elle et les enfants une mensualité prélevée sur l'épargne d'Andrew, laquelle restait conséquente malgré ces ponctions légales qui créaient un trou énorme dans le capital.

Comme il était suspendu, Andrew ne pouvait pas recevoir en consultation ni opérer. Il ne faisait donc rien de ses journées. Depuis sa sortie de prison, on lui avait accordé quatre visites supervisées pour voir ses enfants, mais Will et Daphné avaient refusé et supplié leur mère de ne pas les forcer à y aller, si bien qu'ils ne s'y étaient pas présentés. Fin août, cela faisait presque un an qu'Andrew ne les avait pas vus, et il rejetait tout le blâme sur Tyla.

Le samedi matin précédant le Labour Day, Charles et Meredith étaient attablés dans la cuisine avec Tyla. Celle-ci buvait son café en jetant un œil au journal. Sa pâleur redoubla lorsque son portable sonna. Il s'agissait d'Angela Luna, la substitut du procureur. Tyla décrocha, tourmentée par la moindre chose ayant un lien avec le procès à venir. Tout ce qu'elle voulait désormais, c'était que ce cauchemar s'achève enfin.

— Bonjour, pouvons-nous nous voir ? demanda la substitut.

— Maintenant ? Nous sommes en plein petit déjeuner.

Le courant ne passait pas vraiment avec cette femme. Pourtant, celle-ci ne décolérait pas de la proposition que le procureur avait faite à Andrew. Contrairement à son supérieur qui ne demandait qu'à se débarrasser du dossier, elle voulait voir Andrew jugé, condamné et qu'il en prenne pour vingt ans. C'était un vrai bouledogue, mais elle avait du cœur.

— Je suis dans un Uber, à cinq pâtés de maisons de chez vous.

Tyla informa Charles et Meredith de l'arrivée imminente d'Angela Luna.

— Tu veux qu'on vous laisse ? demanda Meredith.

— Non. Il n'y a rien de secret pour vous dans cette affaire.

À peine avait-elle fini sa phrase que la sonnette retentissait. Charles alla ouvrir et revint avec la substitut à qui il proposa un café. Elle déclina et prit place face à Tyla, l'air grave.

— Madame Johnson, c'est fini. Je voulais vous l'annoncer en personne.

Tyla la fixait comme si elle avait vu un fantôme.

— C'est-à-dire, « fini » ? Ils ont rejeté la demande ? Ou bien il a accepté la proposition ?

— Ni l'un ni l'autre. La proposition est caduque depuis deux heures. Apparemment, votre mari sortait avec quelqu'un depuis sa sortie de prison. Une enseignante du comté de Marin. Il habitait chez elle, mais il y a deux semaines, elle lui a demandé de partir parce qu'il buvait trop et la menaçait. Lundi dernier, elle a écopé d'un œil au beurre noir. Il lui a écrit des mails et des textos de menace et a aussi tagué « pute » sur une façade de sa maison. Il croyait qu'elle le trompait. La nuit dernière, il est entré par effraction chez elle et l'a battue jusqu'à ce qu'elle perde connaissance. Elle a été emmenée à l'hôpital général du comté de Marin après qu'une voisine l'a trouvée en passant prendre des nouvelles. Ils viennent d'arrêter Andrew. Ses empreintes sont partout. La femme est morte il y a deux heures. Il a reconnu les faits. En raison des menaces qu'il avait proférées, c'est un meurtre commis avec préméditation, ce qui équivaut à vingt-cinq ans dans un établissement pénitentiaire de haute sécurité. Le procureur lui en a proposé douze : dix pour le meurtre de l'enseignante et deux pour votre cas, ainsi que la perte de son droit d'exercer la médecine. Il a accepté. Cela ne vous rend pas justice au maximum de ce que vous pouviez espérer, mais il ne peut plus vous faire de mal. Il sera derrière les barreaux pour les douze prochaines années et vous n'aurez pas à subir tout un procès.

Tyla était sous le choc. Meredith et Charles étaient eux aussi stupéfaits.

— Il l'a tuée ? Mon Dieu, que vais-je dire aux enfants à propos de leur père ?

— Cela aurait pu être vous, madame Johnson. Ce qu'il a fait la nuit dernière est terrible, mais il aurait pu venir ici et vous tuer, ou alors le faire en octobre dernier. Sa place est derrière les barreaux. Pour l'instant, il est en garde à vue. Dans quelques jours, il sera transféré dans une prison.

Meredith vint prendre Tyla par les épaules. On aurait dit que celle-ci ne comprenait pas. Andrew avait tué une femme ! Peut-être était-il vraiment fou. Elle ne voyait pas du tout comment aborder la question avec les enfants, mais eux aussi savaient à quel point il était dangereux. Dieu merci, il ne s'en était pas pris physiquement à eux !

La substitut se leva et Tyla la remercia.

— Je vous recontacterai plus tard pour régler les détails. Dans l'immédiat, en ce qui me concerne, le dossier est clos du fait que votre mari a plaidé coupable pour les deux affaires. La sentence me satisfait. J'espère que vous aussi. Bien sûr, la peine n'est pas assez longue, mais vous vous épargnez la douleur d'un procès. Reste maintenant votre divorce.

L'avocat de Tyla lui avait conseillé de demander les économies d'Andrew et la maison. Il pensait qu'elle avait de bonnes chances de les obtenir, ce qui lui apporterait une certaine stabilité financière pour elle et les enfants.

Une fois la substitut partie, le silence se prolongea dans la cuisine. Tous les trois se regardaient, muets.

Meredith repensait à la fois où Andrew l'avait saisie à la gorge et projetée contre le mur, et aussi à l'état dans lequel se trouvait Tyla quand elle avait failli mourir. Elle était très triste pour l'enseignante du comté de Marin, mais elle remerciait également le Ciel que son amie ait été épargnée.

— Veux-tu monter t'allonger un moment ? lui demanda-t-elle.

— Non. Je me sens tellement soulagée de ne pas avoir à passer par un procès et de savoir qu'Andrew ne se promène plus en toute liberté. Il ne sortira pas avant un moment.

Dans douze ans, Daphné aurait 19 ans et Will 23. Ils pourraient désormais grandir en paix, et personne ne la battrait plus. Il n'empêche, l'annonce du décès de cette femme demeurait un choc.

Quelle terrible histoire ! Mais c'était fini. Plus jamais ils n'auraient à revoir cet homme. Les effets de ce que les enfants et elle avaient enduré se ressentiraient encore, mais ils pouvaient recommencer à zéro et entamer l'œuvre de guérison. Miraculeusement, ils s'en étaient sortis, contrairement à l'enseignante. Ils étaient libérés d'Andrew pour toujours. C'était tout ce que Tyla demandait. Pour elle, justice avait été faite.

16

Les producteurs avaient envoyé un jet privé à Meredith et Charles pour les amener à Los Angeles. C'était un Gulfstream G500 avec à son bord une coiffeuse et une maquilleuse pour préparer l'actrice, qui s'habillerait dans l'avion, car ils fileraient directement de l'aéroport à la première. Elle emportait avec elle une longue robe noire de chez Dior et des talons hauts. Charles était déjà en smoking. À la première, il y aurait à la fois le tapis rouge et une conférence de presse. Julia prévoyait de s'y rendre avec un acteur de sa connaissance. Son père était venu de New York pour l'occasion. Kendall s'était excusée, prétextant une grippe, mais Julia n'était pas dupe : sa mère n'avait jamais eu l'intention de venir. Peut-être était-ce aussi bien. Elle aurait joué le rôle de la méchante sorcière du conte de fées, vu ce que lui inspirait Hollywood, tandis que Julia en était la princesse. Meredith était tellement fière d'elle.

Durant le vol, la coiffeuse lui fit un somptueux chignon bas. La maquilleuse œuvra également avec soin, et la robe, flatteuse, acheva de rendre Meredith encore plus splendide. En talons, elle était presque aussi grande que Charles. Une Rolls noire les attendait sur le tarmac pour les conduire directement au cinéma. Cela rappela des souvenirs à Meredith.

— Tu es magnifique, lui chuchota Charles à l'oreille durant le trajet.

Pendant ce temps, leurs bagages étaient livrés au Beverly Hills Hotel. Ils repartaient le lendemain, après un petit déjeuner de presse auquel Meredith devait assister avec sa petite-fille. Les journalistes aimaient plus que tout mettre en avant leur filiation, et c'est bel et bien celle-ci qui avait convaincu Meredith de jouer dans ce film.

Meredith monta le tapis rouge au bras de Charles, s'arrêtant pour les photographes. Il y en avait bien deux cents, les flashs étaient aveuglants, mais Meredith ne se départit pas de son sourire rayonnant. Il y avait un air de déjà-vu pour elle. Elle aperçut ensuite Julia qui avançait dans sa direction, sa chevelure rousse retenue sur le sommet de sa tête par une pince en diamant, son corps parfait moulé dans une robe du soir en satin blanc signée Chanel. Un beau jeune homme l'accompagnait. Tous les quatre posèrent encore pour les photographes, puis seulement les deux femmes. Enfin, souriant et saluant de la main, ils entrèrent dans le cinéma où d'autres photographes les attendaient.

Quand ils purent enfin s'asseoir dans la salle, Charles lui murmura :

— C'est toujours comme ça ?

— Oui, pour les films importants.

Il profitait de ce moment inédit pour lui. Meredith avait l'air radieuse. Elle était née pour être une star. C'était une légende du cinéma, et Julia semblait marcher sur ses pas.

Charles avait déjà assisté à une projection du film avec Meredith, mais il apprécia de le revoir. Ensuite, ils retournèrent vers le hall d'entrée pendant que les fans et les spectateurs attendaient dehors, ainsi que les photographes qui se pressaient et se bousculaient. Meredith demeurait gracieuse et se prêtait à la pose avec Julia d'un côté et son cavalier de l'autre.

Ils s'apprêtaient à rejoindre le dîner et la soirée quand un homme se planta face à elle, la regardant droit dans les yeux comme s'il la connaissait. Une femme massive l'accompagnait. Meredith s'arrêta, interloquée, puis elle le reconnut : Scott Price, son ex-mari, et Silvana. Ils ne s'étaient pas revus depuis l'enterrement de Justin. À l'expression de Meredith, Charles devina tout de suite l'identité de l'homme. Il devait vraiment regretter son choix. Meredith était aussi élancée, belle, élégante et distinguée qu'avant, tandis que Silvana ressemblait à une serveuse de bar qui aurait emprunté une robe trop petite pour elle. D'ailleurs, Scott semblait n'avoir d'yeux que pour son ex-femme...

— Tu étais fantastique ! lui dit-il. Mais tu l'as toujours été. J'ai su que ce rôle était fait pour toi à la minute où j'ai lu le script. Je suis heureux que tu aies accepté.

— C'est Julia notre star, répondit Meredith, toujours gênée par les compliments. J'ai vu tes deux derniers films : ils étaient excellents. Dignes des Oscars.

Elle était sincère. Mais ce qui était bizarre, c'était de le voir en chair et en os, de croiser son regard, lui qui avait brisé son cœur de femme puis de mère. Sa figure allait de pair avec des années de tourment et voilà qu'il se tenait là, à faire la conversation comme si de rien n'était. Tout en lui répondant, elle prenait conscience qu'il ne représentait plus rien pour elle. Ni amant ni ami, à peine une connaissance. Ils s'étaient perdus de vue. Scott ne pouvait plus la blesser ni lui causer de peine. Il n'avait plus de pouvoir sur elle. Quand il lui toucha le bras avec légèreté, elle s'écarta instinctivement. La foule les sépara et il disparut.

— Ça va ? murmura Charles tandis que le flot les poussait vers la sortie.

— Ça va. C'était comme si j'avais croisé un inconnu.

Elle l'avait beaucoup aimé, pendant longtemps. Puis il était devenu celui qui avait d'une certaine manière tué son fils. Aujourd'hui, il n'était rien.

— Nous sommes des étrangers l'un pour l'autre maintenant.

Charles hocha la tête et lui serra le bras pour lui rappeler qu'il était et serait là, en toutes circonstances, et qu'il ne laisserait rien lui arriver.

Ce fut une longue nuit. La soirée s'étira autour d'un repas fastueux et la presse s'attarda plus que d'habitude. C'est qu'il y avait matière à gros titres : Meredith White était sortie de sa retraite pour faire un film avec sa petite-fille et toutes les deux avaient été fantastiques ! Meredith semblait au mieux de sa forme. Elle était presque plus belle qu'avant.

De manière assez comique, on aurait dit que tout le monde avait oublié son mariage avec Scott. Les années n'avaient pas été tendres avec lui : l'âge l'avait rattrapé et personne ne voulait faire de photos de lui avec Silvana. Ils le photographiaient seul. Tous les deux étaient d'ailleurs partis tôt, sans dire au revoir à Julia. Ce soir-là, Meredith avait l'impression que de nouvelles choses avaient encore été éclaircies dans son cœur. Le charme était définitivement rompu avec Scott. Il ne comptait plus pour elle, et c'était bon de se sentir ainsi libérée.

Avec Charles, ils avaient posé le pied sur le tapis rouge à 18 heures et il était 1 heure du matin quand ils quittèrent la fête. Une multitude de journalistes étaient encore présents, ce qui, dans le milieu, indiquait que l'on assistait là à un événement majeur pour Hollywood. Meredith avait eu beau répéter qu'elle avait accepté ce film uniquement pour sa petite-fille, tout le monde voulait savoir si elle en ferait d'autres, si elle signait son grand retour.

Charles lui posa la même question dans la voiture qui les conduisait à l'hôtel.

— Je ne sais pas, dit-elle d'une voix douce, assise telle une reine à l'arrière de la Rolls.

Elle se lova contre lui et ajouta :

— Je ne suis pas sûre que ça importe vraiment. J'ai tout ce que je veux : Julia... toi... des amis...

Will et Daphné comme petits-enfants de cœur, aurait-elle pu ajouter. Si elle faisait le bilan : Tyla venait de déménager dans son propre appartement, à quelques rues de chez elle. Elle avait vendu la maison que le tribunal lui avait attribuée. Cela signifiait que les enfants et elle étaient enfin saufs et à l'abri du besoin. Andrew, quant à lui, était incarcéré à la prison de San Quentin, là où était sa place. Peter et Ava se mariaient. Tout leur petit groupe irait bientôt à un concert d'Arthur au Carnegie Hall, à New York. Et les deux personnes qui l'avaient le plus blessée, Scott et Kendall, avaient perdu tout pouvoir sur elle. Elle était heureuse avec Charles. Que demander de plus ?

— Je me suis beaucoup amusée à jouer dans ce film. Mais, sincèrement, je ne sais pas si j'accepterais d'autres rôles. En ai-je vraiment besoin ?

Tout était possible, elle ne s'interdisait rien. Si un scénario lui plaisait, elle jouerait encore. L'horizon s'ouvrait à nouveau et l'avenir ne lui faisait pas peur. Meredith avait retrouvé ses ailes. Et le plus incroyable dans tout ça, c'est que tout avait commencé par un tremblement de terre.

Très chers lecteurs,

J'espère que vous avez pris autant de plaisir à lire ce roman que j'en ai eu à l'écrire !

Et je suis très heureuse de vous rappeler tous nos rendez-vous de 2023.

Les voici.

— *Royale*, le 5 janvier 2023
— *Les Voisins*, le 2 mars 2023
— *Ashley, où es-tu ?*, le 4 mai 2023
— *Jamais trop tard*, le 29 juin 2023
— *Menaces*, le 24 août 2023
— *Les Whittier*, le 9 novembre 2023

Je vous remercie pour votre fidélité.

Très amicalement,

ROYALE

Été 1943. Le roi et la reine décident d'envoyer leur plus jeune fille, la princesse Charlotte, loin de Londres et de la guerre. Dans l'anonymat, à la campagne, une nouvelle existence commence pour elle. Des drames vont s'en mêler.

Vingt ans plus tard, des secrets remontent à la surface. Une jeune princesse se révèle.

LES VOISINS

Après un violent tremblement de terre à San Francisco, Meredith, ancienne star hollywoodienne qui vit à l'écart du monde, ouvre les portes de sa grande et belle maison à ses voisins. Dans cette nouvelle intimité inespérée, des amitiés et des relations se forment, des secrets sont révélés.

ASHLEY, OÙ ES-TU ?

Melissa Henderson a abandonné sa carrière d'auteure à succès. Elle mène désormais une vie tranquille dans le Massachusetts. Après un incendie et un appel de Hattie, la sœur qu'elle n'a pas vue depuis des années, elle comprend qu'il est temps de rouvrir l'un des plus douloureux chapitres de sa vie.

JAMAIS TROP TARD

Eileen Jackson n'a jamais regretté d'avoir mis de côté ses rêves pour élever ses enfants et se consacrer pleinement à sa famille. Avec son mari, ils ont construit une vie simple mais heureuse dans le Connecticut. Quand elle découvre que son mari la trompe, Eileen comprend que ce bonheur n'était qu'un mirage, et sa vie un mensonge.

À 40 ans, sera-t-il trop tard pour tout recommencer ?

MENACES

L'hôtel Louis XVI est depuis toujours l'un des plus chics de Paris. Récemment rénové, il est prêt à rouvrir ses portes pour accueillir anciens et nouveaux clients – et leurs vacances, drames, rendez-vous romantiques ou secrets politiques. Mais le danger plane dans l'hôtel.

LES WHITTIER

Âgés de 20 à 40 ans, les enfants de Preston et Constance Whittier se retrouvent dans le manoir familial de Manhattan après la mort tragique de leurs parents. Désormais orphelins, les six héritiers sont à un carrefour de leurs existences. D'âges et de caractères différents, ils doivent trouver une solution pour réussir à vivre de nouveau ensemble dans cette maison pleine de souvenirs dans laquelle ils ont grandi.

ŒUVRES DE DANIELLE STEEL
AUX PRESSES DE LA CITÉ *(Suite)*

En héritage
Disparu
Joyeux anniversaire
Hôtel Vendôme
Trahie
Zoya
Des amis proches
Le Pardon
Jusqu'à la fin des temps
Un pur bonheur
Victoire
Coup de foudre
Ambition
Une vie parfaite
Bravoure
Le Fils prodigue
Un parfait inconnu
Musique
Cadeaux inestimables
Agent secret
L'Enfant aux yeux bleus
Collection privée
Magique
La Médaille
Prisonnière
Mise en scène
Plus que parfait
La Duchesse
Jeux dangereux
Quoi qu'il arrive
Coup de grâce
Père et fils
Vie secrète
Héros d'un jour
Un mal pour un bien
Conte de fées
Beauchamp Hall
Rebelle
Sans retour
Jeu d'enfant
Scrupules
Espionne
Royale

Imprimé en France par CPI
en février 2023

Composition et mise en pages
Nord Compo à Villeneuve-d'Ascq

#lisez engagé !
www.lisez.com

Pour plus d'information :

Imprimé sur du papier issu de forêts gérées durablement.

N° d'impression : 3051624